LISA ANDERSSON
Sommerglück in Schweden

AF178392

GOLDMANN

Buch

Vor zehn Jahren hat Sofia ihre Heimat Småland verlassen und jeden Kontakt zu ihrer Familie abgebrochen. In Stockholm hat sie sich ein neues Leben aufgebaut, doch in ihrer Beziehung kriselt es, und ihr Job beim Finanzamt macht sie auch nicht glücklich. Als Sofias Freundin Milla im Krankenhaus landet, nimmt Sofia spontan deren Sohn Emil bei sich auf. Der Fünfjährige will seine Sommerferien am liebsten dort verbringen, wo die Geschichten seiner Lieblingsautorin Astrid Lindgren spielen: in Småland. Und weil auch Sofia dringend eine Auszeit braucht, fährt sie gemeinsam mit dem Jungen in ihre alte Heimat. Auf dem Hof von Tierarzt Bengt verbringen die beiden einen unvergesslichen Sommer …

Autorin

Lisa Andersson ist das Pseudonym einer erfolgreichen deutschen Autorin, die unter verschiedenen Namen zahlreiche Romane veröffentlicht hat. Sie lebt mit ihrer Familie und Hund Henry in der Nähe von Köln. Ihren Urlaub verbringt sie am liebsten auf der schwedischen Insel Öland, und auch ihre Leserinnen und Leser entführt sie besonders gerne in den hohen Norden.

Lisa Andersson

Sommerglück in Schweden

Roman

GOLDMANN

Penguin Random House Verlagsgruppe FSC® N001967

1. Auflage
Originalausgabe Juni 2023
Copyright © 2022 by Wilhelm Goldmann Verlag, München,
in der Penguin Random House Verlagsgruppe GmbH,
Neumarkter Str. 28, 81673 München
Umschlaggestaltung: UNO Werbeagentur GmbH
Umschlagmotiv: Getty Images/Johner Images; FinePic®, München
Redaktion: Beate De Salve
LS · Herstellung: ik
Satz: KCFG – Medienagentur, Neuss
Druck und Bindung: GGP Media GmbH, Pößneck
Printed in Germany
ISBN: 978-3-442-49284-8

www.goldmann-verlag.de

Prolog

»Ich liebe dich«, sagte Mats zärtlich.

»Ich liebe dich.« Maja schmiegte sich in seine Arme. Als sie den Kopf hob und ihn anschaute, küsste er sie.

Sie erwiderte seinen Kuss, doch plötzlich legte sie beide Hände auf seine Brust und drückte ihn ein Stück von sich.

»Nicht«, sagte sie leise. »Niemand darf von uns wissen, vor allem Sofia nicht. Du weißt, was sie für dich empfindet.«

»Irgendwann muss sie erfahren, dass ich dich liebe.« Mats' Stimme klang unzufrieden.

»Aber nicht heute«, bat Maja sanft. »Es war ein harter Tag für uns alle. Tante Babros Beerdigung …« Ihre Stimme brach. Als Mats sie wieder in seine Arme zog, begann sie haltlos zu weinen.

Sofia Persson stand an der Tür, die nur einen Spaltbreit geöffnet war, und hatte jedes Wort gehört. In ihr brannte ein schier unerträglicher Schmerz. Mats und Maja!

Dabei hatte Sofia ihrer Schwester erst wenige Wochen zuvor anvertraut, dass sie sich in den jungen Lehrer verliebt hatte, der im Haus ihrer Großtante zur Miete lebte. Und nun hatte Maja sogar in doppelter Hinsicht einen Vertrauensbruch begangen: Zum einen war sie mit dem Mann zusammen, den Sofia liebte. Zum anderen – und das wog mindestens genauso schwer – hatte sie Mats verraten, was Sofia für ihn empfand.

Ihre Wangen brannten vor Scham und Verlegenheit. Womöglich hatten die beiden sich auch noch gemeinsam über sie lustig gemacht ...

Ich muss hier weg!

Für Sofia war es der einzige Ausweg aus einer Situation, die sie kaum mehr ertragen konnte. Noch heute wollte sie das kleine rote Haus in Småland verlassen. Das Haus, in dem sie und ihre Schwester aufgewachsen waren. Sie verdankte ihrer Tante eine wunderschöne Kindheit ... aber Babro war nicht mehr da. Heute war sie auf dem kleinen Friedhof beerdigt worden, und ausgerechnet heute erfuhr Sofia die schreckliche Wahrheit.

Leise schlich sie hinauf in ihr Zimmer und schloss die Tür hinter sich ab. Irgendwann vernahm sie Majas und Mats' Schritte auf der Treppe. Mats schien sich zu entfernen, während Maja vor Sofias Zimmer innehielt und leise anklopfte, doch sie reagierte nicht.

Als sie sah, wie die Türklinke nach unten gedrückt wurde, hielt Sofia die Luft an.

»Hallo?«, hörte sie ihre Schwester leise rufen. »Bist du noch wach?«

Sofia schwieg, und als sich Majas Schritte ebenfalls entfernten, atmete sie erleichtert auf. Nie wieder wollte sie ihre Schwester sehen, nie wieder ein Wort mit ihr wechseln.

Leise packte sie ihren Rucksack, dann setzte sie sich auf ihr Bett und wartete auf den Einbruch der Nacht.

Der alte Holzboden unter ihren Füßen knarzte, und Sofia hielt erschrocken inne. Überlaut schien der gewohnte Ton die Stille der Nacht zu durchbrechen. Das Licht des Vollmondes fiel durch das Fenster und erhellte den Weg von der Treppe zur Haustür.

Eine ganze Weile verharrte sie lauschend auf der Stelle, doch oben blieb alles ruhig. Offenbar waren weder Maja noch Mats aufgewacht.

Sofias Gesicht verzerrte sich, als sie an die beiden dachte. Sie spürte, wie ihr wieder die Tränen in die Augen stiegen.

Ich werde jetzt nicht weinen!

Entschlossen presste sie die Lippen aufeinander, dann eilte sie los. Diesmal schaffte sie es lautlos bis zur Tür. Die quietschte ein wenig, als Sofia sie öffnete und hinter sich wieder schloss. Aber jetzt spielte es keine Rolle mehr. Sie lief los, den schmalen, unbefestigten Pfad entlang bis zur Wegbiegung. Hier drehte sie sich noch ein letztes Mal um.

Der Vollmond tauchte das kleine rote Haus zwischen den Birken in ein unwirkliches Licht. Ganz fest schloss Sofia dieses Bild in ihr Herz, dann wandte sie sich um und ging weiter. Sie wusste, dass sie nie wieder hierher zurückkehren würde ...

Kapitel 1

Ungeduldig wartete Sofia darauf, dass die Ampel endlich auf Grün sprang. Auf der anderen Straßenseite befand sich das Skatteverket, das Finanzamt, in dem sie arbeitete.

»Jetzt entspann dich mal.« Milla lachte. »Immerhin teilst du mit deinem Chef den Tisch und vor allem das Bett. Da wird er dir schon nicht den Kopf abreißen, wenn du ein paar Minuten zu spät kommst. Obwohl …«

Sie verstummte und machte damit deutlicher, als sie es mit Worten vermocht hätte, dass sie Rune alles zutraute.

Endlich! Grün!

Sofia und Milla spurtete gleichzeitig los, zuerst bis zur Verkehrsinsel, dann weiter bis zum Eingang des Gebäudes, das ausschließlich aus Fenstern zu bestehen schien. Dunkles Glas, hinter dem Menschen saßen, die sie beobachten konnten, ohne selbst gesehen zu werden. Und hinter einer dieser Scheiben saß Rune und schaute vielleicht gerade zu ihr. Streng, missbilligend. Er mochte es nicht, dass sie sich ausgerechnet mit einer Steuerschuldnerin angefreundet hatte. Abgesehen davon konnte er Milla nicht ausstehen.

Dabei konnte die junge Mutter nichts für ihre Situation. Die Schulden hatte sie von ihrem Mann Lennart geerbt, zusammen mit dem kleinen Häuschen in Södermalm. Lennart hatte so sehr an seinem Elternhaus gehangen, dass Milla sich nicht dazu durchringen konnte, es zu verkaufen, auch wenn sie damit auf einen Schlag all ihre finanziellen Probleme hätte lösen können.

Vor dem Eingang der Behörde verabschiedete sich Milla. Die Bäckerei, in der sie arbeitete, lag am Ende der Straße.

»Komm doch mal wieder vorbei«, schlug sie vor. »Emil fragt jeden Tag nach dir.«

Sofia musste automatisch lächeln, als sie an den pausbäckigen Jungen mit den blonden Locken dachte. Es war zwei Wochen her, dass sie Milla und ihren Sohn das letzte Mal besucht hatte.

»Ihr könnt doch auch einmal zu uns …« Sie brach ab, weil Milla den Kopf schüttelte.

»Emil hat Angst vor deinem Freund. – Ich übrigens auch«, gestand sie.

»Er kann eigentlich ganz nett sein«, murmelte Sofia, doch sie merkte selbst, dass es nicht sehr überzeugend klang.

Milla lachte spöttisch auf. »In meiner Gegenwart konnte er das bisher ziemlich gut verbergen.« Ihr Lächeln wurde freundlicher, als Sofia sie verlegen anschaute. »Lass uns das Thema wechseln. Dein Rune und ich, wir verstehen uns nun einmal nicht. Ich will aber nicht schlecht über den Mann reden, den du liebst.«

»In Ordnung«, erwiderte Sofia lahm.

»Du liebst ihn doch?«

Sofia bemerkte, dass Milla sie fragend musterte.

»Natürlich«, versicherte sie scharf. »Schließlich lebe ich bereits seit zehn Jahren mit ihm zusammen.«

»Ja, dann muss es wohl Liebe sein.« Millas Miene war unergründlich. Bevor Sofia etwas sagen konnte, verabschiedete sie sich endgültig. »Komm einfach vorbei, wenn du mal wieder Zeit hast«, rief sie ihr im Weggehen zu.

»Ja, das mache ich«, versprach Sofia.

Obwohl Milla sich schon ein ganzes Stück entfernt hatte, schien sie ihre Worte noch gehört zu haben, denn sie hob winkend eine Hand, während sie weitereilte.

Seufzend öffnete Sofia die Glastür und betrat die Behörde, in der sie arbeitete, seit sie in Stockholm lebte. Auf dem Weg zum Treppenhaus ging sie an Schaltern vorbei, die meist die erste Anlaufstelle für Besucher darstellten. Am Anfang hatte sie ebenfalls hinter einem dieser Schalter gesessen, doch inzwischen besaß sie ein Büro in der ersten Etage. Es war zwar nicht sehr groß, aber sie musste es zumindest mit niemandem teilen. Sie hatte versucht, den freudlosen Bürocharakter mit blühenden Topfpflanzen zu mildern, doch das hatte Rune überhaupt nicht gefallen.

»Wir sind eine Finanzbehörde«, hatte er sie streng ermahnt.

»Das schwedische Finanzsystem wird nicht wegen einer Topfpflanze zusammenbrechen«, hatte sie verärgert erwidert. Seitdem kümmerte das Blümchen trotz sorgfältiger Pflege vor sich hin.

Rune war bereits in ihrem Büro, als sie eintrat. In seiner Position als Amtsleiter achtete er darauf, vor allen anderen

Mitarbeitern in der Behörde zu erscheinen. Strafend schaute er sie an.

»Du bist zu spät!«, wies er sie zurecht.

Sofia schaute auf ihre Armbanduhr. »Nur zwei Minuten.«

»Was ist das denn für eine Einstellung?«, rügte er sie.

Sofia hasste es, wenn er in diesem Ton mit ihr sprach. Normalerweise war das der Auftakt zu einem Streit, doch heute klangen immer noch Millas Worte in ihr nach.

»Liebst du mich eigentlich noch, Rune?«, fragte sie aus diesem Gedanken heraus.

Ihre Frage schien ihn so sehr zu überraschen, dass er nicht sofort antworten konnte.

»Was soll das?« Er schaute sie unwillig an. »Willst du so von deiner Verfehlung ablenken?«

»Von meiner Verfehlung?« Sofia schaute ihn entgeistert an. »Ich bin ein wenig zu spät, mehr nicht. Und wieso beantwortest du nicht einfach meine Frage?«

»Meine Güte, Sofia, wir leben seit zehn Jahren zusammen«, bemühte er genau das Argument, das sie vor wenigen Minuten selbst vorgebracht hatte. »Es gibt also keinen Grund, unsere Beziehung infrage zu stellen. Außerdem weißt du, dass ich es nicht sehr schätze, wenn wir hier über private Dinge reden.«

»Aber wir sind doch allein!«

»Als ob das eine Rolle spielen würde. Und da wir gerade bei diesem Thema sind, muss ich dir leider sagen, dass ich deine Freundschaft mit Milla Ivarsson nicht gerne sehe. Aber darüber haben wir ja schon oft genug gesprochen.«

»Und du kennst meine Meinung dazu«, erinnerte sie ihn verärgert.

»Sie hat die letzte Rate wieder nicht bezahlt.« Rune wies auf eine Akte, die auf ihrem Schreibtisch lag. »Deshalb bin ich übrigens hier in deinem Büro. Ich erwarte, dass du sie noch heute anmahnst.«

Sofia wich seinem Blick aus. »Ich kümmere mich darum.«

Natürlich würde sie sich darum kümmern – so, wie sie es immer machte, wenn Millas Zahlung auf sich warten ließ.

»Mach ihr klar, dass ich die Zwangsversteigerung ihres Hauses anordnen werde.«

»Das kannst du nicht machen!« Sofia war entsetzt. »Du kannst ihr und Emil nicht das Zuhause wegnehmen.«

»Ich?« Rune tippte sich empört mit dem Zeigefinger gegen die Brust. »Das ist doch kein persönlicher Rachefeldzug, den ich gegen diese Frau führe! Es ist das ganz normale Prozedere, wenn Steuerschulden nicht bezahlt werden. Du arbeitest lange genug hier, um das zu wissen.«

Ja, das wusste Sofia. Es war schließlich ihre Aufgabe, solche Leute anzumahnen, bevor der harte Weg der Zwangsversteigerung beschritten wurde. Aber in Millas Fall war es anders als bei allen anderen Schuldnern. Milla kannte sie persönlich, mit ihr war sie befreundet. Und wenn sie an den kleinen Emil dachte, brach es ihr schier das Herz.

Sofort nachdem Rune ihr Büro verlassen hatte, rief Sofia ihre Freundin an.

»Ich weiß.« Milla klang unglücklich. »Da kam einiges zusammen diesen Monat. Kaputte Waschmaschine, neue Schuhe für Emil … Der Kleine wächst ja so schnell«, unterbrach sie sich selbst.

»Ich kenne deine Situation doch«, sagte Sofia. »Ich kann dir gerne etwas …«

»Nein!«, fiel Milla ihr grob ins Wort. »Es bleibt dabei, dass ich mir kein Geld leihe. Schon gar nicht von Freunden.«

Diese Diskussion führten sie nicht zum ersten Mal. Sofia wusste, dass es keinen Sinn hatte, länger auf Milla einzureden.

»Ich überweise den Betrag spätestens Anfang der kommenden Woche«, versprach Milla. »Kannst du Rune so lange hinhalten?«

»Wahrscheinlich nicht.« Sofias Gedanken rasten, während sie sprach. »Aber ich habe noch so viele Vorgänge zu bearbeiten, dass ich wahrscheinlich heute und morgen nicht dazu kommen werde, dir eine Mahnung zu schicken. Übermorgen vergesse ich das möglicherweise. Freitags arbeite ich ja nur bis mittags, und wenn du den Betrag Anfang der nächsten Woche bar einzahlst, kann ich die Sache abschließen, ohne dich anzumahnen.«

»Du bist ein Engel.« Milla ließ einen erleichterten Seufzer hören.

»Ich wünschte, ich könnte mehr für dich tun«, sagte Sofia bedrückt.

Milla lachte leise. »Ich glaube ganz fest daran, dass alles gut wird.«

Sofia konnte sich nicht vorstellen, dass sich an Millas Situation in nächster Zeit etwas ändern würde. Umso mehr bewunderte sie die Freundin wegen ihrer unerschütterlichen Zuversicht. Sie selbst hätte an Millas Stelle längst aufgegeben.

»Sag Emil, dass ich euch am Wochenende besuche«, bat sie. Sie wollte Milla das Gefühl geben, nicht allein zu sein. Außerdem verspürte sie selbst den Wunsch, Emil wiederzusehen.

»Da wird er sich freuen«, rief Milla begeistert aus. »Und ich freue mich natürlich auch.«

Sofia verabschiedete sich und legte ihr Handy auf den Schreibtisch. Anschließend griff sie nach der Akte, auf der Millas Name stand, und stopfte sie in ihre Schreibtischschublade. Dann schaltete sie ihren PC ein und konzentrierte sich auf andere Fälle, die sie bearbeiten musste. Aber immer noch war da die Frage, die Milla ihr gestellt hatte. Die Frage, die sie anschließend an Rune weitergegeben hatte …

Mittags ging sie zu ihrem Freund, der sein Büro am Ende des Ganges hatte. Es war größer als ihres, aber mit der gleichen kalten Sachlichkeit eingerichtet. Rune saß hinter seinem Schreibtisch.

Sofia lächelte ihn versöhnlich an. »Machen wir zusammen Pause? Ich lade dich ins Bistro ein.«

Das Bistro war nicht weit entfernt. Dort gab es leckere Snacks und den besten Kaffee in der Gegend.

Rune wirkte unschlüssig.

»Komm schon«, bat Sofia. »Wir haben so lange nichts mehr gemeinsam gemacht.«

Nachdenklich schaute er sie an. »Ich finde, du verhältst dich heute merkwürdig.«

»Weil ich mit dir essen gehen will?«, fragte sie überrascht.

»Das auch.« Sein Blick ruhte prüfend auf ihr. »Du stellst seltsame Fragen und willst mit mir essen gehen, obwohl wir vorher nichts geplant hatten. Du bist doch sonst nicht so spontan.«

Sofia wusste selbst nicht, wieso sie ausgerechnet in diesem Moment an den Tag dachte, an dem sie ihr Zuhause verlassen hatte. Es war eine der impulsivsten Handlungen ihres Lebens gewesen, aber es hatte ihr entsprochen. Wann hatte sie damit aufgehört, einfach ihrem Gefühl zu folgen? Und wieso fiel ihr erst jetzt auf, dass sie sich in den vergangenen Jahren Runes Lebensstil zu eigen gemacht hatte? Alles musste durchdacht und geplant werden, selbst so profane Dinge wie ein gemeinsames Mittagessen.

»Ich habe leider keine Zeit«, behauptete er jetzt und sah dabei keineswegs so aus, als würde er seine Absage wirklich bedauern.

»Schade.« Sofia versuchte erst gar nicht, ihn umzustimmen. Es erschreckte sie ein wenig, als sie feststellte, was der Grund dafür war: Es war ihr einfach nicht wichtig genug. Millas Frage, ob sie Rune liebte, und ihre eigene gleichlautende Frage an ihn setzten in ihr etwas in Bewegung, was sie lange Zeit unterdrückt hatte.

»Sofia! Sofia!« Mit ausgebreiteten Armen kam Emil auf sie zugelaufen. Er umschlang ihre Oberschenkel mit seinen Ärmchen, und seine blauen Augen blickten durch die runden Gläser der Nickelbrille strahlend zu ihr auf.

»Du hast mich gaaaaanz lange nicht mehr besucht«, beschwerte er sich.

Sofia nahm den Jungen in die Arme.

»Es tut mir leid!«, entschuldigte sie sich.

»Hast du mir was mitgebracht?«

»Emil!« Milla kam dazu. Offenbar hatte sie die letzte Frage ihres Sohnes mitgehört. »Wir freuen uns immer über Sofias Besuch, auch ohne Geschenke.«

»Ja, ich freue mich ganz doll.« Emil grinste Sofia verschmitzt an. »Aber wenn du mir was mitgebracht hast, freue ich mich noch viel doller.«

Sofia musste lachen, während Milla das Verhalten ihres Sohnes augenscheinlich überhaupt nicht lustig fand.

»Es ist in Ordnung«, versicherte Sofia schnell. »Und natürlich habe ich Emil etwas mitgebracht.«

»Du weißt, dass das nicht nötig ist«, erinnerte Milla sie.

»Natürlich weiß ich das.« Sofia zog ein Spielzeugauto und ein Buch aus ihrer geräumigen Handtasche und überreichte beides dem Jungen. Sie wusste, dass Emil Bücher liebte.

»Dir habe ich übrigens auch etwas mitgebracht.« Sie überreichte Milla ein kleines Päckchen. Darin war ein Halstuch in changierenden Grün- und Blautönen.

»Das kann ich nicht annehmen.« Milla schüttelte entschieden den Kopf, doch in ihren Augen lag ein sehnsüchtiger Glanz.

Sie hatte dieses Tuch gesehen, als sie vor ein paar Wochen gemeinsam den *Hornstulls Marknad*, einen der größten Flohmärkte in Södermalm, besucht hatten. Milla hatte dort vor allem nach gebrauchten Kleidungsstücken für Emil Ausschau gehalten. Das Tuch war ihr sofort ins Auge gefallen. Es war aus reiner Seide – unerschwinglich für Milla.

»Eigentlich wollte ich es dir nächsten Monat zum Geburtstag schenken«, sagte Sofia. »Aber so lange halte ich es nicht aus.«

Mit sehnsuchtsvoller Miene strich Milla über den glänzenden Stoff, bis Sofia ihr das Tuch schließlich aus der Hand nahm und es ihr um die Schultern legte.

»Das sieht so toll aus zu deinem dunklen Haar«, schwärmte sie. »Ich bestehe darauf, dass du es behältst.«

Milla umarmte sie. »Danke. Aber ich akzeptiere es wirklich nur als vorgezogenes Geburtstagsgeschenk.« Sie hob mahnend den Zeigefinger, als Sofia etwas sagen wollte. »Ich nehme dann keine weiteren Geschenke an.«

»Einverstanden«, stimmte Sofia lächelnd zu, weil sie spürte, dass es ihrer Freundin wirklich wichtig war.

»Was steht da?«, wollte Emil wissen und reckte sein neues Buch in die Höhe.

»Das ist das dritte Bullerbü-Buch von Astrid Lindgren«, verriet Sofia. »Ich weiß von deiner Mama, dass du die beiden ersten Bücher schon hast und sehr liebst.«

»Bullerbü ist toll«, schwärmte Emil. »Wenn ich groß bin,

wohne ich da. Und dann spiele ich immer mit Lasse und Bosse. Und mit Ole. Und mit Lisa, wenn Lasse und Bosse nicht da sind.«

Milla ging vor ihrem Sohn in die Hocke. »Aber ich habe dir doch schon ein paarmal erklärt, dass es diese Kinder nicht wirklich gibt. Es sind nur Figuren in einer Geschichte.«

Ihr Sohn schaute sie verstockt an. »Ich will trotzdem in Bullerbü wohnen.«

»Aber auch Bullerbü gibt es nicht wirklich. Du weißt doch ...«

Emil hatte offensichtlich keine Lust, seiner Mutter länger zuzuhören. Er hielt Sofia das Buch hin.

»Liest du es mir vor?«, bettelte er.

»Ach, Emil.« Milla erhob sich seufzend und strich ihm durch die blonden Locken. »Sofia ist doch nicht hier, um dir vorzulesen. Wir trinken jetzt zusammen Kaffee, und du bekommst einen leckeren Kakao. Außerdem habe ich Zimtschnecken gebacken.«

Emil erwiderte nichts. Mit ausgestrecktem Arm hielt er Sofia weiterhin das Buch entgegen. Ihr Herz schmolz beim Blick in das erwartungsvolle Kindergesicht.

»Eine halbe Stunde Lesezeit?« Fragend schaute sie Milla an. »Danach trinken wir Kaffee.«

»Einverstanden. Ich decke in der Zwischenzeit den Tisch auf der Terrasse.«

Mit dem Buch in der Hand lief Emil hinaus in den Garten und setzte sich auf die verwitterte Bank unter dem

Apfelbaum. Nachdem er es sich auf seinem Lieblingsplatz gemütlich gemacht hatte, wartete er mit ungeduldiger Miene darauf, dass Sofia ihm folgte.

Sie setzte sich neben ihn, öffnete aber nicht sofort das Buch, sondern ließ ihren Blick durch den Garten schweifen. Es war deutlich zu sehen, dass Milla das Talent für die Gartenarbeit fehlte und sie auch nicht allzu viel Lust darauf hatte.

Alles wirkte ein wenig verwildert. Die Rasenfläche erinnerte mehr an eine Wiese, in der sich Löwenzahn und gelbe Trollblumen ausgebreitet hatten. Am Zaun lehnten Stockrosen, während Moosglöckchen die ehemals gepflegten Beete säumten und sich mit der Ackerbeere vermischten. Das Holzhaus schien sich unter den beiden hohen Ulmen zu ducken, und die rote Farbe blätterte an vielen Stellen ab.

Obwohl die mehrspurige Folkungagatan nur wenige Meter entfernt vorbeiführte, wurde der Verkehrslärm durch die Grünanlagen in diesem Wohngebiet gedämpft. Sofia fühlte sich nicht, als wäre sie in einer Großstadt, sondern ein bisschen so wie früher in Småland. Ganz tief in ihrem Herzen spürte sie die Sehnsucht nach ihrem Zuhause. In Momenten wie diesem gelang es ihr nicht, dieses Gefühl vollständig zu unterdrücken.

»Warum guckst du so komisch?«, fragte Emil neben ihr.

Sofia wandte sich ihm zu.

»Ich gucke doch nicht komisch«, verteidigte sie sich und schaffte es irgendwie, ihn dabei unbefangen anzulächeln.

Während der letzten zehn Jahre hatte sie es gelernt, den Schmerz einfach wegzulächeln.

»Liest du mir jetzt was vor?«

Sofia nickte und öffnete das Buch. Sie hoffte, dass sie sich so ablenken konnte, doch die pochende Sehnsucht ließ sie diesmal nicht so einfach los.

Kapitel 2

Als Sofia am frühen Abend nach Hause kam, saß Rune im Wohnzimmer vor dem Fernseher. Er schaute kaum auf, als sie das Zimmer betrat.

»Das Wetter ist wunderschön!«, sagte Sofia und hoffte, dass er von sich aus auf die Idee kommen würde, mit ihr auszugehen.

Am Anfang ihrer Beziehung hatten sie die Sommerabende oft in einem Restaurant am See verbracht, dessen Außenterrasse auf dem Wasser zu schweben schien und das eine herrliche Aussicht auf den Riddarfjärden bot. Es war die perfekte Umgebung für zwei verliebte Menschen gewesen.

Seit wann gab es diese schönen Momente zwischen ihnen eigentlich nicht mehr?

Sofia konnte sich nicht erinnern, wann sie zuletzt etwas Ähnliches erlebt hatten. Offenbar war ihre Entfremdung ein schleichender Prozess gewesen. Selbst über die Zukunftspläne, die sie einmal geschmiedet hatten, sprachen sie nicht mehr: Hochzeit, Kinder, ein Haus irgendwo auf dem Land ... Inzwischen hatte Rune offensichtlich andere Pläne.

Vor fünf Jahren war ihm überraschend die Leitung des Skatteverket übertragen worden, nachdem sein Vorgänger aus gesundheitlichen Gründen vorzeitig hatte ausscheiden müssen. Zuerst hatte Sofia geglaubt, dass er sich veränderte, weil er sich in seinen neuen Aufgabenbereich einarbeiten musste. Schließlich hatte er als Vorgesetzter der Menschen, die vorher seine Kollegen gewesen waren, mit einem Mal weitreichende Entscheidungen treffen müssen.

Sofia hatte Verständnis für ihn gezeigt, auch als nach und nach im privaten Bereich vieles anders geworden war. Doch irgendwann hatte sie feststellen müssen, dass der Wandel keineswegs an den neuen Anforderungen lag, die Rune beschäftigten. Vielmehr hatte sich seine Perspektive verändert. Sein Beruf war zu seinem Lebensmittelpunkt geworden, hinter dem alles andere, auch Sofia, zurückstehen musste.

Wieso habe ich das so lange hingenommen?, fragte sie sich selbst, als sie jetzt neben dem Sofa stand und ihn beobachtete.

Plötzlich schien er zu spüren, dass sie ihn unverwandt anschaute. Er drehte ihr den Kopf zu und runzelte unwillig die Stirn.

»Was ist?«, knurrte er. »Warum starrst du mich die ganze Zeit so an?«

»Hast du überhaupt gehört, was ich gesagt habe?«

Er schien nachzudenken, schüttelte aber schließlich den Kopf.

»Ich möchte das sehen«, erklärte er mit strenger Stimme

und wies auf den Fernseher. »Das ist ein äußerst interessanter Bericht über das schwedische Wirtschaftssystem.«

Früher hatten sie sich gemeinsam Krimis angeschaut. Wenn es richtig spannend geworden war, hatte Sofia sich Schutz suchend an ihn gekuschelt.

»Rune ...«, begann sie, doch plötzlich wurde ihr bewusst, dass sie über all das nicht reden wollte.

»Was?« Er schaute ungeduldig auf und fühlte sich sichtlich gestört.

»Der Abend ist zu schön, um ihn vor dem Fernseher zu verbringen. Ich gehe noch ein bisschen raus.«

Er nickte zustimmend, und Sofia beschlich das Gefühl, dass er froh war, seine Ruhe zu haben. Sie ging zur Tür, blieb dort aber stehen und schaute noch einmal zurück. Wenn er jetzt ebenfalls den Kopf wandte, um ihr nachzusehen, würde sie noch einmal versuchen, mit ihm zu reden. Vielleicht würde dann doch noch alles gut werden. Vielleicht würden sie es dann doch schaffen, sich einander wieder anzunähern.

Doch Rune starrte unentwegt auf den Fernseher. Er schien nicht einmal zu bemerken, dass sie sich noch im Raum befand.

Traurig verließ sie die Wohnung.

Sofia hatte kein bestimmtes Ziel. Zumindest glaubte sie das, als sie losging. Doch dann wurde ihr bewusst, dass sie den Weg zum Rålambshovsparken eingeschlagen hatte. Als sie vor zehn Jahren in Stockholm angekommen war, nur mit einem Rucksack und ein paar Kronen in der Tasche, war sie auch hier gelandet. Zutiefst enttäuscht und ohne jede Perspektive hatte sie damals auf einem großen Findling am Ufer des Mälaren gesessen und auf den See gestarrt.

Der Stein war noch da, ebenso wie ihre Erinnerungen an damals.

Sie lächelte bitter, als sie an die Nacht dachte, in der sie das Haus ihrer Kindheit verlassen hatte. Das Versprechen, nie wieder nach Hause zurückzukehren, hatte sie bis heute eingehalten. Dabei hatte sie keine Ahnung, wie es ihrer Schwester ging und ob sie immer noch mit Mats zusammen war. Im Grunde genommen war es ihr auch völlig egal – zumindest sagte sie sich das immer wieder.

Heute dachte sie allerdings nicht an ihre Schwester und Mats, sondern ausschließlich an sich selbst und Rune. Sie wusste, es war an der Zeit, eine Entscheidung zu treffen – und gleichzeitig hatte sie Angst davor.

Sie hatte Rune damals hier im Rålambshovsparken kennengelernt, als sie auf genau diesem Stein saß. Er hatte sie angesprochen, weil sie so traurig aussah. Dabei waren es nicht so sehr seine Worte gewesen, die sie berührt hatten, sondern vielmehr sein mitfühlendes Lächeln, das ihr zu Herzen gegangen war. Und dann schien plötzlich alles ganz einfach zu sein.

Rune hatte ihr von seiner Arbeit im Skatteverket erzählt und ihr vorgeschlagen, dort eine Ausbildung zu machen. Ja, er hatte sich sogar dafür eingesetzt, dass sie eingestellt wurde. Außerdem hatte er ihr bei der Suche nach einer

Wohnung geholfen, damit sie aus dem völlig überteuerten Pensionszimmer ausziehen konnte.

Sofias Gefühle für Rune waren nie so stark gewesen wie die für Mats. Aber vielleicht war es auch einfach so, dass die erste große Liebe stärker war als alles andere, was danach folgte. Oder sie schützte ihr Herz davor, sich noch einmal so intensiven Gefühlen hinzugeben, um nicht wieder enttäuscht zu werden.

Rune war verlässlich. Er war da gewesen, wenn sie ihn gebraucht hatte, und Sofia mit ihren achtzehn Jahren zu jung, um sich davon nicht beeindrucken zu lassen.

Erst jetzt wurde ihr bewusst, dass er damals die meisten Entscheidungen für sie getroffen hatte. Doch allmählich war sie an seiner Seite erwachsen geworden, und damit hatte er nicht Schritt halten können. Es irritierte und verärgerte ihn, wenn sie selbstständig handelte.

War das der Grund dafür, dass sie sich mehr und mehr voneinander entfernten?

Ganz besonders schlimm war es geworden, seit sie sich mit Milla angefreundet hatte.

Rune selbst hatte keine Freunde. Seine Mutter lebte in Kiruna, mehr als tausendzweihundert Kilometer von Stockholm entfernt, und Rune hatte einmal durchblicken lassen, dass er sich nicht besonders gut mit seinem Stiefvater verstand. Er legte keinen Wert auf den Kontakt mit seiner Familie, was Sofia aufgrund ihrer eigenen Geschichte nur allzu gut verstehen konnte. Als sie sich kennengelernt hatten, war sie ganz froh gewesen, dass Rune nicht weiter über seine Familie hatte reden wollen – immerhin konnte sie so auch ihre eigene Geschichte für sich behalten.

»Wir brauchen niemanden außer uns«, hatte Rune damals gesagt und sie an sich gezogen.

In jenem Moment hatte Sofia zum ersten Mal ein kurzes Unbehagen empfunden. Nur weil sie ihre Schwester nicht mehr sehen wollte, hieß das schließlich nicht, dass sie keine anderen Menschen kennenlernen oder Freundschaften schließen wollte.

In diesem stillen Moment am Ufer des Sees gestand Sofia sich ein, dass es weitaus mehr gab, was zwischen ihr und Rune stand. Sie hatte es vor sich selbst noch nie in dieser Deutlichkeit zugegeben, aber sie langweilte sich an seiner Seite. Es gab in ihrem Leben keine Tiefen, aber auch keine Höhen. Selbst ihre Arbeit bereitete ihr keine Freude: weder die Mahnschreiben an säumige Steuerschuldner noch die Besuche solcher Schuldner in ihrem Büro, die zumeist sehr unerfreulich verliefen.

Bei einer solchen Gelegenheit hatte sie vor etwas mehr als einem Jahr auch Milla kennengelernt. Zuerst war ihr Name nur einer von vielen gewesen, eine Adresse, an die Sofia Mahnungen schickte. Doch dann hatte Milla plötzlich in Sofias Büro gestanden, zusammen mit dem kleinen Emil.

Der Junge war sofort um den Schreibtisch herumgekommen, hatte die Händchen in die Hüfte gestemmt und sie ärgerlich durch seine runde Brille hindurch angeschaut.

»Meine Mama hat wegen dir geweint!«

Sofia, die sich mit Kindern überhaupt nicht auskannte, hatte nicht gewusst, was sie darauf erwidern sollte.

»Emil!« Milla war ebenfalls um den Schreibtisch herumgekommen, hatte den Jungen auf den Arm genommen und war wieder zurückgegangen.

Außer ihrem eigenen Schreibtischstuhl gab es keine Stühle in Sofias Büro – eine Entscheidung, die Rune getroffen hatte. Säumige Steuerzahler sollten es nicht bequem haben, sie sollten einfach ihre Schulden bezahlen!

Sofia hatte diese Logik nie nachvollziehen können, und das konnte sie erst recht nicht, als sie sah, wie verhärmt die Frau wirkte, die vor ihrem Schreibtisch stand und offensichtlich nach Worten suchte.

Das Gesicht ihrer Freundin war blass gewesen, dunkle Schatten hatten sich unter ihren Augen abgezeichnet.

»Ich bin Milla Ivarsson«, hatte sie sich vorgestellt, und so wurde aus dem Namen auf den Mahnschreiben plötzlich eine junge Frau mit einem tragischen Schicksal.

Millas Mann war ein paar Monate zuvor tödlich verunglückt, und seitdem kam Milla finanziell kaum über die Runden. Der einzige Ausweg schien darin zu bestehen, das kleine Haus in Södermalm zu verkaufen.

Doch Milla wollte nichts davon wissen. Inständig bat sie Sofia um einen Aufschub, obwohl sie bereits die zweite Mahnung erhalten hatte.

Millas Schicksal rührte Sofia so sehr, dass sie einfach nicht anders konnte, als die Akte kurzzeitig in ihrer Schreibtischschublade zu verstecken.

Seit jenem denkwürdigen Tag hatte Sofia ihrer Freundin oft auf diese Weise mehr Zeit verschafft, und sie hatte sich immer darauf verlassen können, dass Milla die Summe irgendwann und irgendwie aufbrachte. Allmählich war so eine enge Bindung zwischen ihnen entstanden.

Als Sofia zum ersten Mal nach Södermalm gefahren war, um Milla und Emil zu besuchen, hatte sie sich sofort wie zu Hause gefühlt. Das kleine rote Haus, das viele Grün ringsum, all das erweckte den Eindruck, irgendwo draußen auf dem Land zu sein … in Småland.

Es hätte alles so schön sein können, aber Rune missbilligte ihre Freundschaft zu Milla von Anfang an. Angeblich fand er es falsch, dass sich die Mitarbeiterin einer Finanzbehörde auch privat mit einer Schuldnerin traf. Sofia glaubte jedoch, dass die Gründe tiefer saßen. Er wollte einfach nicht, dass sie andere Menschen in ihr Leben ließ.

Und ich will so nicht weitermachen!

Weiter kam Sofia mit ihren Überlegungen an diesem Abend nicht, also machte sie sich auf den Heimweg.

Als sie die Haustür aufschloss, wurde sie von Stille empfangen. Rune lag bereits im Bett. Pünktlich, so wie jeden Abend, damit er am nächsten Morgen ausgeschlafen im Skatteverket erschien.

Sofia hingegen trödelte noch eine Weile herum. Sie war nicht wirklich müde, außerdem verspürte sie keine Lust, sich neben Rune zu legen. Stattdessen setzte sie sich ins Wohnzimmer und las noch eine Weile. Zumindest versuchte sie es, doch ihre Gedanken schweiften ständig ab. Schließlich gab sie es auf, ging ins Bad und machte sich für die Nacht fertig.

Ganz leise, damit Rune nicht aufwachte, betrat sie anschließend das Schlafzimmer. Er war wach! Sie spürte es, obwohl er ihr den Rücken zuwandte, doch er sagte kein Wort und drehte sich auch nicht zu ihr um.

Am Montagmorgen konnte sie Millas Akte mit einem Erledigungsvermerk zurücklegen. Ihre Freundin hatte die Rate überwiesen. Es sah so aus, als wäre die Angelegenheit zumindest für diesen Monat ausgestanden.

Doch mittags tauchte Milla in Sofias Büro auf. Sie war blass und zitterte am ganzen Körper. Mit einer Hand stützte sie sich am Türrahmen ab.

»Was ist passiert?« Sofia sprang erschrocken auf. »Ist etwas mit Emil?«

Milla schüttelte den Kopf. »Emil geht es gut, er ist noch in der Vorschule.« Sie seufzte tief auf. »Ich habe meinen Job verloren.«

»Oh!« Sofia wusste nicht, was sie sonst dazu sagen sollte. Erst einmal war sie unendlich erleichtert, dass dem Kleinen nichts passiert war. Doch dann erschloss sich ihr die Tragweite des Dilemmas, in dem Milla mit einem Mal steckte. »Und jetzt?«

»Ich habe keine Ahnung.« Milla zuckte mit den Schultern. »Ich hoffe, ich finde so schnell wie möglich eine neue Stelle. Und wenn nicht …«

Sie hielt kurz inne, rang verzweifelt die Hände.

»… dann werde ich wohl alles verlieren«, vollendete sie dann ihren Satz.

Sofia kam um den Schreibtisch herum und nahm sie in die Arme. »Notfalls musst du dir diesmal eben etwas Geld von mir leihen.«

»Nein, auf keinen Fall.« Milla schüttelte entschieden den Kopf. »Ich schaffe das!«, sagte sie entschlossen und wiederholte es gleich noch einmal, als müsste sie sich selbst überzeugen: »Ich schaffe das!«

»Ja, davon bin ich überzeugt. Und ich werde dir helfen, so gut ich kann.« Sofia griff nach dem Arm ihrer besten Freundin. »Und jetzt lade ich dich zu einer Tasse Kaffee ein, und du erzählst mir, was passiert ist.«

Diesmal war Milla einverstanden, und Sofia führte sie in die Kantine der Behörde, die eigentlich nur Mitarbeitern zugänglich war. Daran störte sich allerdings niemand, und deshalb dachte sich auch Sofia nichts dabei.

Kurz darauf rührte Milla in ihrem Kaffee. Sie machte ein nachdenkliches Gesicht, zitterte aber nicht mehr, und auf ihren Wangen zeigte sich ein wenig mehr Farbe.

»Was ist denn passiert?«, fragte Sofia. »Bisher war an deinem Arbeitsplatz doch alles okay.«

Milla zog eine Grimasse, brachte schließlich aber ein schwaches Lächeln zustande.

»Es war nicht unbedingt ein Traumjob«, gestand sie. »Ich bin schließlich Bäckerin und wollte tolle Backwaren herstellen, die den Leuten schmecken. Stattdessen musste ich tiefgefrorenes, vorgebackenes Industriezeug in einen Backofen stecken, aufbacken und verkaufen. Aber ich habe es gemacht, weil ich keinen anderen Job bekommen habe und Geld verdienen musste.«

»Ich weiß«, sagte Sofia mitfühlend. »Vielleicht findest du ja jetzt genau die Stelle, von der du immer geträumt hast. Irgendwo in einer richtigen Bäckerei, nicht in einem dieser Shops.«

»Das ist aussichtslos.« Milla lachte bitter auf. »Ich habe mich schon so oft beworben, aber immer erfolglos.«

Sie verstummte, und ihre Miene wurde wieder nachdenklich.

»Jedenfalls nicht in Stockholm«, fügte sie dann hinzu. »Vielleicht muss ich aufs Land ziehen.«

Eine Weile grübelte sie still vor sich hin, dann schüttelte sie den Kopf.

»Irgendwie habe ich keine Ahnung, wie ich das machen soll. Ich müsste ja dann zu den Vorstellungsgesprächen fahren, aber das kostet Geld. Außerdem habe ich nicht die geringste Ahnung, ob Lennarts Auto überhaupt noch anspringt. Immerhin war er der Letzte, der mit dem Wagen gefahren ist. Und ich kann Emil nicht allein lassen. Aber wenn ich mit einem Kind zu einem Vorstellungsgespräch erscheine, stellt mich erst recht niemand ein.«

»Wenn ich dir schon kein Geld leihen darf, kann ich dir zumindest bei diesem Problem weiterhelfen«, sagte Sofia eifrig. »Ich passe auf Emil auf, wenn du unterwegs bist.« Plötzlich kam ihr ein Gedanke. »Ich wusste übrigens nicht, dass du ein Auto besitzt. Wieso verkaufst du das nicht?«

Milla zuckte mit den Schultern. »Das habe ich versucht, aber niemand wollte den Wagen haben. Er ist alt, extrem groß, laut und ziemlich hässlich.«

»Ach so. Schade.«

»Ja.« Plötzlich lächelte Milla. »Er heißt übrigens Olof.«

Ungläubig starrte Sofia sie an. »Dein Auto hat einen Namen?«

»Ja.« Mit einem Mal wirkte Milla zerknirscht. »Wahrscheinlich ist das einer der Gründe dafür, dass ich nie ernsthaft versucht habe, ihn zu verkaufen. Vielleicht hätte ich es ja gemacht, wenn jemand den Preis bezahlt hätte, den ich für den Wagen verlangt habe.«

Sofia wusste nicht, was sie sagen sollte. Milla war zweifellos der ungewöhnlichste Mensch, den sie je kennengelernt hatte.

»Und mit Olof ist es ein bisschen so wie mit dem Haus: Lennart hing sehr daran. Er hat sich rührend um Olof gekümmert und ihn stets liebevoll gepflegt.«

Sofias Blick schien Milla zu verunsichern.

»Ehrlich gesagt konnte ich Olof einfach nicht verkaufen«, schloss sie kleinlaut. »Er ist zwar nur ein Auto, aber er hat eine Seele.«

»Hat dein Haus eigentlich auch einen Namen?«

»Natürlich nicht!« Milla schaute sie missbilligend an. »Das wäre doch albern.«

»Verstehe«, erwiderte Sofia trocken.

»Dein Blick sagt etwas anderes«, entgegnete Milla im gleichen Tonfall.

Sie schauten sich an und mussten beide lachen.

»Du bist die Frau, die mir böse Mahnungen schickt«, sagte Milla kurz darauf. »Und gleichzeitig bist du die Frau, die mich immer wieder zum Lachen bringt und mir Mut zuspricht.«

Sofia wurde ebenfalls wieder ernst. »Du hast mir auch geholfen. Ohne deine Freundschaft wäre ich verdammt einsam gewesen in den vergangenen Jahren.«

Milla sagte nichts und stellte keine Fragen. Genau das schätzte Sofia besonders an ihr: Ihre Freundin wusste immer genau, wann es besser war zu schweigen.

Es dauerte eine ganze Weile, bis sie wieder sprach.

»Würdest du dich wirklich um Emil kümmern, wenn es nötig werden sollte? Ich wüsste nicht, wen ich sonst fragen kann.«

»Natürlich«, versicherte Sofia. »Du weißt doch, wie sehr ich den Kleinen mag.«

»Und was wird Rune dazu sagen?«

Das können wir ihn gleich selbst fragen, schoss es Sofia durch den Kopf, denn genau in diesem Moment betrat ihr Freund die Kantine.

Seine Miene verdüsterte sich, als er sie und Milla sah. Eine Unmutsfalte bildete sich auf seiner Stirn. Natürlich kam er schnurstracks an ihren Tisch.

»Du weißt doch, dass nur Mitarbeiter des Amtes hier Zutritt haben.«

»Ja, das weiß ich!« Sofia schaute ihn herausfordernd an. »Ist sonst noch etwas?«

Sein Gesicht rötete sich vor Ärger, und es war ihm anzusehen, dass ihm eine sehr unfreundliche Antwort auf der Zunge lag. Doch wahrscheinlich wollte er sich vor den anderen Mitarbeitern, die bereits verstohlen herüberschauten, keine Blöße geben, und so drehte er sich wortlos um und ging.

Sofia schaute ihm nach. Eigentlich hätte sie allen Grund gehabt, sich über ihn zu ärgern, aber stattdessen empfand sie vor allem Mitleid mit ihm ...

Kapitel 3

Als Rune abends nach Hause kam, sagte er kein Wort, sondern sah sie nur strafend an. Dann setzte er sich aufs Sofa und schaltete den Fernseher ein.

»Der Tisch ist gedeckt.«

»Ich habe keinen Hunger«, erwiderte er mürrisch.

Sofia versuchte nicht, ihn umzustimmen.

Später saß sie allein am Küchentisch, obwohl ihr selbst der Appetit vergangen war. Sie aß nur eine Scheibe Brot und dazu ein wenig Salat. Aus dem Wohnzimmer vernahm sie Stimmen aus dem Fernseher. Rune schaute sich eine politische Talkshow an. Ob er sich wirklich auf die Diskussion konzentrieren konnte, trotz der Spannungen zwischen ihnen? Oder ließ ihn das völlig kalt?

Nie zuvor war Sofia so deutlich bewusst geworden, wie sehr sie und Rune sich inzwischen voneinander entfernt hatten. Sie stand auf und ging hinüber ins Wohnzimmer. Schweigend setzte sie sich neben ihn aufs Sofa, dabei schaute sie ihn unverwandt an. Irgendwann musste er doch eine Reaktion zeigen. Wenn sie ihn schon mit Worten nicht erreichte, dann vielleicht so.

Plötzlich wandte Rune den Kopf.

»Lass das!«, fuhr er sie an. »Ich kann es nicht ausstehen, wenn du mich so anstarrst.«

»Rune, wir müssen reden. Über uns.«

»Ich will jetzt nicht reden, ich will die Sendung sehen.« Demonstrativ schaute er wieder auf die Mattscheibe und ließ sich danach durch sie nicht mehr stören.

Sofia seufzte resigniert. Dann ging sie ins Bett und grübelte dabei darüber nach, ob alles anders gekommen wäre, wenn sich ihre Träume aus der ersten Zeit ihrer Beziehung erfüllt hätten. Wenn sie Kinder hätten, ein Haus auf dem Land. Wenn sie verheiratet wären …

Über diesen Gedanken schlief Sofia schließlich ein.

»Wenn noch einmal die Akte deiner Freundin auf meinem Schreibtisch landet, gebe ich sie nicht mehr an dich weiter, sondern bearbeite den Fall selbst.« In Runes Worten schwang eine unverhohlene Drohung mit.

»Bisher hat sie immer bezahlt.« Sofia setzte alles daran, sich ihren Ärger nicht anmerken zu lassen. Stattdessen versuchte sie, Rune mit einem Lächeln versöhnlicher zu stimmen. »Sie wird auch diesmal bezahlen«, versicherte sie.

Dass Milla ihren Job verloren und bisher noch keine neue Stelle gefunden hatte, verschwieg sie dabei lieber. Es war schlimm, dass sie so über den Mann dachte, mit dem sie zusammenlebte, aber Sofia hielt es für durchaus möglich, dass Rune härtere Maßnahmen ergriff, sobald er davon erfuhr.

Rune zog ärgerlich die Augenbrauen zusammen. »Das

zeigt doch, dass sie offensichtlich bezahlen kann. Warum überweist sie die Raten dann nicht gleich termingerecht?«

»Meistens bezahlt sie ja auch pünktlich. Nur manchmal überschneidet sich die Fälligkeit mit dem Eingang ihrer Gehaltszahlung.«

Die sie nun nicht mehr bekommt, fügte Sofia in Gedanken hinzu. Milla stand nur sehr wenig Arbeitslosengeld zu. So oft hatte sie davon gesprochen, irgendwann Beiträge in die freiwillige Arbeitslosenversicherung einzuzahlen, aber bisher hatte sie sich das nicht leisten können. Dazu kam zwar noch die Hinterbliebenenrente für sie und Emil, aber die war kaum erwähnenswert, weil Lennart wegen seiner Krankheit in den letzten Jahren seines Lebens nur sehr wenig verdient hatte.

Für Milla konnte es nicht mehr schlimmer kommen. Zumindest glaubte Sofia das in diesem Moment…

Nachdem Rune ihr Büro verlassen hatte, steckte sie die Akte wie üblich erst einmal in die Schublade.

Zwei Tage später war die Akte verschwunden. Zuerst glaubte Sofia, sie hätte die Unterlagen woanders versteckt. Sie durchsuchte sämtliche Schubladen ihres Schreibtisches und anschließend die Papiere, die in den letzten beiden Tagen dazugekommen waren – ohne Erfolg.

Plötzlich meinte Sofia zu wissen, was damit passiert war. Sie sprang auf, verließ hastig den Raum und eilte zum Büro ihres Freundes. Obwohl er Besuch hatte, stand die Tür offen.

Rune saß hinter seinem Schreibtisch und lächelte die Frau arrogant an.

Es war Milla. Obwohl ihre Freundin mit dem Rücken zur Tür stand, erkannte Sofia sie sofort. Emil umklammerte die Hand seiner Mutter. Er wirkte sehr klein und hilflos. Auch wenn er wahrscheinlich nicht verstand, worum es genau ging, übertrug sich die Aufregung seiner Mutter doch auch auf den Jungen.

»Bitte!«, flehte Milla inständig. »Ich brauche nur ein bisschen Zeit. Du kennst doch meine Situation.«

»Und Sie wissen, wann die Ratenzahlungen fällig sind!« Rune verschränkte die Arme vor der Brust. Seine Ablehnung wurde dadurch besonders deutlich, dass er Milla siezte. In einem Land, in dem sich selbst Fremde ausnahmslos duzten, mit Ausnahme der Königsfamilie, war das ein beabsichtigter Affront.

Milla schwieg einige Sekunden lang. Wahrscheinlich brauchte sie einen Moment, um Runes Worte zu verdauen.

»Ich habe meine Raten doch immer bezahlt, wenn auch nicht ganz pünktlich. Und ich kann schließlich nichts dafür, dass ich im Moment arbeitslos bin. Sobald ich wieder eine Stelle habe ...«

»Arbeitslos?«, fiel Rune ihr ins Wort. Er stemmte beide Hände auf die Schreibtischplatte und erhob sich. »Sie sind arbeitslos?«

Es war Zeit, ihrer Freundin beizustehen, befand Sofia und betrat ebenfalls Runes Büro.

Sofort richtete sich sein Blick auf sie.

»Du hast es gewusst?«, fragte er ungläubig.

»Ja.«

»Das hättest du mir mitteilen müssen.« Wütend schaute er sie an, bevor er sich wieder Milla zuwandte. »Wenn Sie diesmal nicht pünktlich zahlen, werde ich die Zwangsvollstreckung einleiten.«

»Aber ich ...«, begann Milla, doch Rune ließ sie nicht aussprechen. Er wies zur Tür. »Ich habe zu tun.«

Damit ließ er sich zurück auf seinen Bürostuhl fallen, beugte den Kopf über ein Formular und zeigte so, dass die Unterhaltung für ihn beendet war.

»Ich werde die ausstehende Rate bezahlen«, versprach Milla mit zittriger Stimme.

Rune hob den Kopf. »Sie haben Zeit bis morgen.«

Milla nickte, obwohl sie bestimmt wusste, dass sie das Geld so schnell nicht aufbringen konnte.

Sofia wusste es auch. Sie warf Rune einen vernichtenden Blick zu, bevor sie Milla und Emil folgte. Die beiden verließen Hand in Hand das Büro.

»Mama, warum ist der Mann so böse?« Emil schaute fragend zu seiner Mutter auf.

»Er ist nicht böse«, erwiderte Milla. Sie wirkte erschöpft und ausgelaugt. »Er hat nur keine Ahnung, wie es sich anfühlt, Sorgen zu haben.«

Die Tür zu Runes Büro stand noch offen, er musste also jedes Wort gehört haben. Doch Sofia erkannte noch immer keine Regung in seinem Gesicht. Langsam zog sie die Tür hinter sich zu.

Auch diesmal war Milla nicht bereit, sich das Geld zu leihen, nicht mal für die ausstehende Rate.

»Wenn ich einmal damit anfange, bekomme ich meine finanziellen Probleme nie mehr in den Griff«, lautete ihr Argument. »Inzwischen überlege ich sogar, ob es nicht besser wäre, nicht mehr um das Haus kämpfen zu müssen.«

Sofia hatte ihre Freundin noch nie so mutlos erlebt.

»Kannst du nicht machen, dass der Mann meine Mama in Ruhe lässt?«, wandte sich Emil Hilfe suchend an Sofia. »Der wohnt doch bei dir.«

»Ich wünschte, ich könnte es.« Sofia seufzte. »Ich bin gerade so wütend auf ihn.«

»Bitte nicht.« Milla lächelte ihr sogar zu. »Er erledigt einfach nur seine Arbeit.«

»Du erwartest ja nicht, dass er dir die Schulden erlässt«, ereiferte sich Sofia. »Das kann er natürlich nicht. Aber er hat durchaus die Möglichkeit, dir einen Aufschub zu gewähren. Ich rede heute Abend noch einmal mit ihm.«

»Ich will nicht, dass ihr euch womöglich meinetwegen streitet.« Millas Augen füllten sich mit Tränen, trotzdem lächelte sie tapfer weiter. »Ich schaffe das schon. Irgendwie ging es bisher immer weiter, bestimmt gelingt es mir auch jetzt, das Geld rechtzeitig aufzutreiben.«

»Bis morgen?« Sofia schüttelte zweifelnd den Kopf. »Ich kann dir das Geld wirklich geben. Es ist doch völlig egal, ob du es mir oder dem Finanzamt gibst.«

Doch Milla blieb beharrlich. »Mir ist das nicht egal.«

Sofia begleitete ihre Freundin und deren Sohn bis zum

Ausgang, dann schaute sie den beiden nach. Als Emil sich noch einmal umdrehte und ihr zuwinkte, spürte sie einen Kloß in ihrer Kehle.

Aufgebracht ging sie zurück zu Rune und klopfte hart an seine Tür. Bevor er sie dazu auffordern konnte, trat sie ein.

»Ich habe mir gedacht, dass du zurückkommst«, sagte er ruhig.

»Warum machst du das?«, fragte Sofia zornig.

Ohne dass er es wusste, wiederholte er genau das, was Milla vor ein paar Minuten gesagt hatte: »Ich mache nur meine Arbeit.«

»Du kannst ihr ein bisschen mehr Zeit geben. Wir wissen beide, dass das möglich ist.«

»Es würde deiner Freundin nicht helfen«, erwiderte er ungewohnt sanft. »Jetzt hat sie auch noch ihre Arbeit verloren, da kann sie das Haus nicht länger halten.« Sein Blick wirkte plötzlich misstrauisch. »Es sei denn, du ...«

Er sprach nicht zu Ende, aber Sofia verstand ihn auch so.

»Ich habe es ihr angeboten«, gestand sie freimütig, »aber sie will das Geld nicht.«

»Offenbar ist sie vernünftiger, als ich dachte.« Seine Augen verengten sich zu schmalen Schlitzen. »Für den Fall, dass sie es sich doch anders überlegt: Ich will nicht, dass du ihr Geld gibst.«

»Wenn sie es sich hoffentlich noch anders überlegt, werde ich dich nicht um deine Erlaubnis bitten«, erwiderte sie von oben herab.

Es war ihm nicht anzusehen, was er dachte oder fühlte.

»War das alles?«, fragte er kühl. »Dann würde ich jetzt gerne weiterarbeiten.«

Nach der Arbeit fuhr Sofia zu Milla und Emil. Sie wollte noch einmal nach den beiden sehen. Vor allem aber hatte sie keine Lust, den Abend in Runes schweigender Gesellschaft zu verbringen.

Als sie ankam, sah Sofia sofort, dass Milla geweint hatte. Mitfühlend schloss sie die Freundin in die Arme.

»Alles wird gut«, sagte sie leise, doch es klang wenig überzeugend.

»Ja, irgendwie wird immer alles gut.«

»Und wenn der böse Mann unser Haus verkauft, ziehen Mama und ich nach Bullerbü«, verkündete Emil.

Milla und Sofia schauten den Jungen überrascht an.

»Offensichtlich hat er mehr mitbekommen, als ich dachte«, flüsterte Milla, als Emil kurz aus dem Zimmer rannte, um das Buch zu holen, das Sofia ihm geschenkt hatte.

Gleich darauf war er zurück.

»Guck mal.« Er schlug das Buch auf und zeigte auf eine bebilderte Seite. »Das Haus sieht doch fast genauso aus wie unser Haus.«

»Aber Bullerbü gibt es nicht wirklich.« Milla schloss ihren Sohn in die Arme. »Ich habe dir doch gesagt, dass es nur eine Erfindung der Schriftstellerin ist, die deine Lieblingsbücher geschrieben hat.«

Doch Emil war sich seiner Sache sicher.

»Wenn wir richtig suchen, werden wir Bullerbü auch finden«, sagte er ernsthaft.

Als Sofia am nächsten Morgen aufstand, hatte Rune bereits das Frühstück vorbereitet und Kaffee gekocht.

»Setz dich doch«, forderte er sie auf. »Ich bringe dir frischen Kaffee.«

Sofia war zu überrascht, um etwas zu sagen, also nahm sie schweigend Platz.

»Danke«, murmelte sie, als er ihre Tasse füllte.

Vergeblich wartete sie auf eine Erklärung.

»Was soll das?«, brach es schließlich aus ihr heraus, als er schweigend vor ihr saß. »Glaubst du wirklich, dass ein Frühstück alles wieder in Ordnung bringt?«

»Ich dachte, es wäre wenigstens ein Anfang. Es war doch einmal alles gut zwischen uns, bis du dich mit Milla angefreundet hast.«

»Dass wir beide uns auseinanderleben, hat doch nichts mit Milla zu tun. Ich habe in letzter Zeit so oft versucht, mit dir darüber zu reden, aber du hast mir nicht einmal zugehört.«

»Da bin ich anderer Meinung. Seit sie mit ihrem Jungen aufgetaucht ist, hast du dich verändert.«

»Ich habe mich verändert, weil ich kein achtzehnjähriges Mädchen mehr bin.« Sie schüttelte leicht den Kopf. »Manchmal habe ich das Gefühl, du willst das einfach nicht sehen.«

»Glaubst du, dass wir das noch einmal hinkriegen?«, fragte er leise.

»Ich habe keine Ahnung«, gestand sie. »Ich weiß nur, dass ich nicht glücklich bin. Und du bist es offensichtlich auch nicht.«

Während des Frühstücks hatten sie nicht über Milla gesprochen, doch als Sofia später in ihrem Büro im Skatteverket saß, beschloss sie, noch einmal das Gespräch mit Rune zu suchen. Sie hatte am Morgen das Gefühl gehabt, dass er nachdenklicher geworden war, und hoffte darauf, dass diese Stimmung bei ihm anhielt.

Vor der Tür zu seinem Büro atmete sie noch einmal tief durch, bevor sie anklopfte. Diesmal wartete sie ab, bis sie von drinnen sein »Ja, bitte« vernahm. Rune lächelte sogar, als er sie sah, was ihr zusätzlich Mut machte.

»Rune, ich möchte dich noch einmal wegen Milla bitten ...« Sie brach ab, als das Lächeln von seinem Gesicht verschwand. Der Blick aus seinen stahlblauen Augen wirkte geradezu frostig. »Können wir darüber reden?«, bat sie hilflos.

»Ich denke, ich habe meinen Standpunkt deutlich gemacht.«

»Ist es wirklich eine rein berufliche Entscheidung?«, fragte sie leise. »Oder bist du so unnachgiebig, weil dir meine Freundschaft mit Milla missfällt?«

Rune antwortete nicht sofort, aber in seinem Gesicht arbeitete es. Dann öffnete er den Mund, doch Sofia sollte nie erfahren, was er in diesem Moment hatte sagen wollen, weil Emil das Büro betrat. Er war allein gekommen. Mit hoch erhobenem Köpfchen stolzierte er zum Schreibtisch, schob eine Hand in die Tasche seiner Jeans und förderte mehrere Geldstücke hervor. Sofia zählte sieben Kronen.

»Das ist mein ganzes Geld«, sagte der Junge voller Stolz, als handele es sich um einen unermesslichen Reichtum. Vermutlich empfand er es auch so. »Das kannst du haben«, sagte er und schob Rune die Münzen über den Schreibtisch zu. »Dann muss meine Mama nicht mehr weinen.«

Sofia war so gerührt, dass es ihr selbst schwerfiel, die Tränen zurückzuhalten. Emils rührender Auftritt musste doch auch bei Rune etwas bewirken.

Doch als sie ihn anschaute, sah sie nur sein verächtliches Lächeln. In diesem Moment zerbrach etwas in ihr.

Rune schob das Geld zurück. »Du kannst deiner Mutter sagen, dass solche Tricks bei mir nicht ziehen.«

Emil schaute ihn verständnislos an, dann wandte er sich an Sofia.

»Ich weiß nicht, was der Mann meint«, sagte er hilflos.

»Ich auch nicht!« Sofia warf Rune einen provozierenden Blick zu, bevor sie vor dem Kleinen in die Hocke ging. »Wie bist du hierhergekommen?«

»Seine Mutter hat ihn gebracht und wartet irgendwo draußen auf ihn«, behauptete Rune.

Emil stemmte seine Händchen in die Hüfte. »Ich bin ganz allein gekommen. Ich war in der Vorschule.«

»Weiß denn jemand, dass du weggelaufen bist?«, fragte Sofia besorgt. Wenn Milla inzwischen davon erfahren hatte, war sie bestimmt in Panik.

Emil schüttelte den Kopf. »Ich bin nicht weggelaufen, sondern ganz langsam gegangen. Und an der Straße hab ich gewartet, bis die Ampel grün war. So hat Mama mir das gezeigt.«

»Aber es weiß niemand, dass du weggegangen bist?«, hakte Sofia noch einmal nach.

»Nein. Die hätten mich ja nicht gehen lassen.«

»Das stimmt doch nicht!« Offenbar ließ Rune sich nicht von seiner Theorie abbringen. »Ich bin sicher, dass die Mutter des Jungen irgendwo da draußen …«

»Halt die Klappe!«, fuhr Sofia ihn an.

Emil kicherte. »Ich darf so was in der Vorschule nicht sagen, sonst kriege ich Ärger.«

»Du kriegst vor allem Ärger, wenn du einfach wegläufst«, ermahnte ihn Sofia besorgt. »Wir müssen sofort deine Erzieherinnen informieren. Wie hast du überhaupt den Weg hierher gefunden?«

»Ich war doch schon ein paarmal mit Mama hier.« Emil grinste. »Außerdem ist es nicht weit.«

Sofia wusste, dass die Vorschule nur ein paar Hundert Meter vom Skatteverket entfernt lag. Als sie aber an die stark befahrenen Straßen dachte, die Emil allein überquert haben musste, brach ihr nachträglich der Angstschweiß aus.

»Versprich mir, dass du das nie mehr machst«, bat sie den Jungen.

»Aber ich muss Mama doch helfen«, wandte Emil ein. Er zeigte mit dem Zeigefinger auf Rune. »Sonst klaut der uns unser Haus.«

»Ich klaue überhaupt nichts«, fuhr Rune empört auf. »Ich handele nur nach dem Gesetz!«

»Du willst jetzt nicht ernsthaft mit einem Fünfjährigen über Recht und Gesetz debattieren.« Sofia schüttelte fassungslos den Kopf. »Weißt du, Rune, ich verstehe dich einfach nicht.«

»Ja, das kommt mir auch so vor«, erwiderte er kühl.

Milla war entsetzt, als sie von Emils Alleingang erfuhr. Vor allem war sie empört, weil er aus der Vorschule verschwinden konnte, ohne dass die Erzieherinnen es bemerkten.

»So etwas wird bestimmt nie wieder passieren«, sagte Sofia. Sie hatte Emil nach Hause gebracht und Milla erzählt, was passiert war.

»Hoffentlich! Ich werde mich jedenfalls mit den Erzieherinnen – aber auch mit Emil – sehr ernsthaft darüber unterhalten.«

»Emil hat es nur gut gemeint«, verteidigte Sofia den Jungen. »Er wollte dich mit seinen sieben Kronen freikaufen.«

Milla schüttelte den Kopf, sie wirkte immer noch verärgert. Doch plötzlich begann sie zu lachen.

»Ich hätte zu gerne Runes Gesicht gesehen!«, platzte es aus ihr heraus.

Sofia konnte nicht mitlachen. »Es war so rührend, wie Emil vor ihm stand, aber Rune hat es völlig kaltgelassen.«

»Ich habe nichts anderes von ihm erwartet.«

Eine Weile hingen sie beide ihren Gedanken nach, bis Milla schließlich das Thema wechselte.

»Ich habe in drei Tagen ein Vorstellungsgespräch. Sogar hier in Stockholm.«

Sofia war begeistert. »In einer richtigen Bäckerei?«

»Leider nicht. Es handelt sich um eine Großbäckerei. Ich stehe an einem Fließband und überwache süßes Weißbrot auf dem Weg zur Verpackungsmaschine.«

»Kein Ort für kreative Backkunst«, stellte Sofia fest. »Bist du sicher, dass du das willst?«

»Ich kann es mir nicht leisten, wählerisch zu sein. Schließlich muss ich Geld verdienen.«

»Ich wäre natürlich froh, wenn du in Stockholm bleiben würdest. Aber ich wünsche dir eine Stelle, die dich wirklich erfüllt.«

»Ich mir auch – und dir übrigens auch«, ergänzte Milla. »Ich stelle es mir nicht sehr erfüllend vor, Mahnschreiben aufzusetzen.«

»Manchmal stelle ich mir vor, dass etwas Verrücktes passiert. Etwas, was alles auf den Kopf stellt und meinem Leben eine völlig neue Richtung gibt«, gestand Sofia.

Milla warf ihr einen warnenden Blick zu. »Sei lieber vorsichtig mit deinen Wünschen.«

»Ich weiß, sie könnten in Erfüllung gehen.« Sofia lachte. »Aber ganz ehrlich? Daran glaube ich nicht.«

Kapitel 4

Bereits zwei Tage später wurde Sofia an ihren Wunsch erinnert – oder vielmehr an Millas Warnung, dass sie vorsichtig sein sollte mit dem, was sie sich wünschte. Sie saß nicht einmal eine halbe Stunde an ihrem Schreibtisch, als sie einen Anruf aus dem Karolinska-Universitätskrankenhaus erhielt.

»Mein Name ist Kristine Bengtsson, ich bin Krankenschwester. Wir haben hier einen kleinen Jungen, etwa fünf Jahre alt, der Emil heißt ...«

»Was ist passiert?«, stieß Sofia erschrocken hervor. »Und wo ist Emils Mutter?«

»Um Emils Mutter geht es eigentlich«, sagte die Krankenschwester gedehnt. »Sie hatte einen Unfall. Jemand müsste ihr ein paar Sachen bringen und sich dann um den Kleinen kümmern.«

»Einen Unfall? Was ist passiert? Natürlich bringe ich ihr, was sie braucht. Aber wie geht es ihr? Ist sie schlimm verletzt?«, sprudelte es aus ihr heraus. Dann hielt sie inne und holte erst einmal tief Luft.

»Sie schwebt nicht in Lebensgefahr.« Kristine Bengtssons Stimme klang beruhigend. »Aber sie wird eine Weile bei uns bleiben müssen.«

Sofia stellte keine weiteren Fragen. »Ich mache mich sofort auf den Weg«, versprach sie, legte auf und verließ ihr Büro.

Erst als sie am Ausgang angekommen war, fiel ihr ein, dass sie Rune Bescheid sagen musste. Also machte sie kehrt und ging zuerst zu ihm.

»Ich nehme mir heute einen Tag frei«, informierte sie ihn und drehte sich wieder um, doch Rune hielt sie zurück.

»Einfach so?«, fragte er befremdet. »Urlaubstage sind vorher anzumelden und mit mir abzusprechen.«

Eigentlich wusste Sofia, dass er kein Verständnis zeigen würde, dennoch versuchte sie es.

»Milla hatte einen Unfall und liegt im Krankenhaus«, setzte sie ihn ins Bild. »Jemand muss sich um Emil kümmern.«

»Aber nicht du!« Eine steile Falte zeichnete sich auf seiner Stirn ab. »Wir haben mit dieser Frau und ihrem Kind nichts zu tun.«

Obwohl Sofia nicht mit Runes Mitgefühl gerechnet hatte, erschreckte es sie, wie kaltblütig er tatsächlich reagierte.

»Milla ist meine Freundin«, erwiderte sie kühl. »Ich lasse sie nicht im Stich, und erst recht nicht ihren fünfjährigen Sohn.«

Rune stand auf. In seinem Gesicht arbeitete es.

»Wenn du jetzt ohne meine Erlaubnis das Skatteverket verlässt, bist du gefeuert!«, drohte er, und mühsam unterdrückte Wut lag in seiner Stimme.

Sie starrten sich an. Sofia erkannte, dass seine unbedachte Äußerung ihn ebenso entsetzte wie sie. Aber er nahm sie nicht zurück, und sie war nicht bereit, sich von ihm erpressen zu lassen.

Manchmal stelle ich mir vor, dass etwas Verrücktes passiert. Etwas, was alles auf den Kopf stellt und meinem Leben eine völlig neue Richtung gibt!

Ihre eigenen Worte vom Vortag gingen ihr durch den Kopf. Vielleicht war das hier genau die Situation, die alles auf den Kopf stellte, damit sie ihr Leben komplett verändern konnte. Erstaunlicherweise hatte sie kein bisschen Angst vor der Ungewissheit, die damit einherging. Noch konnte sie zurück, doch dazu war sie nicht mehr bereit.

»Okay, dann ist das so«, stimmte sie zu. »Ich werde mein Büro später räumen, aber jetzt fahre ich zu Milla und Emil ins Karolinska.«

Damit drehte sie sich um und ging. Obwohl sie keine Ahnung hatte, wie es nun weitergehen würde, fühlte sie sich wie befreit.

Milla lag auf der chirurgischen Abteilung des Karolinska-Universitätskrankenhauses. Ihr Gesicht war schneeweiß, sie beteuerte allerdings, dass sie keine Schmerzen habe.

»Die haben mich mit Medikamenten vollgepumpt.«

»Aber wie ist das passiert?«, rief Sofia aufgeregt.

»Meine eigene Dummheit.« Milla lächelte gequält. »Ich habe übrigens die Stelle in der Großbäckerei nicht bekommen.«

»Das ist schade, aber was hat das mit deinem Unfall zu tun?« Sofia versuchte, geduldig zu bleiben.

»Ich dachte, wenn jetzt sowieso alles den Bach runtergeht, mache ich mir wenigstens ein paar schöne Tage mit Emil. Ich habe ...« Ein leises Schluchzen entrang sich Millas Kehle, und ihre Augen füllten sich mit Tränen.

»... ich habe das einzig wertvolle Schmuckstück versetzt, das ich besitze«, flüsterte sie. »Eine Kette meiner Großmutter. Dabei hatte ich mir geschworen, dass ich das niemals tun würde. Nicht einmal für eine der Raten, die ich an die Finanzbehörde zahlen muss.« Sie schluckte schwer. »Die Ferien beginnen jetzt, und alle seine Freunde verreisen, da wollte ich Emil auch einmal eine Freude bereiten. Er bekommt viel zu viel von meinen Sorgen mit. Das ist mir so richtig bewusst geworden, als er Rune den Inhalt seines Sparschweins geben wollte.«

»Das verstehe ich alles«, versicherte Sofia. »Aber es erklärt immer noch nicht, warum du im Krankenhaus liegst.«

»Mama ist die Treppe runtergefallen«, kam es von der Tür. »Einfach so.« Emil betrat in Begleitung einer Krankenschwester das Zimmer. »Und jetzt kann sie nicht mehr Auto fahren.« Bittend schaute er zu Sofia auf. »Kannst du uns nicht fahren?«

»Deine Mutter kann leider nicht wegfahren, Emil«, mischte sich die Krankenschwester ein. »Sie muss operiert werden. Ich bin übrigens Kristine«, stellte sie sich Sofia vor. »Ich glaube, wir haben eben miteinander telefoniert.«

Sofia nickte und nannte ebenfalls ihren Namen.

»Ich habe mir einen komplizierten Bruch des rechten Unterschenkels zugezogen«, verriet Milla.

»Es ist ein offener Bruch, der operativ gerichtet werden muss«, ergänzte Kristine.

»Deshalb muss ich eine Weile im Krankenhaus bleiben«, erklärte Milla. Sie klang sehr unglücklich, und Emil ließ ebenfalls den Kopf hängen.

»Ich hab mich so auf die Ferien gefreut«, sagte er mit Piepsstimme.

»Es tut mir leid.« Milla streckte die Hand nach ihrem Sohn aus. »Ich habe dir etwas versprochen, was ich jetzt nicht halten kann.«

Emil schmiegte sein Gesicht in ihre Hand und sah dabei so tieftraurig aus, dass es Sofia fast das Herz zerriss. Krampfhaft überlegte sie, wie sie dem Jungen eine Freude machen konnte.

»Was hältst du davon, wenn wir nachher in den Zoo fahren?«, schlug sie vor.

»Nö«, sagte Emil lustlos.

»Und wie wäre es mit einer Dampferfahrt auf dem Mälaren?«

»Keine Lust.« Der Junge begann plötzlich zu weinen.

»Ach, Emil.« Jetzt konnte Milla die Tränen selbst nicht mehr zurückhalten.

Sofia ging vor dem Kleinen in die Hocke.

»Was kann ich denn machen, damit du nicht mehr ganz so traurig bist?«, fragte sie sanft.

»Weiß nicht.« Zumindest hörte Emil jetzt auf zu weinen.

Er schien sogar nachzudenken. »Kannst du mir aus dem Bullerbü-Buch vorlesen?«, bat er schließlich.

Sofia begriff, dass die Geschichten für ihn eine Art Zuflucht waren, weil ihm die Realität gerade zu sehr zu schaffen machte.

Auch die Krankenschwester war voller Mitleid für Emil.

»Ich habe einen Sohn, der ungefähr so alt ist wie du«, sagte sie. »Er mag auch die Geschichten aus Bullerbü.«

»Wenn ich groß bin, wohne ich da«, prophezeite Emil. »Und dann baue ich da ein Haus für meine Mama. Das kann der Rune uns dann nicht mehr wegnehmen.«

»Wer ist Rune?«, fragte Kristine überrascht.

»Das ist der Mann, bei dem Sofia wohnt und arbeitet. Ich glaube, die mag den. Ich weiß aber nicht, warum.«

»Du magst ihn also nicht?«, fragte Kristine sichtlich amüsiert.

Emil warf einen scheuen Blick in Sofias Richtung, bevor er den Kopf schüttelte.

»Der ist nicht nett«, erklärte er. »Meine Mama hat geweint, als sie das letzte Mal bei ihm war.«

Kristine hob den Kopf. Neugierig schaute sie zwischen Milla und Sofia hin und her.

Sofia wusste nicht, was sie sagen sollte, und auch Milla schien nach einer Erklärung zu suchen, doch Emil kam ihr zuvor.

»Der Rune will uns nämlich unser Haus wegnehmen«, verriet er mit bebender Stimme.

»Das ist ja spannender als ein Krimi«, stellte Kristine fest.

Offensichtlich wartete sie auf weitere Erklärungen, aber Milla schüttelte kaum merklich den Kopf, als Sofia sie fragend anschaute.

»Ich muss mir jetzt erst einmal Gedanken darüber machen, was mit Emil passiert«, sagte sie.

»Ich bleibe bei Mama im Krankenhaus«, verkündete Emil und wies auf das zweite leere Bett im Zimmer. »Ich kann doch da schlafen. Und Kristine spielt mit mir. Und Essen haben die hier auch genug.«

»Es wäre sehr verlockend, tagsüber mit dir zu spielen«, sagte Kristine lächelnd. »Aber leider geht das nicht, weil ich mich um die kranken Menschen auf meiner Station kümmern muss. Und da du nicht krank bist, kannst du auch nicht im Krankenhaus wohnen.«

»Ich bin doch da«, versicherte Sofia schnell, als sie die Angst und Unsicherheit in den Augen des Jungen erkannte. »Du wirst sehen, wir machen uns eine tolle Zeit zusammen.«

»Aber du musst doch arbeiten«, rief Milla erschrocken.

»Muss ich nicht. Rune hat mich gefeuert.«

Millas Gesichtsausdruck war so komisch, dass Sofia laut auflachte. »Du siehst, ich habe alle Zeit der Welt.«

»Muss ich dann bei dir und Rune wohnen?«, fragte Emil. »Dazu hab ich nämlich keine Lust.«

»Ich auch nicht.« Fragend schaute Sofia Milla an. »Ich kann doch für eine Weile bei dir einziehen?«

»So lange, wie du willst.« Milla begann plötzlich zu kichern. »Das heißt, so lange, wie dein Rune uns da noch wohnen lässt. Wahrscheinlich feuert er dich bald ein zweites Mal, und Emil und mich gleich dazu.«

»Aber wenn du im Krankenhaus bist und Sofia und ich ganz weit wegfahren und uns verstecken, dann findet der Rune uns nicht«, schlug Emil vor.

Sofia zuckte bei diesen Worten zusammen. Es war erschreckend, wie sehr Rune nicht nur ihr, sondern auch Millas und Emils Leben beeinflusste.

Milla schien die Idee ihres Sohnes gar nicht so abwegig zu finden. »Hast du einen Führerschein?«

»Ja«, bestätigte Sofia und fragte sich, worauf ihre Freundin hinauswollte.

»Olof ist vollgetankt und fahrbereit. Warum verreist du nicht einfach für ein paar Tage mit Emil?«

Sofia war sprachlos vor Überraschung, während Emil bereits vor Freude in die Luft sprang. »Ja! Ja! Ja!«, jubelte er.

»Das geht nicht«, sagte Sofia nach einer Weile. »Wir können deine Mutter nicht allein hier im Krankenhaus lassen und einfach wegfahren.«

»Doch, das könnt ihr«, widersprach Milla entschlossen. Sie stöhnte leise vor Schmerzen, als sie versuchte, sich aufzurichten. »Wirklich, Sofia, du würdest mir damit einen großen Gefallen tun. Und schau nur, wie sehr Emil sich schon freut.«

Der Junge nickte heftig.

»Aber wenn du etwas brauchst? Du wärst dann ganz allein! Wer soll dich besuchen?«

»Wir können telefonieren. Außerdem habe ich hier alles, was ich brauche.« Milla machte eine ausholende Handbewegung. »Bitte, Sofia, fahr ein paar Tage mit Emil weg. Das wird euch beiden guttun.«

»Ich werde mich um Milla kümmern«, versprach Kristine. Dann fügte sie augenzwinkernd hinzu: »Wenn ich mir jeden Tag besonders viel Zeit für sie nehme, werde ich hoffentlich alles über diesen ominösen Rune erfahren.«

Vielleicht war diese Reise genau das, was sie brauchte. Und für Emil war es sicher auch gut, wenn er Abstand von alldem gewann, was gerade in Stockholm passierte.

»Also gut«, stimmte Sofia zu und drückte den Kleinen kurz an sich. »Dann verreisen wir beide.«

»Das ist Olof?« Fassungslos starrte Sofia auf den uralten Wagen, einen Volvo aus den Achtzigern, der an einen riesigen Kasten auf vier Rädern erinnerte.

»Olof ist cool.« Emil streichelte ehrfürchtig über den grauen Lack. »Wenn ich groß bin, kriege ich den.«

»Ich bin mal gespannt, was du als Achtzehnjähriger zu diesem Modell sagst«, murmelte Sofia. Sie war sich nicht sicher, ob sie mit diesem Wagen überhaupt fahren konnte.

Eilig packte sie ein paar Sachen für Emil ein und überzeugte sich davon, dass alle Fenster geschlossen waren, bevor sie mit dem Jungen das Haus verließ. Als sie die Tür verschloss, fragte sie sich, wie lange Milla und Emil hier noch wohnen würden. So wie sie Rune einschätzte, würde er jetzt erst recht die Zwangsversteigerung vorantreiben.

Sofia warf den Hausschlüssel in den Briefkasten. Kristine hatte angeboten, ihn dort später abzuholen.

Emil war bereits in seinen Kindersitz auf der Rückbank des Wagens geklettert. Sofia vergewisserte sich, dass er auch richtig angeschnallt war, bevor sie sich selbst hinter das Lenkrad setzte. Doch dann wagte sie es nicht, den Wagen zu starten, um das riesige Gefährt aus der Garage zu fahren.

»Geht's jetzt los?«, fragte Emil nach einer Weile ungeduldig.

»Ja.« Sofia steckte den Schlüssel ins Zündschloss und drehte ihn herum.

Ein gurgelndes Geräusch ertönte und weckte in Sofia die Hoffnung, der Wagen könne erst gar nicht anspringen. Doch dann gab es einen Ruck, und der Motor startete.

Vorsichtig trat Sofia das Gaspedal herunter, und der schwere Wagen setzte sich behäbig in Bewegung.

»Fahren wir jetzt in den Urlaub?«, rief Emil aufgeregt.

»Ich muss zuerst noch zu mir nach Hause und meinen Koffer packen, aber dann geht es los.«

Rune war jetzt noch im Skatteverket, eine Begegnung mit ihm musste sie also nicht befürchten. Trotzdem war sie ein wenig enttäuscht, als er wirklich nicht zu Hause war. Vielleicht hätte es noch etwas ändern können, wenn er ihr das Gefühl gegeben hätte, dass sie ihm noch wichtig war.

Als Sofia ihren Koffer packte, wusste sie, dass sie damit gleichzeitig das Ende der vergangenen zehn Jahre besiegelte. Wenn sie noch einmal zurückkehrte, dann nur, um ihre restlichen Sachen abzuholen.

Auch hier ging sie noch einmal durch alle Zimmer. Nicht um nach dem Rechten zu sehen, sondern um Abschied zu nehmen. Ein bisschen Trauer war dabei, aber vor allem Erleichterung und Neugier auf das, was die Zukunft wohl bringen würde.

Eine halbe Stunde später saßen sie und Emil wieder im Auto.

»Jetzt beginnen unsere Ferien«, sagte sie.

»Jaaaa«, rief Emil begeistert.

Langsam drehte sich Sofia zu dem Jungen um.

»Aber wo sollen wir überhaupt hinfahren?«, fragte sie. Tatsächlich kam ihr der Gedanke, dass sie noch gar kein Reiseziel hatten, erst jetzt.

Die Antwort kam spontan: »Bullerbü!«

Sofia lachte. »Wohin denn sonst?«

Sie suchte in ihrem Handy nach einem Navigationsprogramm und gab wirklich den Namen »Bullerbü« ein. Angezeigt wurde der Ort »Sevedstorp« mitten in Småland, irgendwo zwischen Vimmerby und Lönneberga, weit genug weg von dem Dorf, in dem sie und Maja bei ihrer Tante Babro aufgewachsen waren.

Ob Maja immer noch in dem Haus wohnt und inzwischen mit Mats verheiratet ist?

Trotz all der Jahre, die seit dem Verrat ihrer Schwester vergangen waren, durchfuhr Sofia bei diesem Gedanken ein schmerzliches Ziehen. Sie wollte dieses Gefühl nicht, und noch weniger wollte sie darüber nachdenken. Also fuhr sie los.

Sie hatten Stockholm noch nicht ganz verlassen, waren kaum mehr als eine halbe Stunde unterwegs, da meldete sich Emil: »Wann sind wir da?«

»Ein bisschen dauert es noch.« Laut Navi noch drei Stunden, aber das verschwieg Sofia dem Kleinen.

»Ich hab Hunger.«

Dafür hatte Sofia Verständnis, schließlich war es schon früher Nachmittag, und Emil hatte nichts mehr gegessen, seit sie das Krankenhaus verlassen hatten. Als ihr bewusst wurde, dass auch sie seit dem Frühstück nichts mehr zu sich genommen hatte, spürte sie ebenfalls ein leichtes Ziehen im Magen.

Bei Södertälje hielt sie an einer Raststätte und erlaubte, dass Emil sich für eine Zimtschnecke entschied.

»In den nächsten Tagen gibt es aber nicht nur Süßes«, fügte sie mahnend hinzu.

Er nickte, grinste sie dabei aber verschmitzt an. Sofia wählte ein Sandwich und einen Kaffee. Danach bewegte sie sich ein paar Schritte mit Emil, weil sie vorhatte, die nächsten drei Stunden durchzufahren, bis sie Sevedstorp erreicht hatten.

Doch kaum waren sie eine Viertelstunde unterwegs, meldete sich Emil erneut.

»Ich muss mal Pipi.«

»Konntest du das nicht sagen, als wir an der Raststätte waren?«

»Da musste ich noch nicht.«

Also fuhr Sofia an der nächsten Raststätte wieder ab.

Dort wollte Emil dann auch noch etwas trinken und bettelte so lange, bis sie ihm einen Schokoriegel kaufte.

Endlich ging es weiter, und diesmal gab es keinen Zwischenstopp mehr. Im Rückspiegel konnte Sofia sehen, dass Emil eingeschlafen war. Sein Köpfchen ruhte an der Lehne des Kindersitzes, die runde Brille war ein wenig verrutscht, und sein Mund stand offen. Es war ein sehr rührendes Bild, und plötzlich freute sie sich richtig auf die gemeinsame Zeit mit ihm. Hoffentlich würde er Milla nicht zu sehr vermissen.

Als Sofia die Autobahn verließ und der schmalen Landstraße folgte, auf die sie von der Navigations-App gelotst wurde, war das wie eine Reise in die Vergangenheit. Småland begrüßte sie mit seiner wechselvollen Landschaft, den saftgrünen Wiesen, tiefen Wälder und glitzernden Seen. Sie fuhr an roten Holzhäusern vorbei, an Bauernhöfen und durch idyllische Dörfer. An der Abzweigung nach Arnebo hätte sie nur rechts abbiegen müssen, um in ihr Heimatdorf zu gelangen.

Erneut spürte sie den dumpfen Druck, der jeden Gedanken an ihr früheres Zuhause begleitete, und war froh, als sie an der Abbiegung vorbeigefahren war. Nun richtete sie ihre Gedanken wieder nach vorn und auf die kommenden Tage. Hoffentlich würde sie ein schönes Quartier für sich und Emil finden. Am liebsten wäre ihr ein Ferienhaus ...

Du hättest nur mal kurz an Tante Babros Haus vorbeifahren können!

»Am liebsten an einem See«, sagte sie leise, um Emil nicht zu wecken, aber laut genug, um die Stimme in ihrem Innern zu übertönen.

Vielleicht hättest du Maja gesehen!

»Ich hätte vor der Abfahrt im Internet nachschauen sollen.«

Und Mats! Besonders Mats!

»Lass das, verdammt noch mal!«

»Ich mach doch nichts«, kam ein verschlafenes Stimmchen vom Rücksitz.

»Ach, Emil, entschuldige bitte. Ich habe nicht mit dir gesprochen.«

»Aber sonst ist doch keiner da«, sagte er überrascht.

»Ich rede mit mir selbst.«

»Das macht Mama manchmal auch.« Er schwieg sekundenlang und stellte dann fest: »Ihr Erwachsenen seid komisch.«

»Ja, das sind wir wohl«, stimmte Sofia ihm zu, wurde dann aber abgelenkt, weil sich ihr Handy – und damit auch die Navigations-App – abschaltete. Der Akku war leer.

»Ich hab Hunger«, sagte Emil.

»Schon wieder?«, fragte Sofia überrascht. »Wir haben doch vor drei Stunden erst gegessen.«

»Vor tausend Stunden«, behauptete Emil und wiederholte seine Ansage: »Ich habe Hunger!«

»Aber hier gibt es keine Raststätte. Willst du nicht warten, bis wir angekommen sind? Lange kann es nicht mehr dauern.«

»Bis dahin bin ich verhungert«, behauptete der Knirps. »Und dann ist Mama bestimmt sauer auf dich.«

»Das will ich natürlich nicht riskieren.«

Als die nächste Abzweigung in Sicht kam, setzte Sofia den Blinker. Ein Schild zeigte an, dass der nächste Ort fünf Kilometer entfernt war, allerdings war es so verwittert, dass sie den Namen nicht mehr entziffern konnte.

»Hier ist keiner«, stellte Emil fest, nachdem sie bereits mehr als fünf Kilometer gefahren waren, ohne die Anzeichen einer Ansiedlung zu entdecken. »Vielleicht wohnen die Leute jetzt alle woanders.«

»Aber dann wären die Häuser doch noch da.« Sofia bremste scharf ab, als die geteerte Straße urplötzlich endete und in einen Schotterweg überging. »So ein Mist!«, schimpfte sie.

»Ja! Ich hab Hunger!«

Sofia hielt an und stellte den Motor ab. Vielleicht gab es ja noch einen Rest von Energie in ihrem Handy, wenigstens so viel, dass sie einen Blick auf das Navi werfen und erkennen konnte, wo das nächste Dorf lag.

»Warum hältst du? Hast du was zu essen gefunden?«, fragte Emil hoffnungsvoll.

»Siehst du denn nicht, dass hier überall Zimtschnecken wachsen?«

Emil war zu klein, um die Ironie zu erkennen.

»Echt?«, quietsche er begeistert, öffnete den Gurt und drückte sein Gesichtchen fest gegen die Seitenscheibe. »Du hast gelogen«, stellte er enttäuscht fest.

»Es tut mir leid, Emil. Ich habe nur einen Witz gemacht, aber der war wohl nicht lustig.«

»Das war ein doofer Witz«, stellte er mit finsterer Miene fest.

Sofia wollte das Thema nicht vertiefen.

»Sollen wir weiterfahren oder lieber umkehren?«

»Mir egal«, sagte Emil. »Ich will zu meiner Mama.«

Oje, durchfuhr es Sofia. So etwas hatte sie befürchtet.

»Ja, ich weiß«, sagte sie, ohne das weiter zu kommentieren. »Setz dich wieder richtig hin, und schnall dich an. Ich fahre ein Stück weiter, bis ich Olof irgendwo wenden kann, dann drehen wir um.«

»Darf ich dann zu Mama?«

»Zuerst essen wir etwas«, versuchte sie ihn abzulenken.

»Na gut.«

Emil lehnte sich in seinem Kindersitz zurück. Im Rückspiegel beobachtete Sofia, wie er den Sicherheitsgurt wieder schloss, dann fuhr sie weiter.

Jetzt führte der Weg durch einen Birkenwald. Die Kronen trafen sich hoch über ihnen, und die Sonne warf flirrende Strahlen durch das Laub. Alles wirkte so schön und unberührt.

Ein dunkler Nadelwald folgte. Hinter der nächsten Wegbiegung änderte sich die Natur erneut und eröffnete den Blick auf eine Ansiedlung. Rote Häuser standen auf einer sonnenbeschienenen Lichtung, und dahinter lag ein See, an dessen Ufer ein paar Boote festgemacht waren.

»Ist das Bullerbü?«, fragte Emil atemlos.

»Nein, Bullerbü liegt weiter ...« Sofia brach ab, als ein riesiger Hund über den Weg lief. Instinktiv riss sie das Lenkrad nach links – und da war ausgerechnet dieser Mann.

Obwohl Sofia scharf abbremste, erwischte sie ihn. Er fiel auf Olofs Motorhaube und starrte sie durch die Windschutzscheibe entsetzt an.

Sofia starrte ebenso entsetzt zurück, während der Mann langsam von der Motorhaube rutschte.

»So ein Glück«, rief Emil vom Rücksitz. »Dem Hund ist nichts passiert!«

Kapitel 5

Sofia brauchte einen Moment, um sich aus ihrer Erstarrung zu lösen. Mit zitternden Fingern öffnete sie die Tür. Ihre Knie waren wie Gummi, als sie ausstieg und zu dem Mann wankte.

»Hast du Schmerzen?«, erkundigte sie sich.

Er hob den Kopf und funkelte sie wütend an.

»Das ist die dämlichste Frage, die mir je gestellt wurde«, knurrte er.

»Ich wollte nur höflich sein«, verteidigte sich Sofia.

»Es wäre höflich gewesen, wenn du dieses Monstrum auf vier Rädern rechtzeitig angehalten hättest.«

»Das ist alles deine Schuld! Schließlich musste ich deinem dämlichen Hund ausweichen.«

»Bo! Ist ihm etwas passiert?« Der Mann stöhnte laut bei dem Versuch, sich zu erheben.

»Ist Bo der Hund?«, war Emils Stimme zu hören.

Sofia wandte sich um. Offensichtlich hatte der Junge sich wieder aus seinem Kindersitz befreit, war auf den Vordersitz geklettert und von dort durch die offene Fahrertür ausgestiegen. Der riesige Bernhardiner stand direkt neben Emil und schnupperte am Ohr des Jungen. Wenn er jetzt zubiss ...

»Emil, geh weg von dem Tier!«, befahl Sofia.

»Der tut nichts.« Der Junge lachte, als Bos Zunge über seine Wange fuhr.

»Emil!« So streng hatte Sofia noch nie mit ihm gesprochen. Er gehorchte trotzdem nicht, sondern schlang mit trotziger Miene beide Arme um den Hals des Hundes.

»Bo liebt Kinder!«

Sofia wandte sich wieder dem Mann zu, der gerade einen erneuten Versuch unternahm, sich zu erheben. Sie eilte auf ihn zu, fasste nach seiner Schulter ... und ließ ihn sofort wieder los, als er schmerzerfüllt aufbrüllte.

Warum, zum Teufel, habe ich diese Abzweigung genommen?, schoss es ihr durch den Kopf. Laut fragte sie: »Kann ich etwas für dich tun?«

»Danke, du hast schon genug für mich getan!« Finster starrte er sie an.

Sofia beschloss, darauf nicht zu antworten und zu berücksichtigen, dass er verletzt war. Selbstverständlich nicht durch ihre Schuld. Wenn er seinen Hund einfach so frei herumlaufen ließ ...

Sofia wandte sich wieder Emil zu. Er kraulte den Hund und sah – ebenso wie Bo – zu ihr und dem Besitzer des Hundes.

»Du sollst von dem Hund weggehen«, sagte Sofia noch einmal.

»Ich mag Hunde!« Emil blieb dicht neben Bo stehen.

»Und Bo mag Kinder.« Bos Herrchen grinste diabolisch. »Er hat sie sozusagen zum Fressen gern.«

Als Sofia empört nach Luft schnappte, winkte er ab. »Reg dich nicht auf. Ich habe drei Kinder, und die können alles mit ihm machen. Er würde niemals zubeißen.«

Sofia war nicht überzeugt. Sie hatte keine Erfahrung mit Hunden und traute Bo nicht. Aber weitere Diskussionen waren ohnehin überflüssig. Sie wollte einfach mit Emil weiterfahren und diese unangenehme Episode so schnell wie möglich vergessen.

»Kann ich wirklich nichts für dich tun?«, erkundigte sie sich noch einmal.

Sie rechnete auch diesmal mit einer rüden Antwort, doch zu ihrer Überraschung nickte er.

»Doch, da wäre etwas. Mein Haus liegt etwa vier Kilometer von hier entfernt, und mit den Schmerzen will ich die Strecke nicht laufen. Hast du dein Handy dabei?«

Sofia erschrak. War er schwerer verletzt, als es den Anschein hatte?

»Brauchst du einen Rettungswagen?«

»Nein, ich will meinen Schwiegervater anrufen, damit der mich abholt.«

»Mein Akku ist leer«, erinnerte sich Sofia. »Hast du denn kein Handy dabei?«

»Nein, das lasse ich immer zu Hause, wenn ich nachmittags mit Bo zu einem Spaziergang aufbreche, damit ich wenigstens in der Stunde ein bisschen Ruhe habe.«

Vor wem wollte er denn seine Ruhe haben? Vor seinen Kindern? Oder ging ihm seine Frau auf die Nerven?

»Ich könnte dich fahren«, schlug sie zögernd vor.

Eigentlich wollte sie es bei dieser kurzen Begegnung belassen, aber wenn er ernsthaft verletzt war, konnte sie ihn schlecht hier stehen lassen.

Sein Gesichtsausdruck verriet, dass er ihre kurze Bekanntschaft auch lieber hier und jetzt beendet hätte.

Sofia zeigte auf Bo. »Der kennt doch sicher den Weg nach Hause.«

Der Mann schaute sie entsetzt an. »Ich lasse Bo doch nicht allein zurück!«

»Und ich lasse ihn nicht ins Auto!« Um ihren Worten Nachdruck zu verleihen, schüttelte Sofia heftig den Kopf. »Der passt da auch überhaupt nicht rein.«

Der Mann humpelte zum Auto und riss die Tür hinter dem Fahrersitz auf.

»Bo!«

Mit einem Satz sprang der Hund in den Wagen. Selbst sitzend überragte er Emil, der neben ihm Platz nahm, und die Rückenlehnen der Vordersitze.

Sofia, die wieder auf dem Fahrersitz saß, hatte das Gefühl, dass der heiße Atem des Hundes während der weiteren Fahrt ständig über ihren Kopf strich. Wohl fühlte sie sich nicht. Vielleicht lag das aber auch nur an dem Mann neben ihr, der bei jedem Schlagloch leise aufstöhnte. Sie musste das alles hinter sich bringen. So schnell wie möglich!

Sie hatte das Gefühl, dass es dem Mann neben ihr zunehmend schlechter ging. Wenn er ihr knappe Anweisungen gab, wie sie zu fahren hatte, klang seine Stimme gepresst.

Das kleine Dorf zog sich am Seeufer entlang. Es bestand aus falunroten Holzhäusern, die von Birken und bunten Sommerblumen umgeben waren. Dazwischen leuchtete das Blau des Sees.

Als der Weg am Ende des Dorfes einen Knick machte, entdeckte Sofia ein großes Haus. Es war in dem für Schweden typischen Rot gestrichen und hatte weiße Fensterläden. Zwei Stufen führten auf eine weiße Veranda, die das Haus einmal komplett umrundete. Auf der ebenfalls weißen Holzbank lag ein schwarz-weißer Kater, der kurz den Kopf hob.

An einem Ast des Apfelbaumes neben dem Haus baumelte eine Schaukel, und ein Ball lag auf der Wiese – beides deutliche Anzeichen dafür, dass hier Kinder lebten, obwohl nichts zu sehen und zu hören war.

Vergeblich versuchte der Mann neben Sofia, die Tür auf der Beifahrerseite zu öffnen.

»Verdammt«, fluchte er.

»Ich mache das schon.« Sofia stieg auf ihrer Seite aus. Während sie den Wagen umrundete, hoffte sie inständig, dass der rechte Arm des Mannes nicht gebrochen war.

Ich konnte nichts dafür, sagte sie sich einmal mehr. *Wäre der Hund nicht gewesen ...*

Sie riss die Beifahrertür auf und ignorierte den finsteren Blick, den der Mann ihr zuwarf. Es war mehr als offensichtlich, dass er nach wie vor ihr die Schuld an seiner Situation gab.

»Hej!« Ein älterer Herr trat aus dem Haus. Er stutzte

kurz, dann kam er eilig die Treppe herunter. »Was ist passiert, Bengt?«

Bengt hieß er also. Sofia warf ihm einen verstohlenen Blick zu. Sein dichtes Haar war eine Spur zu lang und ein wenig verstrubbelt. Ein Vollbart bedeckte die untere Hälfte seines Gesichts und war von ersten grauen Haaren durchzogen. Vielleicht hätte sie ihn attraktiv gefunden, wenn er nicht so furchtbar unfreundlich gewesen wäre. Auch jetzt warf er ihr wieder einen finsteren Blick zu.

»Sie ist passiert«, antwortete er. »Hat mich einfach umgefahren.«

»Ich bin dem Hund ausgewichen! Wie oft soll ich das noch sagen?«

»Dem Hund ist aber nichts passiert.« Emil hatte sich aus seinem Kindersitz befreit und war wieder nach vorne geklettert, um ebenfalls auszusteigen.

Bo versuchte, ihm auf dem gleichen Weg zu folgen, passte aber nicht in die Lücke zwischen den beiden Vordersitzen. Er blieb stecken und gab einen jämmerlichen Jaulton von sich.

»Armer Bo.« Bengt starrte Sofia noch immer finster an. »Er hat eine Menge mitgemacht.«

»Nein, hat er nicht«, widersprach sie und warf den Kopf in den Nacken. »Ich habe mich sehr bemüht, ihn nicht anzufahren!«

Der ältere Mann lachte. »Gut gekontert! Nimm es meinem Schwiegersohn nicht übel. Er ist eigentlich ein netter Kerl.«

»Das konnte er bisher sehr erfolgreich verbergen!«

Der Mann lachte erneut und streckte ihr die Hand entgegen.

»Ich bin Gösta«, stellte er sich vor.

»Sofia.« Sie nahm seine Hand. »Und das ist Emil.«

»Hej, Emil. Ich befreie jetzt mal schnell den Bo. Hast du danach Lust auf Pfannkuchen?«

Emil nickte eifrig. »Ich hab so Hunger, aber Sofia gibt mir nichts zu essen.«

»Wieso wundert mich das jetzt nicht?«, murmelte Bengt.

Sofia tätschelte seinen schmerzenden Arm und zeigte ein falsches Lächeln, als Bengt erneut aufstöhnte.

Gösta hatte es inzwischen geschafft, den Bernhardiner auf die Rückbank des Wagens zurückzuschieben, und öffnete die Tür, damit Bo herausspringen konnte. Nun richtete er sich auf und schaute seinen Schwiegersohn besorgt an.

»Du musst zum Arzt. Vielleicht ist der Arm gebrochen.«

»Es ist die Schulter, nicht der Arm«, sagte Bengt. »Die Schmerzen strahlen nur in den Arm aus.«

»Sofia bringt dich doch bestimmt zur Vårdcentral, inzwischen backe ich mit Emil Pfannkuchen.«

»Nein.« Sofia schüttelte entschieden den Kopf. »Emil kommt mit.«

»Ich hab aber keine Lust.« Emil schob unwillig die Unterlippe vor. »Ich will bei Gösta bleiben und Pfannkuchen essen.«

»Ich kann ja verstehen, dass du den Kleinen nicht einfach so bei einem Fremden lassen willst.« Gösta lächelte sie verständnisvoll an. »Das würde ich mit meinen Enkelkindern auch nicht machen.«

»Das würde ich dir auch nicht raten«, brummte Bengt. »Und du musst mich nirgendwohin bringen«, wandte er sich an Sofia. »Du kannst nach Hause fahren.«

Deutlicher konnte er ihr nicht zu verstehen geben, dass sie verschwinden sollte.

Nichts lieber als das, wollte sie gerade sagen, doch Emil kam ihr zuvor.

»Kriege ich dann keine Pfannkuchen?« Betrübt schaute er in die Runde. »Ich hab riesigen Hunger.«

»Versprochen ist versprochen.« Gösta konnte den traurigen Kinderblick offenbar nicht ertragen und griff nach der Hand des Jungen. »Die beiden sollen doch machen, was sie wollen.«

»Erwachsene sind komisch«, stellte Emil wieder einmal fest, während die beiden Hand in Hand die Treppe hochstiegen, der ältere Mann und neben ihm der kleine Junge, der vertrauensvoll zu ihm aufschaute.

»Ja, das stimmt.« Gösta nickte.

»Aber du bist auch erwachsen. Und ziemlich alt.«

»Nur von außen«, behauptete Gösta. »Innendrin bin ich ein Kind.«

»Cool!«, rief Emil, der ihm offensichtlich glaubte und für sich beschlossen hatte zu bleiben.

Dann verschwanden die beiden im Haus, und Sofia bemerkte, dass Bengt ihnen lächelnd nachschaute. Es war das erste Mal, dass sie ihn lächeln sah. Also, so richtig, nicht dieses böse Grinsen, das er ein paarmal gezeigt hatte.

Plötzlich drehte er sich zu ihr um. Offenbar hatte er gespürt, dass sie ihn beobachtete. Als sich ihre Blicke begegneten, setzte er wieder die mürrische Miene auf, die sie nun hinlänglich kannte.

»Können wir?«, fragte er barsch.

»Ich darf dich also tatsächlich fahren?«, entgegnete sie mit einem ironischen Unterton.

Wortlos setzte er sich in Olof und starrte geradeaus. Es fiel Sofia nicht leicht, Emil bei dem ihr fremden Gösta zurückzulassen, auch wenn ihr Gefühl ihr sagte, dass sie ihm vertrauen konnte. Mit gemischten Gefühlen nahm sie wieder hinter dem Lenkrad Platz. Erst jetzt registrierte sie, dass die Beifahrertür offen stand. Wahrscheinlich konnte Bengt sie wegen seiner Schmerzen nicht schließen. Aber anstatt abzuwarten, bis sie sich ins Auto gesetzt hatte, hätte er auch etwas sagen können.

Seufzend stieg Sofia wieder aus, umrundete den Wagen und schlug heftig die Tür zu. Auch sie sagte kein Wort, als sie sich wieder setzte. Schweigend startete sie den Wagen, wendete ihn auf dem Platz vor dem Haus und wartete.

Bengt schwieg.

»In welche Richtung?«, fragte sie knapp und unfreundlich.

»Fahr einfach los, ich sage dir schon, wann du abbiegen musst.«

Die nächste Vårdcentral war in Mariannelund. Erstaunlicherweise dauerte die Fahrt nur knapp zehn Minuten. Es gab sogar eine geteerte Straße! Inzwischen war Sofia davon überzeugt, dass es nicht mehr als ein Feldweg gewesen war, auf dem Emil und sie nach dem Abbiegen gelandet waren. Sie hätte Bengt gerne gefragt, wenn er nicht weiterhin so beharrlich geschwiegen und ihr damit gezeigt hätte, dass er keine Unterhaltung wünschte. Er sprach nur, wenn er die Richtung angab, in die sie fahren musste.

Kurz darauf stellte sie Olof auf dem Parkplatz unweit des Ärztehauses ab. Von hier aus konnte sie den Eingang ebenso sehen wie das Schild mit dem Äskulapstab und der Aufschrift »Vårdcentral«.

Sofia stieg aus, öffnete die Beifahrertür und schlug sie wieder zu, nachdem Bengt ausgestiegen war.

»Begleiten muss ich dich ja wohl nicht ...«

Er maß sie mit einem abschätzigen Blick, dann wandte er sich ab und ging.

Sofia setzte sich zurück in den Wagen und wartete. Lange! Sehr, sehr lange.

Als er endlich zurückkam, war er offensichtlich noch schlechter gelaunt, als sie es bereits von ihm kannte. Schwer ließ er sich auf den Beifahrersitz fallen und starrte durch die Windschutzscheibe.

»Was sagt der Arzt?«, erkundigte sich Sofia gereizt.

Seine Haltung ging ihr allmählich auf die Nerven. Immerhin war er nicht so schwer verletzt, dass er mit einem Rettungswagen von der Vårdcentral aus ins Krankenhaus gebracht worden war.

»Schlüsselbeinbruch«, informierte er sie knapp. »Du hast ganze Arbeit geleistet.«

Schweigend fuhren sie zurück.

Gösta stand mit einem Besen auf der Veranda. Er kam sofort die Treppe herunter, als Sofia den Wagen vor dem Haus parkte.

Sofia stieg aus und schaute sich suchend um. »Wo ist Emil?«, fragte sie besorgt.

»Er ist zusammen mit Bengts Kindern bei den Nachbarn, um sich deren Katzenbabys anzuschauen«, berichtete Gösta. »Ich rufe sofort dort an, damit sie nach Hause kommen. Aber sag du mir erst, was mit dir ist?«, fragte er Bengt.

Bengt erstattete kurz Bericht über das Ergebnis der Untersuchung. »Ich muss jetzt einen Rucksackverband tragen und mich schonen. Ausgerechnet jetzt!« Mit unzufriedener Miene stapfte er zu dem Anbau des roten Holzhauses.

»Es tut mir leid«, sagte Sofia, als Bengt außer Hörweite war. Gegenüber Gösta fiel ihr die Entschuldigung nicht schwer.

Als er sie anlächelte, stellte sie fest, dass seine freundlichen blauen Augen von Lachfältchen umgeben waren. Er war mittelgroß und ein wenig untersetzt, die Farbe seines immer noch dichten Haares undefinierbar. Irgendwas zwischen Grau und Blond.

»Für einen Tierarzt wird es ein bisschen schwierig, wenn er seinen rechten Arm ruhig halten muss.« Gösta schaute zu dem Anbau hinüber, in dem Bengt inzwischen verschwunden war.

»Er ist Tierarzt?«, fragte Sofia überrascht.

»Der einzige hier in der Umgebung.« Gösta nickte bedrückt und zeigte auf die Tür, die Bengt hinter sich zugeschmissen hatte. »Da hat er seine Praxis, aber er fährt auch zu den Bauernhöfen in der Umgebung. Vor vier Wochen hat seine Sprechstundenhilfe überraschend gekündigt, weil sie zu ihrem Freund nach Malmö ziehen wollte. Seitdem muss er alles allein machen, eine neue Hilfe findet er nicht.«

Ich hätte auch keine Lust, für ihn zu arbeiten!

Gösta schien ihr anzusehen, was sie gerade dachte.

»Er ist wirklich ein sehr freundlicher und umgänglicher Mensch«, versicherte er. »Alle mögen ihn.«

Nicht alle, verbesserte Sofia ihn in Gedanken.

»Er ist ein toller Freund und der beste Schwiegersohn, den ich mir wünschen konnte.« Ein Schatten zog über Göstas Gesicht.

Sofia war neugierig. Welche Frau hielt es mit einem Mann wie Bengt aus? Und wo war sie überhaupt? Inzwischen musste sie doch wissen, dass ihr Mann bei einem Unfall verletzt worden war. Oder lebte sie überhaupt nicht hier?

Es würde mich jedenfalls nicht wundern, wenn sie diesem Kerl weggelaufen wäre.

»Außerdem ist er ein wundervoller Vater«, schloss Gösta.

»Wie alt sind seine Kinder?« Sie fragte nicht nur aus Höflichkeit, es interessierte sie wirklich.

»Ronja ist vierzehn, Lasse sieben und Greta fünf Jahre alt. Du wirst sie ja gleich noch kennenlernen.«

Sofia schüttelte den Kopf. »Es ist inzwischen ziemlich spät geworden, deshalb möchte ich sofort mit Emil weiterfahren. Ich hole ihn am besten bei euren Nachbarn ab und fahre dann gleich weiter«, überlegte sie.

»Wo willst du denn heute Abend noch hin?«

»Emil möchte nach Bullerbü, wir sind also auf dem Weg nach Sevedstorp.«

»Hast du da ein Ferienhaus gemietet? Oder ein Hotel?«

»Nein, wir müssen uns noch ein Quartier suchen.« Sofia lächelte. »Eigentlich sollte das längst passiert sein. Ich habe nicht damit gerechnet, dass ich hier länger aufgehalten werde. Genau genommen hatte ich nicht einmal vor, einen Abstecher hierher zu machen.«

»Und warum hast du es dir anders überlegt?«

»Emil hatte Hunger.« Sie lachte. »Ich hätte ihn noch eine halbe Stunde länger hungern lassen sollen, dann wäre uns allen eine ganze Menge erspart geblieben.«

»Manchmal kommt es einfach so, wie es kommen muss.« Göstas Blick verlor sich sekundenlang in der Ferne, aber dann schaute er Sofia wieder lächelnd an. »Bleib doch einfach Weilchen mit Emil bei uns, wenn ihr die Zeit habt. Der Junge fühlt sich hier wohl, und Bengt könnte deine Hilfe brauchen.«

»Warum sollte ausgerechnet ich Bengt helfen?«

Gösta schaute sie nur an, sagte kein Wort.

Dieses Schweigen scheint in der Familie zu liegen.

»Es war nicht meine Schuld!«, rechtfertigte sie sich. Als er lächelte, fuhr sie fort: »Bo ist mir geradewegs vor den Wagen laufen. Ich habe automatisch das Lenkrad herumgerissen – und da war dann plötzlich Bengt.«

Gösta hob eine Augenbraue.

»Hätte ich Bo etwa überfahren sollen?«, fragte sie kleinlaut.

»Ich bin froh, dass du es nicht getan hast. Bo ist auch ein Familienmitglied. Aber bleib doch wenigstens eine Nacht, und denk über mein Angebot nach. Ich bin sicher, es wird dir bei uns gefallen.«

»Eine Nacht!« Sofia nickte. »Aber nur, weil ich inzwischen ziemlich müde bin. Und nur, wenn ich für das Quartier bezahlen darf. Morgen früh fahre ich dann mit Emil weiter.«

»Ja, natürlich. Wenn du magst, zeige ich dir jetzt gleich dein Zimmer.«

Das Zimmer lag unter dem Dach, war nicht besonders groß und spärlich eingerichtet. Dennoch war es gemütlich. Auf dem hellen Holzboden lag ein gewebter Teppich in Pastellfarben. Die Möbel waren allesamt weiß, sowohl das Holzbett an der Längsseite des Zimmers als auch der Kleiderschrank direkt davor und ebenso der kleine runde Tisch an der gegenüberliegenden Wand. Der Ohrensessel daneben lud zum gemütlichen Verweilen ein, und die Stehlampe spendete genug Licht, sodass man hier an langen Winterabenden sicher herrlich lesen konnte.

Das Schönste an diesem Zimmer aber war die Aussicht. Statt eines Fensters gab es eine Doppelflügeltür aus Glas, die auf den Balkon führte.

Sofia öffnete sie weit und trat hinaus. Der Balkon umrundete das Haus und bildete somit eine Überdachung für die Veranda im Erdgeschoss.

Hinter dem Gebäude erstreckte sich eine Wiese bis zum See. Ein kleiner Abschnitt lag frei, wie ein natürlicher Strand. Hohe Ulmen und Weiden, deren herabhängende Zweige bis ins Wasser reichten, umstanden das Ufer.

Sofia umfasste mit beiden Händen das Geländer. Es war schön hier, unglaublich schön! Fast wünschte sie, sie könnte tatsächlich bleiben. Doch leider gab es auch in diesem Paradies eine Schlange, die ihr den Aufenthalt mächtig verleiden würde.

Morgen fahren Emil und ich weiter.

Davon war Sofia so überzeugt, dass sie ihre Reisetasche gar nicht erst auspackte. Am liebsten hätte sie den Rest des Abends hier oben verbracht, aber die Höflichkeit gebot es, dass sie nach unten ging. Gösta hatte ihr gesagt, dass es in einer halben Stunde Abendessen gebe.

Außerdem war da immer noch Emil – und den hatte sie nur einmal ganz kurz gesehen, als sie von der Vårdcentral zurückgekommen war. Er war eilig an ihr vorbeigelaufen und hatte ihr zugerufen, dass Lasse auf ihn warte. Emil schien sich bereits nach ein paar Stunden so zu Hause zu fühlen, dass er Bullerbü und sogar Stockholm vergessen hatte.

Siedend heiß fiel ihr Milla ein. Sie wartete bestimmt auf eine Nachricht und machte sich große Sorgen, weil sie bisher noch nichts gehört hatte. Sofia verband ihr Handy mit dem Ladegerät und schickte schon einmal eine SMS:

Es ist alles in Ordnung. Emil geht es sehr gut. Nach dem Abendessen rufen wir dich an. Liebe Grüße, Sofia

Kapitel 6

Als Sofia unten ankam, vernahm sie durch die offen stehende Küchentür Bengts wütende Stimme: »Ich will die hier nicht haben! Schick sie weg!«

»*Die* kann dich hören«, sagte Sofia, als sie die Küche betrat.

Bengt, der neben seinem Schwiegervater am Herd stand, fuhr herum.

»Umso besser! Über Nacht kannst du bleiben, wegen des Jungen, aber morgen fährst du weiter.«

»Nichts anderes hatte ich vor.« Sofia hoffte, dass sie einen ebenso perfekt arroganten Blick hinbekam wie er. So von oben herab, auch wenn sie einen Kopf kleiner war als Bengt. »Und nur damit du es weißt: Ich bleibe bloß wegen Emil.«

Bo kam schwanzwedelnd in die Küche – genau richtig, um Sofia weitere Munition zu liefern.

»Das alles ist nur passiert, weil du nicht auf deinen dämlichen Köter aufgepasst hast«, fuhr sie fort.

»Welcher dämliche Köter?«, vernahm sie eine zarte Stimme.

Sofia trat einen Schritt vor und konnte nun an der offenen Tür vorbei einen Blick auf die Eckbank werfen, die rechts an der Wand stand. Davor befanden sich ein großer Esstisch, auf dem bereits Teller und Gläser standen, sowie vier Stühle.

Das Mädchen auf der Bank war blond, blass und sehr dünn. Ihre Augen waren so dunkel wie die von Bengt. Aufgebracht funkelte sie Sofia an. »Bo ist nicht dämlich!«, verteidigte sie ihren vierbeinigen Freund.

Als hätte Bo verstanden, worum es ging, kam er nun auf Sofia zu, setzte sich vor ihr auf die Hinterbeine und hob die rechte Pfote.

»Er will sich mit dir anfreunden.« Gösta lachte.

»Was zeigt, dass Bo wirklich dämlich ist«, erwiderte Bengt bissig. »Zumindest mit *der* Einschätzung liegst du richtig.« Er funkelte sie nun ebenso böse an wie seine Tochter.

Sofia ergriff Bos Pfote.

»Tut mir leid«, entschuldigte sie sich. »Du bist wirklich sehr freundlich. Leider habe ich so gar keine Erfahrungen mit Hunden.«

»Wer hätte das gedacht.« Bengts Ironie zerrte an Sofias Nerven.

»Es liegt an deinem Herrchen, dass ich nicht besonders freundlich zu dir war«, fuhr sie in Bos Richtung fort. »Er fördert meine schlechten Eigenschaften zutage.«

Bo schienen ihre Worte zu gefallen. Er lauschte schwanzwedelnd, während Gösta hastig ein Lachen in einen Hustenanfall verwandelte.

Sofia richtete sich auf und wandte sich dem Mädchen zu.

»Ich bin Sofia«, stellte sie sich lächelnd vor.

Weil das Mädchen sie immer noch feindselig anschaute, rechnete Sofia mit einer patzigen Antwort, doch die blieb glücklicherweise aus.

»Ronja«, murmelte das Mädchen.

Danach breitete sich ein unangenehmes Schweigen im Raum aus. Sofia hätte gerne etwas gesagt, aber ihr fiel nichts ein.

»Hol doch bitte die Kleinen, Ronja«, bat Gösta. »Das Essen ist fertig.«

Das Mädchen gehorchte wortlos und verließ die Küche. Kurz darauf waren fröhliche Kinderstimmen zu hören. Gemeinsam mit Emil betraten ein Junge und ein Mädchen die Küche.

»Ronja hast du ja jetzt schon kennengelernt.« Gösta stellte einen mit Brot gefüllten Korb auf den Tisch, bevor er nacheinander auf den Jungen und das kleine Mädchen wies. »Das sind Lasse und Greta.«

»Wenn ich groß bin, heirate ich den Emil«, plapperte die Kleine unbefangen.

Emils Miene verriet, dass er von dieser Idee nicht sonderlich begeistert war.

»Nee, das will ich nicht.« Er zeigte mit dem Finger auf Sofia. »Ich heirate sie.«

»Du kannst deine Mama nicht heiraten«, informierte ihn Lasse.

»Das ist doch nicht meine Mama.« Emils Augen wurden groß vor Überraschung. »Das ist nur die Sofia.«

Nur die Sofia? Bei dieser Bezeichnung musste sie doch

ein wenig schlucken. Schlagartig wurde ihr klar, dass sie von allen für Emils Mutter gehalten worden war, und stellte das jetzt richtig.

»Milla, Emils Mutter, ist meine Freundin. Sie liegt zurzeit im Krankenhaus, deshalb unternehme ich mit Emil diese Reise.« Sie berichtete kurz von Millas Unfall, ließ die Operation und alle anderen Details wegen der Kinder jedoch aus.

Bengt schmunzelte. »Hast du etwas mit dem Unfall deiner Freundin zu tun?«

»Nein! Ich überfahre grundsätzlich keine Leute, die ich mag«, konterte sie.

»Autsch!« Gösta grinste. »Das hat gesessen.«

Bengt schüttelte lachend den Kopf. »Mich können grundsätzlich nur die Leute treffen, die ich mag.«

Nach diesem Schlagabtausch war die Stimmung erstaunlicherweise merklich entspannter. Alle versammelten sich um den Tisch und ließen sich das Abendessen schmecken.

»Pyttipanna ist mein Lieblingsessen«, sagte Lasse und ließ sich den Teller ein zweites Mal füllen.

»Ein Eintopf aus Resten ist immer das Beste.« Gösta schmunzelte. »Hauptsache, es sind genug Zwiebeln und Kartoffeln darin.«

»Papa, darf Emil morgen mit zu Fynn? Er hat noch nie einen richtigen lebendigen Elch gesehen.« Lasse wirkte geradezu fassungslos über diesen Umstand.

»Das geht leider nicht«, sagte Sofia. »Emil und ich fahren morgen ganz früh weiter.«

»Ich will aber nicht!« Emils Stimme klang weinerlich.

»Wir wollen doch nach Bullerbü.« Wie sollte sie dem Jungen bloß klarmachen, dass sie auf keinen Fall bleiben würden? »Es ist nicht mehr weit bis dahin.«

Emil winkte ab. »Hier ist es genauso schön wie in Bullerbü. Ich will hier bei Lasse bleiben.«

»Und bei mir«, sagte Greta schnell.

Emil zog eine Grimasse, widersprach ihr aber nicht.

»Du hast den Jungen gehört.« Gösta lächelte sie an. »Warum bleibt ihr nicht einfach und …«

»Wir fahren morgen«, unterbrach Sofia ihn grob und zerstörte so die entspannte Stimmung, die bisher am Tisch geherrscht hatte. Sie erhob sich. »Vielen Dank für das Essen und die Gastfreundschaft. Emil und ich gehen jetzt schlafen.«

»Ich schlafe bei Lasse.« Emil schaute sie trotzig an. »Und du kannst morgen allein fahren, ich bleibe hier!«

»So. Und was machst du jetzt?«, fragte Bengt, an sie gewandt. Seine Schadenfreude war offensichtlich.

Sofia ballte kurz die Hände zu Fäusten und hielt krampfhaft den unfreundlichen Kommentar zurück, der ihr auf der Zunge lag. Tatsächlich schaffte sie es, ganz ruhig zu antworten.

»Ich gehe jetzt ins Bett. Gute Nacht!« Damit wandte sie sich zur Tür.

»Sie hätte wenigstens beim Abwasch helfen können«, hörte sie Bengt sagen. Die Kinder lachten.

Sofia blieb stehen, kämpfte sekundenlang mit sich und ging dann wortlos weiter.

Als sie oben in ihrem Zimmer angekommen war und die Tür hinter sich schließen konnte, atmete sie erleichtert auf. Die Balkontür stand immer noch offen.

Sofia trat hinaus und atmete tief die Sommerluft ein. Zu dieser Jahreszeit, in der es die ganze Nacht nicht dunkel wurde, wirkte die Landschaft wie in ein mystisches blaues Zwielicht getaucht. Einzig das Plätschern des Sees war zu hören, wenn das Wasser gegen das Ufer schlug. Unwirklich und schön, wie in einem Traum.

Ich würde auch gerne bleiben…

Sofia zuckte erschrocken zusammen, als sie sich bei diesem Gedanken ertappte. Abrupt wandte sie sich um und ging ins Zimmer. Sie musste nur diese eine Nacht hinter sich bringen. Morgen würde sie sich mit Emil auf den Weg nach Bullerbü machen, und dann wäre diese Episode hier bestimmt schnell vergessen.

»Steh auf!«

Sofia schreckte auf. Als sie im Dämmerlicht Bengt neben ihrem Bett stehen sah, fuhr sie hoch und zog sich die Decke bis zum Hals.

Er zog eine Augenbraue hoch und grinste.

»Was willst du hier?«, fuhr sie ihn ärgerlich an.

»Es gibt einen Notfall! Du musst mich fahren.« Sein Tonfall ließ keinen Widerspruch zu.

»Kann Gösta das nicht übernehmen?« Sofia verspürte nicht die geringste Lust, Bengt durch die Nacht zu kutschieren.

»Nein!«, lautete die Antwort, kurz und knapp, ohne jede Erklärung.

»Ich bin müde, außerdem muss ich morgen früh aufstehen.«

»Du wirst jetzt aufstehen.« Er riss ihr die Bettdecke weg. »Wenn du nicht willst, dass eine Stute ihr Fohlen verliert, bist du in fünf Minuten unten.« Mit diesen Worten stapfte er aus dem Zimmer.

Sofia musste nicht lange überlegen. Den Tod eines Tieres würde sie nicht in Kauf nehmen, nur um Bengt in seine Schranken zu verweisen. Sie stand auf, zog sich an und ging nach unten.

Im Haus war es still, die Kinder und auch Gösta lagen längst in ihren Betten. Bengt wartete draußen neben Olof, einen Arztkoffer in der Hand. Offensichtlich hatte er fest damit gerechnet, dass sie kommen würde.

Sofia warf ihm einen grimmigen Blick zu, öffnete die Beifahrertür und ließ ihn einsteigen.

»Wohin?«, fragte sie, als sie hinter dem Lenkrad saß.

Kurz angebunden gab er ihr Anweisungen, bis sie nach einer Viertelstunde einen Bauernhof außerhalb des Dorfes erreichten. Bengt ließ sie auf den Hof fahren und dort anhalten.

Der Platz war von Stallungen umgeben, doch nur eines der Tore stand weit offen.

Bengt stieg aus. »Bring meine Tasche mit«, ordnete er an.

Eine heftige Antwort lag ihr auf der Zunge. Sofia hielt sie zurück, weil in diesem Moment ein junger Mann in Jeans und T-Shirt nach draußen kam. Als er Bengt entdeckte, zeigte sich Erleichterung auf seinem Gesicht, doch dann stutzte er.

»Hast du einen Ersatz für Marie gefunden?«, fragte er, den Blick auf Sofia gerichtet. Ohne Bengts Antwort abzuwarten, streckte er ihr die Hand entgegen. »Ich bin Krister.«

»Sofia.« Sie war ziemlich beeindruckt. Krister hatte etwas von einem Cowboy und unwahrscheinlich blaue Augen. Eigentlich fehlten nur noch die Sporen an den Reitstiefeln und der passende Hut.

»Ich freue mich sehr, dich kennenzulernen. Kommst du hier aus der Gegend?«

»Aus Stockholm. Wir sind nur auf der Durchreise«, erwiderte sie.

»Schade.« Sein Blick ließ sie nicht los. »Wir? Du bist also nicht allein?«, vergewisserte er sich dann.

»Was ist jetzt mit deiner Stute?«, fuhr Bengt ungeduldig dazwischen.

»Ja ...« Krister wandte den Kopf. »Sie ist im Stall.« Fragend schaute er Sofia an. »Kommst du mit?«

»Ja«, antwortete Bengt an ihrer Stelle. »Sie muss mir helfen.«

Sofia nahm Bengts Tasche aus dem Wagen und folgte den beiden Männern, die bereits den Stall betraten. Gleich in der ersten Box, die dick mit Stroh eingestreut war, stand eine Stute. Sie zitterte vor Schmerzen, das Fell war schweißnass. Ihre Nüstern blähten sich, und die Augen waren vor Angst weit aufgerissen. Unruhig tänzelte sie hin und her.

»So geht das schon seit dem frühen Nachmittag«, berichtete Krister.

»Warum rufst du mich dann jetzt erst?« Bengt war sichtlich verärgert.

»Weil es mich kein Geld kostet, wenn sie das Fohlen allein bekommt.«

Bengt schüttelte den Kopf. »Wenn das Fohlen falsch liegt, könnte es jetzt schon zu spät sein.«

Sofia trat neben die Stute und tätschelte ihr den Hals.

»Es ist alles gut, meine Schöne«, redete sie leise auf das Tier ein. »Gleich hast du bestimmt ein wundervolles Baby.«

Was immer es auch war, der Klang ihrer Stimme oder die Berührung, die Stute wurde tatsächlich ruhiger. Sie schnaubte leise und senkte den Kopf, als Sofia sie weiter streichelte. Die Kontraktionen ihres Bauches wurden stärker.

»Das Fohlen kommt«, stellte Bengt fest. »Ich kann die Vorderhufe sehen.«

Kurz darauf waren die Nase, der Kopf und auch die Schultern des Fohlens zu erkennen; dann lag das hilflose Wesen auf dem Boden. Sein Anblick rührte Sofia so sehr, dass sich ihre Augen mit Tränen füllten.

Die Stute war jetzt völlig ruhig und schien genau zu wissen, was sie zu tun hatte. Sie wandte sich dem Fohlen zu, beschnupperte es und begann es abzulecken.

»Das stärkt das Zusammengehörigkeitsgefühl zwischen der Stute und ihrem Jungen«, erklärte Bengt leise. »Außerdem bringt sie das Fohlen so dazu, aufzustehen und zu trinken.«

Tatsächlich versuchte das Jungtier nach kurzer Zeit, seinen Kopf zu heben. Als es sich das erste Mal aufrichten wollte, kippte es um. Es dauerte noch eine ganze Weile, bis es endlich auf dünnen, schwankenden Beinchen stand.

»Es ist ein Mädchen«, sagte Bengt.

»Danke für deine Hilfe.« Krister lächelte Sofia an. »Ich weiß auch schon, wie die Kleine heißt.«

»Eine Rechnung bekommst du trotzdem«, konterte Bengt trocken.

Schweigend fuhren sie durch die helle Nacht zurück. Sofia war immer noch völlig gefangen von den Ereignissen der letzten Stunden.

»Danke«, sagte sie und warf Bengt einen kurzen Blick zu.

»Wofür?« Überraschung schwang in der Frage mit.

»Es war ein faszinierendes Erlebnis. Du hat einen tollen Beruf.«

Er war überraschend friedfertig. Seine Stimme klang beinahe schon freundlich, als er sagte: »Du hast dich gar nicht so schlecht angestellt. Gösta hat recht, wir könnten deine Hilfe wirklich brauchen. Und Emil will sowieso nicht weg.«

Sofia dachte nicht lange darüber nach.

»Okay«, stimmte sie zu. »Ich mache es!«

Kapitel 7

Der Frühstückstisch war zwar noch gedeckt, als Sofia morgens die Küche betrat, aber es standen nur noch ein Teller und eine Tasse auf dem Tisch bereit. Durch das geöffnete Küchenfenster waren die fröhlichen Stimmen der Kinder zu hören.

Gösta saß auf seinem Platz, vor sich eine Tasse Kaffee. Er schrieb etwas auf einen Zettel, doch jetzt hob er den Kopf.

»Guten Morgen. Ich habe die guten Neuigkeiten bereits vernommen. Ich freue mich sehr, dass ihr bleibt.«

»Tut mir leid, dass ich so lange geschlafen habe«, entschuldigte sie sich.

»Nach deiner Nachtschicht solltest du wenigstens heute Morgen ausschlafen. Sobald du gefrühstückt hast, zeige ich dir die Praxis.«

»In Ordnung«, erwiderte sie gedehnt und ziemlich lustlos.

Gösta schaute sie überrascht an. »Ich dachte, du wolltest Bengt nun doch helfen.«

»Ich dachte, dass ich ihn herumfahre, wenn es nötig ist. In der Praxis kann ich ihn nicht unterstützen, ich bin keine Tierarzthelferin.«

»Nur unter Anleitung. Bengt wird dich keine Arbeiten ausführen lassen, die sonst seine Helferin erledigt hat.« Gösta lächelte sie gewinnend an. »Es geht bloß um ein paar Handreichungen.«

»Und viele kranke Tiere«, ergänzte Sofia.

Gösta blieb ihr keine Antwort schuldig. »Die dank dir und Bengt wieder gesund werden.«

»Wer hat denn bisher in der Praxis ausgeholfen, seit die Sprechstundenhilfe weg ist?«

»Ich. Manchmal«, erwiderte Gösta knapp, wurde jedoch gleich darauf wieder etwas redseliger. »Ich habe allerdings genug mit den Kindern und dem Haushalt zu tun.«

Was ist mit der Mutter der Kinder? Und wo ist sie?

Sofia wagte es nicht, diese Fragen zu stellen. Sie hatte Gösta in der kurzen Zeit bereits so sehr ins Herz geschlossen, dass sie mit einer Frage nach seiner Tochter nicht an etwas rühren wollte, was möglicherweise schmerzhaft für ihn war. Trotzdem machte sie sich viele Gedanken über den Verbleib dieser Frau. Hatten sie und Bengt sich getrennt? War sie weggegangen und hatte ihren Vater – und vor allem ihre Kinder! – hier zurückgelassen?

Tief in ihre Gedanken versunken aß sie ein Brötchen und trank den Kaffee, den Gösta extra für sie frisch aufgebrüht hatte.

Als sie ihm anschließend dabei helfen wollte, den Küchentisch abzuräumen, winkte er ab. Bevor sie gemeinsam hinüber in den Anbau gingen, telefonierte Sofia mit ihrer Freundin.

»Wie geht es Emil?«, fragte Milla zuerst.

»Ihm geht es gut«, versicherte Sofia schnell und erzählte ihr, was am Vortag passiert war. »Emil und ich bleiben ein paar Tage hier«, schloss sie. »Vorausgesetzt, du bist damit einverstanden.«

Milla hatte nichts dagegen. »Pass gut auf meinen Sohn auf«, bat sie.

»Natürlich! Und ich schicke dir regelmäßig Fotos«, versprach Sofia.

Als Gösta die Tür öffnete, schlug ihr der typische Geruch einer Arztpraxis entgegen. Direkt hinter dem Eingang lag das Wartezimmer mit bequemen Bänken und Stühlen. Ein Empfangstresen, hinter dem niemand saß, befand sich gleich rechts. An der Wand dahinter hing eine Uhr.

Links sah Sofia geschlossene Türen, die vermutlich in Behandlungsräume führten. Zwei Zimmer waren ihrer Bestimmung gemäß gekennzeichnet: »Röntgen« und »Labor«.

»Es ist niemand da!«, stellte Sofia erleichtert fest. Es war eine Sache, Bengt ein bisschen durch die Gegend zu fahren, aber eine ganz andere, sich mit kranken Tieren und deren Besitzern abzugeben.

»Keine Sorge, in einer Stunde wird die Praxis voll sein«, prophezeite Gösta.

»Genau das bereitet mir ja Sorgen«, gestand sie und spürte einen Anflug von Panik.

Wahrscheinlich sah Gösta ihr das an, jedenfalls fragte er: »Magst du keine Tiere?«

»Natürlich mag ich Tiere!« Sofia holte tief Luft. »Aber ich habe keinerlei Erfahrung mit ihnen. Was ist, wenn ich etwas falsch mache?«

»Dann sage ich dir das schon!«

Sofia fuhr herum. Sie hatte nicht gehört, dass Bengt durch eine der Türen ins Wartezimmer gekommen war. Jetzt stand er hinter ihr und sah trotz des nächtlichen Einsatzes kein bisschen müde aus.

»Ausgeschlafen?«, erkundigte er sich.

Sofia war sich nicht sicher, ob da eine Spur von Ironie in seinen Worten mitschwang, also ging sie erst gar nicht darauf ein.

»Was soll ich machen?«, erkundigte sie sich stattdessen.

Bengt wies auf den Empfangsbereich. »Du begrüßt die Tierhalter, rufst die Patientenakte am Rechner auf und notierst die aktuellen Beschwerden. Ich kann das auf dem PC im Behandlungsraum sehen. Dann weiß ich, worum es geht, und kann die Tiere in der Reihenfolge behandeln, wie sie hier eintreffen. Notfälle werden allerdings immer vorgezogen!«

»Wie soll ich denn erkennen, ob es sich um einen Notfall handelt?«, fragte Sofia entgeistert.

»Wenn du dir nicht sicher bist, kannst du mich fragen.« Grinsend wies Bengt auf die Tür, durch die er gekommen war und die jetzt einen Spaltbreit offen stand. »Meist findest du mich da während der Sprechstunde. Ich bin also immer ganz in deiner Nähe!«

Sofia spürte, wie sich ein Schauer von ihrem Rücken

über ihre Arme ausbreitete. Am meisten überraschte es sie, dass es ein angenehmes Gefühl war.

»Heute Morgen bleibe ich und zeige dir alles.« Gösta legte kurz einen Arm um ihre Schultern. Offenbar wollte er noch etwas sagen, aber ausgerechnet in diesem Moment erschien der erste Patient. Vielmehr war es zunächst nur die Tierbesitzerin, die durch die Tür trat. Es handelte sich um eine große Frau, recht kräftig, aber ohne dick zu sein. Sie hatte ihr langes blondes Haar zu einem Knoten aufgesteckt, aus dem sich einzelne Strähnen lösten, und zog kräftig an einer Leine.

»Komm schon, Mausi!«, rief sie ungeduldig.

Sofia bemerkte, dass sich Bengt und sein Schwiegervater einen amüsierten Blick zuwarfen.

»Hej, Inger«, grüßte Gösta fröhlich. »Mausi kann nicht sehr krank sein, wenn er noch solche Kräfte entwickelt.«

»Er ist auch nicht krank.« Inger, die es bereits über die Schwelle geschafft hatte, wurde allmählich wieder nach draußen gezogen. »Seine Impfung und die Entwurmung sind fällig.«

»Du meine Güte«, stieß Sofia hervor. »Was ist da am anderen Ende der Leine? Ein Elefant?«

»Ein Hündchen.« Bengt lachte. »Ingers Baby.«

»Du solltest mir lieber helfen, anstatt hier Witze zu machen«, erwiderte Inger unwillig.

»Für solche Aufgaben habe ich jetzt wieder eine Sprechstundenhilfe.« Bengt schob Sofia zur Tür.

Es war ein seltsames Gefühl, seine Hände auf ihren

Schultern zu spüren, doch Sofia kam nicht dazu, sich weiter Gedanken darüber zu machen.

»Du meine Güte, was ist das?« Staunend betrachtete sie Ingers »Baby«, einen zottigen Riesenhund.

Bo hatte schon eine beeindruckende Größe, aber das war nichts im Vergleich zu diesem Tier.

»Das ist Mausi.« Gösta lachte. »Der Vater ist ein Irischer Wolfshund, die Mutter eine Deutsche Dogge.«

»Dieser Hund sieht furchterregend aus.« Sofia wollte einen Schritt zurücktreten, doch da war immer noch Bengt, sodass sie gegen ihn stieß.

Inger hielt die Leine mit beiden Händen, während Mausi am anderen Ende die riesigen Vorderpfoten in den Boden stemmte und sich Zentimeter für Zentimeter rückwärtskämpfte.

Inger warf Sofia einen erbosten Blick zu. »Sei vorsichtig mit dem, was du sagst. Mausi ist eine Seele von Hund und überaus sensibel. Der tut nichts!«

Sagen das nicht alle Hundebesitzer über ihre Hunde?

»Nur Mut«, raunte Bengt ihr zu. »Du hast doch schon Bo überlebt.«

»Ja, aber Bo ist … anders«, behauptete Sofia, obwohl ihr auch Bengts Hund gestern einen gewaltigen Schrecken eingejagt hatte. »Was soll ich denn jetzt machen?«, fragte sie hilflos.

Sie hatte nicht den Mut, ebenfalls nach der Leine zu greifen, um den Hund zusammen mit Inger in die Praxis zu ziehen. Womöglich würde Mausi dann in ihr seine

Feindin sehen und seine Strategie verändern: Angriff statt Flucht!

»Jetzt hilf mir doch«, bat Inger keuchend.

Galt ihre Aufforderung einem der beiden Männern? Sofia war sich nicht sicher, aber offenbar erwarte man von ihr, dass sie handelte. Also streckte sie vorsichtig die Hand aus und schnalzte mit der Zunge.

»Braves Hundchen!«, sagte sie ängstlich.

Hinter sich vernahm sie Bengts unterdrücktes Lachen.

»So wird das nichts«, stellte Gösta fest.

»Mausi!« Sofia fiel nichts anderes ein, als den unpassenden Namen des Hundes zu rufen.

Tatsächlich hielt der Rüde in seinen Fluchtbemühungen inne und hob den Kopf. Er ließ sich Zeit, und Sofia fragte sich, was in dem Tier wohl gerade vorging. Als Mausi langsam auf sie zutrottete, hielt sie vor Angst den Atem an.

Der Hund blieb vor ihr stehen und schnupperte an ihrer Hand. Sehr ausgiebig. Jedenfalls konnte Sofia feststellen, dass er eine sehr feuchte Nase hatte, was ja ein gutes Zeichen sein sollte – zumindest hatte sie das einmal gelesen. Unnützes Wissen, das ihr jetzt nicht weiterhalf.

Sofia hielt ganz still, während sie damit rechnete, dass der Hund jeden Moment zuschnappte.

Mausi winselte jedoch nur leise und stupste sie mit der Schnauze an.

»Er möchte von dir gestreichelt werden.« Inger klang äußerst verwundert. »Erstaunlich. Er ist Fremden gegenüber sonst sehr zurückhaltend.«

Musste der Hund seine Zurückhaltung ausgerechnet bei ihr aufgeben? Sofia streckte die Hand aus und berührte vorsichtig das zottige Fell.

Mausi wedelte heftig mit dem Schwanz und drückte sich so fest gegen sie, dass sie beinahe das Gleichgewicht verloren hätte. Bengt hielt sie fest und grinste sie an.

Sofia befreite sich ungehalten. Todesmutig griff sie nach Mausis Halsband.

»Komm«, sagte sie nur, und tatsächlich folgte ihr das Tier bereitwillig ins Wartezimmer.

Gösta eilte an ihr vorbei hinter den Tresen. Kurz darauf kehrte er zurück und drückte ihr etwas in die Hand.

»Leckerli für Mausi«, erklärte er. »Das hast du wirklich gut gemacht.«

Wieder war Sofia äußerst vorsichtig. Sie legte den Hundekuchen auf ihre flache Hand und streckte sie langsam aus.

Behutsam nahm Mausi die Belohnung entgegen. Offensichtlich freute er sich sehr darüber, denn mit einem Mal wackelte nicht nur sein Schwanz, sondern gleich das ganze Hinterteil.

»Du kennst dich ja sehr gut mit Hunden aus«, stellte seine Besitzerin bewundernd fest.

»Nein, überhaupt nicht.« Ihre Angst löste sich in nichts auf. Sofia lachte. »Ich hatte noch nie direkt mit Hunden zu tun. Meine erste Begegnung war die mit Bo gestern, und die war ebenso positiv wie die mit Mausi. Ich glaube, ich mag Hunde.«

Inger warf ihr einen interessierten Blick zu. »Wieso

arbeitest du ausgerechnet in einer Tierarztpraxis, wenn dir das vorher nicht bewusst war?«

»Es hat sich so ergeben …«, antwortete Sofia, schaute dabei aber weder Gösta noch Bengt an.

Inger schien sie sehr genau zu beobachten, doch dann lächelte sie plötzlich.

»Tiere haben ein gutes Gespür für Menschen. Mausi mag dich, also mag ich dich auch. Besuch mich doch mal, wenn du Zeit hast. Einfach links am Seeufer entlang, du kannst mein Haus nicht verfehlen.«

»Das kann man wohl sagen«, murmelte Bengt.

»Und lass dir von ihm nichts gefallen.« Lachend wies Inger auf den Tierarzt. »Auf ihn trifft das zu, was allgemein auch über Hunde gesagt wird.«

»Der tut nichts, der will nur spielen?«, riet Sofia.

»Hunde, die bellen, beißen nicht«, erwiderte Inger trocken. Dann lachte sie laut auf. »Aber so ganz falsch war dein Spruch auch nicht.«

»Ich bin mir nicht sicher, ob mir diese Vergleiche gefallen«, kommentierte Bengt launig.

Zwei Stunden später hatte Sofia sich mit dem Computersystem vertraut gemacht, zwei gereizte Katzen, drei Hunde und ein Haushuhn namens Emma kennengelernt. Emma schien sich in der Praxis bestens auszukennen, ebenso wie die hübsche Besitzerin Frida.

»Die beiden tauchen regelmäßig hier auf«, raunte Gösta. Sofia hatte den Eindruck, dass ihm das nicht gefiel.

Kurz darauf kam Bengt aus dem Behandlungsraum und verabschiedete sich von Mops Tommy sowie dessen Besitzer.

»Vergiss nicht, was ich dir gesagt habe, Elias«, mahnte er. »Nicht so viele Leckerchen für Tommy, dafür ein bisschen mehr Bewegung.«

Elias lächelte verlegen. »Ich versuche es … Aber ich kann seinem bettelnden Blick so schlecht widerstehen.«

»Es würde dir, vor allem aber Tommy einige Besuche bei mir ersparen.«

Frida, die auf dem Stuhl gleich neben der Tür zum Behandlungsraum gesessen hatte, war bereits aufgestanden und schien ungeduldig darauf zu warten, dass Bengt sein Gespräch mit Elias beendete.

»Frida, du bist noch nicht dran!«, herrschte Gösta sie an.

Sofia hätte es nicht für möglich gehalten, dass er überhaupt so unfreundlich sein konnte, doch Frida drehte sich nicht einmal zu ihm um. Ungeachtet der anderen Tierbesitzer, die vor ihr an der Reihe waren, tätschelte sie Bengts Arm.

»Für mich machst du doch bestimmt eine Ausnahme?«, fragte sie und klimperte dabei mit ihren langen Wimpern.

Bengt lächelte sie freundlich an. »Nur, wenn die anderen nichts dagegen haben.«

Stefan Jonasson, der mit seinem Kater Ludwig in die Praxis gekommen war, starrte Frida hingerissen an und schüttelte den Kopf.

»Von mir aus«, sagte er und wollte ihr den Vortritt lassen,

doch Lina Pettersson, die ebenfalls mit einem Kater in der Praxis war, schlug ihren Gehstock auf den Boden.

»Nein!«, rief sie erbost. »Zuerst bin ich dran. Mein Tommy ist schwer krank.«

Frida wandte sich um. »Meine Emma ist auch krank.«

»Trotzdem bin ich vor dir dran«, beharrte Lina.

»Kümmert ihr euch bitte darum, ich muss eben telefonieren«, zog sich Bengt geschickt aus der Affäre. »Schickt mir einfach in fünf Minuten den nächsten Patienten.«

Damit ging er zurück in den Behandlungsraum und schloss die Tür hinter sich.

»Du hast Bengt gehört«, sagte Gösta streng zu Frida. »Setz dich und warte, bis du an der Reihe bist.«

»Aber Emma braucht dringend einen Arzt.«

»So ein Aufstand wegen eines Huhns«, schimpfte Lina. »Mach eine Suppe daraus, und lade Bengt zum Essen ein. Vielleicht hast du dann Erfolg bei ihm.«

Frida betrachtete ihr Huhn nachdenklich. Dachte sie jetzt etwa ernsthaft über diesen Vorschlag nach?

Sofia schaute Gösta fragend an. Womöglich hatte er gerade den gleichen Gedanken gehabt, jedenfalls zuckte er grinsend mit den Schultern.

»Sie ist zu alt für die Suppe«, sagte er laut. »Außerdem mag Bengt keine Hühnersuppe. Erst recht nicht, wenn er das Huhn vorher gekannt hat.«

»Stimmt das?«, flüsterte Sofia, als gerade niemand auf sie und Gösta achtete.

Frida und Lina lieferten sich immer noch ein Wortgefecht, und Stefan hörte gespannt zu. Dabei sah er allerdings ausschließlich Frida an und nickte zustimmend zu ihren Worten.

»Keine Ahnung«, gab Gösta ebenso leise zurück. »Aber hast du Fridas Blick gesehen? Ich wollte die arme Emma retten.« Er machte eine kurze Pause. »Und Bengt auch«, schloss er schließlich.

»Bengt hat keineswegs den Eindruck gemacht, als wollte er gerettet werden.« Sie lachte.

Gösta sagte nichts mehr und blickte ungewohnt ernst drein. Sofia war gespannt, ob sie während ihres Aufenthalts hier mehr über diese Familie erfahren würde.

Jedenfalls ließ Gösta es nicht zu, dass Frida zuerst ins Behandlungszimmer kam. Er hielt streng die Reihenfolge ein, sodass Frida zuerst Stefan und danach Lina vorlassen musste.

Mittags traf sich die ganze Familie in der Küche. Gösta bedankte sich bei Ronja, weil sie auf die Kleinen aufgepasst hatte, und das Mädchen lächelte ihn an.

»Ich möchte mich ebenfalls bedanken«, sagte Sofia herzlich. »Schließlich hast du auch ein Auge auf Emil gehabt.«

Das Lächeln auf Ronjas Gesicht erlosch. Hochmütig schaute sie Sofia ins Gesicht, dann wandte sie den Blick ab und beachtete sie danach nicht mehr.

»Ronja ist cool!« Begeistert stopfte sich Emil die Spaghetti mit Tomatensoße in den Mund, die Gösta nach der Sprechstunde schnell zubereitet hatte. »Die heirate ich, wenn ich groß bin.«

»Nein, du heiratest mich!« Greta, die direkt neben ihm saß, schaute ihn wütend an. »Wir sind verliebt, nicht die da.« Energisch zeigte sie auf ihre große Schwester.

Emil schüttelte den Kopf.

»Ich bin nicht in dich verliebt«, stellte er klar.

Greta verzog weinerlich den Mund. »Doch, das bist du«, behauptete sie. »Ich bin nämlich auch in dich verliebt.«

»Aber ich nicht in dich«, wiederholte Emil.

In Gretas Augen blitzte es plötzlich auf. Sie reckte sich zu Emil hinüber, schlang ihre Ärmchen um seinen Hals und drückte ihm einen Kuss auf die Wange.

»Iiih«, schrie der Junge entsetzt auf und fuhr sich zuerst mit der einen, dann mit der anderen Hand über die Wange. Offensichtlich fand er den Kuss sehr eklig, denn er wiederholte den Vorgang mehrfach. »Ich will das nicht.«

Greta zeigte sich davon allerdings unbeeindruckt.

»Jetzt musst du mich heiraten«, stellte sie zufrieden fest. »Wenn man sich küsst, dann muss man auch heiraten.«

»Von wem hast du das denn?«, wollte Bengt überrascht wissen.

»Von Frida. ›Zuerst küsse ich den‹, hat sie gesagt, ›und irgendwann muss er mich heiraten‹«, berichtete die Kleine. »Kann ich noch Tomatensoße haben?«

»Zu wem hat Frida das gesagt?«, wollte Gösta wissen.

»Zu Inger.« Greta klopfte mit dem Löffel auf ihren Teller. »Tomatensoße!«

»Und was hat Inger dazu gesagt?«, hakte ihr Vater nach.

»Die hat gelacht.«

»Recht hat sie«, murmelte Gösta. »Das ist ja auch einfach nur lächerlich.«

Dann sprang er hastig auf, weil Greta nun selbst nach der Schüssel mit der Tomatensoße griff und er ein Unglück verhindern wollte.

Kapitel 8

»Wie schön, dass du mich besuchst.« Krister schaute ihr tief in die Augen und schien dabei völlig zu vergessen, dass sie nicht allein waren.

»Eigentlich bin ich nur Bengts Fahrerin«, stellte Sofia klar. »Er wollte dich besuchen.«

»Ich möchte nach dem Fohlen sehen.«

»Du weißt ja, wo die Box ist.« Krister wies in Richtung der Ställe, bevor er sich wieder Sofia zuwandte. »Und wir beide trinken in der Zwischenzeit einen Kaffee zusammen.«

»Ich möchte das Fohlen auch noch einmal sehen.«

Sofia hatte sich Mühe gegeben, ihre Ablehnung vorsichtig zu formulieren, dennoch verzog Krister das Gesicht.

»Na gut, dann gehen wir eben alle in den Stall«, gab er sich geschlagen.

Sofia spürte, dass er sie auf dem Weg dorthin immer wieder anschaute. Als sie seinem Blick begegnete, lächelte er bereits wieder.

»Hast du am Wochenende schon etwas vor?«, erkundigte er sich.

»Ich bin nicht allein hier«, sagte Sofia und hoffte, dass er nun von weiteren Annäherungsversuchen absehen würde.

»Ich weiß, du hast einen kleinen Jungen dabei. Der kann doch so lange bei Gösta und Bengts Kindern bleiben.«

Sofia blieb stehen.

»Woher weißt du von Emil?«, fragte sie überrascht.

»Wir leben in einer kleinen Gemeinde«, antwortete Bengt an Kristers Stelle. »Hier weiß innerhalb kürzester Zeit jeder alles von jedem.«

Also wussten die Leute in der Gegend auch, wo Bengts Frau war.

Sofia hätte ihn oder seinen Schwiegervater natürlich einfach fragen können, doch eine unerklärliche Scheu hielt sie zurück. Immer stärker wurde das Gefühl, dass es da eine Tragödie gab, an der sie besser nicht rührte.

»Sie will nicht mit dir ausgehen«, machte Bengt deutlich, als sie den Stall erreichten.

Obwohl es der Wahrheit entsprach, ärgerte sich Sofia, weil er für sie sprach.

»Das habe ich nicht gesagt.« Finster starrte sie Bengt an.

»Du gehst also mit mir aus.« Krister strahlte sie hocherfreut an.

Verflixt, in diese Situation hatte sie sich selbst hineinmanövriert.

»Ich weiß nicht …« Sie war unschlüssig, was sie tun sollte, doch als sie Bengt grinsen sah, stimmte sie zu. »Ja, gerne. Wenn es Gösta nichts ausmacht, auf Emil aufzupassen …«

»Bestimmt nicht.« Krister schien sich da sehr sicher sein. »Wo drei Kinder sind, fällt ein viertes nicht mehr auf.«

»So etwas kann nur jemand behaupten, der selbst keine Kinder hat«, brummte Bengt.

Bevor noch jemand etwas dazu sagen konnte, ging er voran in den Stall. Sofia und Krister folgten ihm.

Als die beiden die Box erreichten, beugte sich Bengt bereits über die Tür. Sofia stellte sich neben ihn und betrachtete gerührt das Fohlen.

»Ist sie nicht wunderschön?«, fragte er leise.

»Ja, zauberhaft.« Sofia wandte den Kopf und schaute ihn an. »Für mich war es etwas ganz Besonderes, bei der Geburt dabei zu sein.«

»Diese Momente sind immer außergewöhnlich«, erwiderte Bengt. »Solche Erlebnisse berühren mich stets aufs Neue.«

Es war das erste Mal, dass sie sich ihm verbunden fühlte.

Doch kaum dass sie auf der Heimfahrt waren, zerstörte er dieses Gefühl wieder. Krister hatte ihr beim Abschied gesagt, dass er sie am Samstagabend abholen würde.

»Was würde Rune dazu sagen?«, fragte Bengt nun, und ein provozierender Unterton lag in seiner Stimme.

Sofia wusste nicht sofort, was sie darauf antworten sollte. Sie war überrascht, dass er von Rune wusste. Nur Emil konnte ihm von ihrem Verflossenen erzählt haben. Sie hätte gerne gewusst, ob der Junge von sich aus etwas gesagt hatte oder ob Bengt ihn ausgefragt hatte.

»Der ist weit weg«, erwiderte sie knapp und ohne zu erklären, dass es sich nicht um eine räumliche, sondern vor allem um eine emotionale Entfernung handelte. Rune hatte sich nicht mehr bei ihr gemeldet. Offensichtlich hatte er akzeptiert, dass sie einfach verschwunden war, und das war gut so ...

»Und warum nennt Emil ihn den bösen Rune?«, fragte er.

Sofia presste die Lippen aufeinander. »Das geht dich überhaupt nichts an«, sagte sie und machte damit unmissverständlich klar, dass sie nicht über Rune reden wollte.

»Die Kinder hecken etwas aus!« Mit diesen Worten begrüßte Gösta sie bei ihrer Rückkehr. »Sie hängen die ganze Zeit beieinander, tuscheln und brechen sofort das Gespräch ab, wenn ich dazukomme. Besonders beunruhigend finde ich, dass sie sich alle vertragen.«

»Ja, das ist wirklich ungewöhnlich«, pflichtete ihm Bengt bei. »Wir sollten sie im Auge behalten. Wo sind die vier jetzt?«

»Ich habe sie zu Fynn geschickt. Sie sollen Zimtschnecken einkaufen. Außerdem will Emil die Elche sehen.« Gösta wandte sich an Sofia und erklärte: »Fynn macht die besten Zimtschnecken in ganz Schweden.«

»Er ist der Bäcker in unserem Dorf«, ergänzte Bengt. »Außerdem hat er ein paar Elche und stellt tollen Elchkäse her.«

Sofia war besorgt. »Ich bin für Emil verantwortlich, aber ich habe mich seit unserer Ankunft viel zu wenig um ihn gekümmert. Hoffentlich passiert ihm nichts bei den Elchen.«

»Ganz bestimmt nicht«, versicherte Gösta. »Fynn lässt die Kinder nicht zu den Elchen auf die Weide. Sie können die Tiere nur durch den Zaun beobachten.«

»Vielleicht fahre ich am Wochenende mit ihm nach Bullerbü«, überlegte Sofia laut. »Ich kann die anderen Kinder dann ja auch mitnehmen.«

»Du hast doch am Wochenende schon etwas vor«, zog Bengt sie auf. An Gösta gewandt fügte er hinzu: »Sie trifft sich mich Krister.«

»Tatsächlich?« Gösta musterte sie erstaunt. »Ich hätte nicht gedacht, dass du für seinen plumpen Charme empfänglich bist.«

»Bin ich auch nicht.« Sofia ärgerte sich, weil sie sich rechtfertigte, aber sie wollte einfach nicht, dass Gösta einen falschen Eindruck von ihr hatte. »Er ist schuld!« Sie wies mit dem Finger auf Bengt.

»*Ich?*« Diesmal war es Bengt, der sich höchst überrascht zeigte. Dann schien er zu begreifen. »Du hast die Einladung angenommen, weil ich Krister gesagt habe, dass du sie nicht annehmen willst.«

»Ja.« Sie nickte. »Es wäre meine Sache gewesen, die Einladung auszuschlagen.«

Bengt runzelte die Stirn, als versuche er zu begreifen, was sie ihm sagen wollte.

»Aber eigentlich willst du nicht mit ihm ausgehen«, schlussfolgerte er.

»Nein, will ich nicht«, gab sie unumwunden zu.

Automatisch musste sie an Rune denken, der ständig Entscheidungen für sie getroffen hatte. Schlussendlich hatte er ihr sogar vorschreiben wollen, mit wem sie befreundet sein durfte. Nie wieder würde sie so etwas zulassen. Nie wieder!

»Ich verstehe das nicht.« Bengt schüttelte den Kopf, und ihm war anzusehen, dass er es wirklich nicht nachvollziehen konnte.

»Halt in Zukunft einfach die Klappe, und überlass mir die Antwort, wenn mir eine Frage gestellt wird«, sagte sie unfreundlich.

Er hob beide Hände. »Ich werde mich nie wieder in deine Angelegenheiten einmischen.«

Sofia wurde einer Antwort enthoben, weil die Kinder nach Hause kamen. Aus den Tüten, die sie in ihren Händen hielten, duftete es verführerisch nach frischem Backwerk.

Emil war völlig überwältigt von seiner ersten Begegnung mit den Elchen.

»Die sind so groß«, sagte er und hob seine kleine Hand, so hoch er konnte. »Darf ich Mama nachher anrufen?«, bat er.

»Natürlich.« Sofia nickte.

»Ich will auch einen Elch haben«, sagte Emil. »Ich will Mama fragen, ob sie mir einen kauft, wenn Fynns Elche Babys bekommen.«

»Ich fürchte, das geht nicht.« Es tat Sofia unendlich leid, dass sie den Jungen enttäuschen musste. »So ein Elch ist ziemlich groß.«

»Ja.« Emil nickte eifrig. Offenbar war das für ihn kein Gegenargument, sondern ein Pluspunkt.

»Der Tisch hinter dem Haus ist schon gedeckt.« Gösta

klatschte in die Hände. »Ich komme sofort mit der Kaffee-kanne nach.«

Emil zog eine Grimasse, der Elch war vergessen. »Ich mag keinen Kaffee.«

»Für euch gibt es Saft.« Gösta zauste die blonden Locken des Jungen. »Und jetzt raus mit dir.«

Da Gösta sie gebeten hatte, den Saft aus dem Kühlschrank zu holen, kam Sofia etwas später draußen an und setzte sich auf den letzten freien Stuhl. Sie bemerkte sofort, dass in Ronjas Augen etwas aufblitzte, doch als Sofia ihr aufmerk-sam ins Gesicht schaute, wandte Bengts Tochter – wie üblich – den Blick zur Seite und ignorierte sie vollständig.

Sofia bedauerte das. Sie hätte das Mädchen gerne etwas besser kennengelernt, aber Ronja zeigte ihr deutlich, dass sie daran nicht interessiert war.

Die Zimtschnecken waren wirklich hervorragend!

»Können wir Mama eine schicken?«, bat Emil.

»Bis die in Stockholm ankommt, ist sie nicht mehr ganz so frisch«, sagte Sofia. »Aber wir nehmen Zimtschnecken mit, wenn wir nach Hause fahren.«

Nach Hause! Sofia lauschte diesen Worten nach und spürte plötzlich eine tiefe Traurigkeit in sich aufsteigen. Sie hatte kein Zuhause mehr. In Stockholm hatte sie sich nie heimisch gefühlt, und das Haus ihrer Tante, das gar nicht so weit weg von hier lag, war in einer anderen Zeit, in einem anderen Leben ihr Zuhause gewesen. Es gab kein Zurück. Nie mehr!

»Sofia!«, brüllte Emil ihr ins Ohr, und sie zuckte erschrocken zusammen. Vorwurfsvoll schaute er sie an. »Du hörst überhaupt nicht zu.«

»Entschuldige bitte, ich war in Gedanken ganz woanders.«

»Wo?«, fragte der Junge prompt. »Und wie können deine Gedanken woanders sein, wenn du hier bist?«

»Das sind zwei sehr gute Fragen.« Bengt lehnte sich entspannt in seinem Stuhl zurück. »Ich bin gespannt auf deine Antwort.«

Sofia warf ihm einen vernichtenden Blick zu. Nur wegen der Kinder hielt sie die unfreundlichen Worte zurück, die ihr auf der Zunge brannten.

Er lachte sie an, so als wüsste er ganz genau, was gerade in ihr vorging.

»Sofia!« Emil zupfte ungeduldig an ihrem Ärmel. Er wartete immer noch auf eine Antwort.

»Sollen wir mit deiner Mutter telefonieren?«

Ihr Ablenkungsmanöver funktionierte.

»Können wir Mama später anrufen?«, fragte er. »Ich will erst mit den anderen zum See.«

»Ich weiß nicht ...« Sofia war nicht begeistert. »Kannst du überhaupt schwimmen?«

»Nein.« Emil schüttelte den Kopf. »Aber wenn ich nicht ins Wasser darf, kann ich das auch nicht lernen«, schloss er folgerichtig. »Darf ich, Sofia? Bitte, bitte, bitte.«

Sofia war unschlüssig. »Das muss ich erst mit Milla besprechen«, sagte sie.

»Dann ruf Mama an«, drängelte Emil. Er ließ ihr keine Ruhe, bis Sofia schließlich zum Handy griff.

»Ja ...« Millas Antwort kam zögernd. »Aber sag Bengt bitte, dass er gut auf Emil aufpassen soll.«

»Ich bin ja auch da«, sagte Sofia. »Und Gösta. Wir passen alle auf.«

»Ich auch«, rief Lasse. »Ich kann schon schwimmen.«

»Ich habe es gehört.« Milla lachte leise. »Ich freue mich, dass Emil seine Zeit genießt. Er hat sich so sehr auf die Ferien gefreut.«

»Ich rufe dich später wieder an«, versprach Sofia und verabschiedete sich von ihrer Freundin.

Bengt lächelte Emil zu, hob aber mahnend den Finger. »Für dich gilt dasselbe wie für die anderen: Du gehst nie ins Wasser, wenn kein Erwachsener dabei ist.«

Emil nickte eifrig.

Ronja war an diesem Nachmittag bei einer Freundin, und Gösta legte sich zum Sonnen auf eine Decke, während Bengt mit den Kindern ins Haus ging, um Badekleidung anzuziehen.

Sofia blieb am Tisch sitzen und genoss den Moment der Stille. Sie verlor sich im Anblick der Natur. Das Blau des Himmels und die weißen Wolken spiegelten sich zusammen mit dem Grün der Bäume im Wasser. Mitten auf dem See schaukelte ein Boot, in dem zwei Menschen saßen. Die Gesichter der beiden waren aus der Entfernung nicht zu erkennen, aber es schienen ein Mann und eine Frau zu sein, vielleicht zwei junge Menschen, die sich ineinander verliebt hatten und diesen wunderbaren Sommertag zu zweit genossen.

Sie lächelte, doch dann wurde ihre Miene wieder ernst, denn sie sah sich selbst in einem Boot sitzen, zusammen mit dem Mann, in den sie einst unsterblich verliebt gewesen war. Damals hatte sie geglaubt, er würde ihre Gefühle erwidern, doch dann hatte sie leidvoll erfahren müssen, dass er lediglich nett sein wollte. Nicht sie hatte er geliebt, sondern ihre Schwester.

Wieso holte sie die Vergangenheit immer wieder ein? Es war so lange her! Warum konnte sie nicht endlich damit abschließen?

»Sofia, was ist mit dir? Warum weinst du?«, erkundigte sich Gösta besorgt.

Erst jetzt bemerkte sie die Tränen. Hastig wischte sie über ihre Wangen.

»Es ist alles in Ordnung«, versicherte sie.

»Offensichtlich nicht.« Er setzte sich zu ihr an den Tisch und griff nach ihrer Hand. »Willst du darüber reden?«

Sofia hatte noch nie über Mats gesprochen – über die unerwiderte Liebe in ihrem Leben, über ihre Schwester ... –, nicht einmal mit Rune. Und sie konnte es auch jetzt nicht, also schüttelte sie den Kopf.

»Es ist alles gut«, behauptete sie noch einmal.

In diesem Moment kamen auch schon Bengt und die Kinder zurück zum See. Alle trugen Badehosen und Greta einen süßen Bikini mit rosa Rüschen.

Sofia bemerkte Bengts prüfenden Blick. Offensichtlich

spürte er, dass mit ihr etwas nicht stimmte. Oder waren immer noch Spuren der Tränen in ihrem Gesicht zu sehen?

Sie war froh, dass er nichts sagte und nicht nachfragte. Er griff nach Gretas Hand und streckte Emil die andere entgegen, während Lasse bereits vorauslief.

Das Seeufer fiel so flach ab, dass die Kinder mühelos ins Wasser gehen konnten. Zunächst tobte Bengt mit ihnen im kühlen Nass, danach nahm er sich Zeit für Emil und übte mit ihm das Schwimmen. Immer wieder zeigte er ihm, wie er Arme und Beine bewegen musste.

Das runde Gesichtchen des Jungen strahlte vor Glück.

»Schade, dass Milla ihn so nicht sehen kann«, sagte Sofia.

Es war ein Versuch, sich, aber auch Gösta abzulenken, der sie immer noch besorgt anschaute. Sie wollte einfach nicht mehr an die Vergangenheit denken.

»Wir lassen sie einfach nachkommen, sobald sie aus dem Krankenhaus entlassen wird«, schlug er vor.

»Ach, Gösta.« Sofia konnte einfach nicht anders: Sie stand auf und umarmte ihn. »Ich bin so froh, dass ich dich kennenlernen durfte.«

»Und ich bin glücklich, dass du bei uns bist.« Er drückte sie fest an sich. Als er sie wieder losließ, hatte Sofia den Eindruck, dass es in seinen Augen feucht schimmerte. Vielleicht war das jetzt der richtige Moment, um etwas über ihn herauszufinden.

»Seit wann lebst du bei Bengt und den Kindern?«

»Als Bengt und Anita kurz nach Lasses Geburt den Hof gekauft haben, war ich schon seit einigen Jahren verwitwet.

Sie haben mir damals vorgeschlagen, mit einzuziehen«, antwortete er bereitwillig. »Und ich habe das Angebot gerne angenommen, schon wegen meiner Enkelkinder.«

Ronja kam über die Wiese gelaufen und beendete damit ihr Gespräch. »Hej!«, rief sie fröhlich.

Bo begleitete sie. Als er Bengt und die Kinder im Wasser entdeckte, lief er bellend am Ufer hin und her.

»Er würde sie gerne retten«, sagte Gösta, »aber er verabscheut Wasser.«

»Es ist schön hier bei euch«, sagte Sofia und schaute Ronja an.

Diesmal wich Bengts Tochter ihrem Blick nicht aus.

»Ja«, pflichtete Ronja ihr bei, und ein feines Lächeln umspielte dabei ihre Lippen.

Sofia lächelte zurück. Sie freute sich darüber, dass das Mädchen ihr gegenüber nicht mehr ganz so abweisend war.

»Wolltest du nicht zu Malin?«, fragte Gösta seine Enkelin.

»Die war nicht da.« Ronjas Antwort kam schnell, dabei schaute sie weder Gösta noch Sofia an. Es war nur zu offensichtlich, dass sie log.

Lasse schien mehr zu wissen.

»Alles klar?«, fragte er seine Schwester, als er aus dem Wasser kam.

Ronja warf ihm einen warnenden Blick zu, nickte aber. Dann entfernten sich die Geschwister und diskutierten eifrig miteinander.

»Ich sag es doch: Die hecken etwas aus«, murmelte Gösta.

Kapitel 9

»Wie nett«, sagte Milla, als Sofia sie drei Tage später anrief und von Göstas Vorschlag berichtete. »Dann haben Emil und ich wenigstens übergangsweise eine Bleibe.« Ihre Stimme klang mutlos.

Sofia war alarmiert. »Was ist passiert?«

Der Ton, den Milla von sich gab, war eine Mischung aus Lachen und Schluchzen.

»Rune ist passiert«, erklärte sie. »Er hat die Zwangsvollstreckung eingeläutet.«

»Nein!« Sofia war geschockt.

»Hast du etwas anderes erwartet?«, fragte Milla bitter.

»Ich weiß nicht ...« Sofia brach ab. »Jedenfalls habe ich etwas anderes erhofft. Ich werde ihn anrufen und noch einmal versuchen, ihn umzustimmen.«

»Nein, mach das nicht«, bat Milla. »Ein Aufschub nützt mir in meiner derzeitigen Situation nichts mehr. Dieser Kampf ums Haus raubt mir meine ganze Kraft. Ich kann einfach nicht mehr.«

»Du weißt ...«

»Nein!«, fiel Milla ihr ins Wort. »Ich werde mir von dir kein Geld leihen. Immer noch nicht!« Plötzlich begann sie leise zu lachen. »Auch wenn es sehr verlockend wäre. Nicht wegen des Hauses, sondern weil ich gerne Runes Gesicht sehen würde, wenn ich ihm das Geld auf den Schreibtisch knalle und ihm sage, dass ich es von dir bekommen habe.«

Sofia war nicht nach Lachen zumute. Sie hatte das dumpfe Gefühl, dass Rune die Zwangsvollstreckung vor allem deshalb so schnell einleitete, weil sie ihn verlassen hatte. Er wollte sie damit treffen.

»Wenn ich mich nicht von ihm getrennt hätte …«

»Daran darfst du nicht mal einen Moment denken!«, fiel Milla ihr ins Wort. »Nur weil du die Mahnungen immer eine Weile zurückgehalten hast, ist es bisher noch nicht zur Zwangsvollstreckung gekommen. Er hätte sich auch nicht davon abhalten lassen, wenn du bei ihm geblieben wärst. Ein paar Tage Aufschub hätten mich jetzt auch nicht mehr gerettet, nachdem ich arbeitslos geworden bin und dann auch noch diesen Unfall hatte.«

»Soll ich zurück nach Stockholm kommen? Ich mag dich in dieser Situation nicht allein lassen …«

»Auf keinen Fall«, unterbrach Milla sie. »Bleib mit Emil da, wo du bist. Er scheint dort sehr glücklich zu sein.« Millas Stimme klang zärtlich, es lag aber auch ganz viel Sehnsucht nach ihrem Kind darin. »Ich bin schmerzfrei, hier sind alle sehr nett zu mir, und Kristine kümmert sich rührend um mich. Übrigens war sie auch diejenige, die Rune gestern rausgeworfen hat.« Milla lachte leise. »Du siehst, ich bin hier bestens aufgehoben.«

Sofia war entsetzt. »Er war bei dir im Krankenhaus?«,

»Er hat es sich nicht nehmen lassen, mich über seine Maßnahmen persönlich zu unterrichten«, bestätigte Milla. »Ich bin froh, dass Emil all das gerade nicht mitbekommt.«

»Er hat sein Bullerbü gefunden«, sagte Sofia. »Ich hole ihn jetzt, damit du wenigstens mit ihm reden kannst.«

Sofia hatte ihre Freundin zuerst allein angerufen, damit Emil nichts hörte, was ihn belasten könnte. Als sie jetzt nach ihm rief, kam er aus dem Nachbarzimmer, wo er untergebracht war. Aufgeregt berichtete er seiner Mutter von all seinen Erlebnissen.

»Und heute holen wir den …« Er brach so plötzlich ab, dass Sofia aufhorchte.

Auch Milla schien nachzufragen, denn Emil behauptete hastig: »Ich hab mich nur versprochen. Aber die Sofia fährt heute mit dem Krister weg.« Kurz lauschte er in den Hörer, dann fuhr er fort: »Ich weiß nicht, wer das ist, aber Gösta hat gesagt, dass der Krister ein Schürzenjäger ist.«

Sofia lächelte, über Emils Schilderung ebenso wie über Göstas altmodischen Ausdruck »Schürzenjäger«. Nach wie vor verspürte sie keine Lust, sich mit Krister zu treffen. Doch gleichzeitig war sie gespannt, wie sich der Abend entwickeln würde.

Der Praxisbetrieb lief samstags bis zum Mittag. Inzwischen hatte Sofia sich an vieles gewöhnt, und mit dem Computerprogramm hatte sie auch keine Probleme mehr.

Im Dorf hatte es sich inzwischen wohl herumgesprochen, dass der Doktor eine neue Sprechstundenhilfe hatte, denn selbst die Tierbesitzer, die sie noch nie gesehen hatte, kannten ihren Namen.

Heute war Frida wieder aufgetaucht, zusammen mit ihrem angeblich immer noch schwer kranken Huhn Emma. Schon seit einer Weile untersuchte Bengt das Tier im Behandlungszimmer.

Kurz vor dem Ende der Sprechstunde erschien ein übergewichtiger, rotgesichtiger Mann. Er kam ohne Tier in die Praxis, und seine Miene zeigte deutlich, dass er sich ärgerte.

»Ja, bitte?« Sofia schenkte ihm ein gewinnendes Lächeln.

»Wo ist Bengt?« Der Mann schaute sie finster an.

»Er ist noch in einer Behandlung.«

»Ich muss ihn sprechen. Sofort!«

»Ich darf ihn nur bei Notfällen stören«, wiegelte Sofia ab.

»Das! Ist! Ein! Notfall!« Er betonte jedes einzelne Wort und sprach so laut, dass Bengt ihn bis ins Behandlungszimmer hören musste.

»Um welches Tier geht es denn?«

»Um ein Ferkel.« Seine Stimme überschlug sich jetzt fast.

»Geht es dem Schweinchen so schlecht? Wo ist es denn?«, fragte Sofia verwirrt.

»Das wüsste ich auch gern.«

Wahrscheinlich war es wirklich die laute Stimme des Mannes, die Bengt ins Wartezimmer kommen ließ. Befremdet schaute er den Mann an.

»Was schreist du hier so rum, Mattias?«

»Sein Schwein ist verschwunden.« Sofia spürte eine völlig unangemessene Heiterkeit in sich aufsteigen. Sie gluckste leise und versuchte mühsam, das aufsteigende Lachen zu unterdrücken. »Und jetzt braucht er deine Hilfe.«

Bengt zog die Augenbrauen zusammen. »Ich bin für kranke Tiere zuständig, nicht für verschwundene.«

Die Augen des Mannes verengten sich zu schmalen Schlitzen. Mit einem Mal wirkte er tückisch und verschlagen. Sofia stellte fest, dass sie ihn nicht mochte.

»Deine Kinder haben das Ferkel entführt«, behauptete Mattias, dann wandte er sich Sofia zu. »Und dein Sohn war auch dabei.«

Sofia musterte ihn kühl. »Ich habe keinen Sohn.«

»Ich weiß, dass du mit einem Jungen hier bist. Er wurde zusammen mit den Doktorkindern auf meinem Hof gesehen.« Mattias schaute nun wieder Bengt an. »Du sorgst dafür, dass das Ferkel in der nächsten Stunde zurückkommt. Sonst ...«

Die Drohung blieb unausgesprochen.

»*Sonst* ...?«, hakte Bengt seelenruhig nach.

»Zeige ich dich an.«

»Ja, mach das.« Bengt drehte sich um und ging zurück ins Behandlungszimmer. Betont leise schloss er die Tür hinter sich, so als wäre ihm das alles egal.

»Also, das ist doch die Höhe!«, fuhr Mattias auf.

Da stimmte Sofia ihm insgeheim zu, wenn auch aus anderen Gründen. Sie fand es unglaublich, dass Bengt sie mit diesem wütenden Mann allein ließ.

»Du gehst jetzt sofort zu deinem Jungen und sorgst dafür, dass er das Ferkel zurückgibt«, forderte Mattias sie auf.

»Emil ist nicht mein Sohn«, wiederholte sie. »Außerdem ist er erst fünf Jahre alt, er klaut also bestimmt keine Schweine.«

»Doch.« Mattias grinste hämisch. »Zusammen mit diesen kleinen Gaunern aus dem Doktorhaus.«

»Es ist besser, wenn du jetzt gehst«, forderte Sofia ihn – sehr nachdrücklich – auf.

Als er drohend auf sie zukam, blieb sie stehen und schaute ihm furchtlos ins Gesicht. Jedenfalls hoffte sie, dass ihr die Angst nicht anzusehen war und er ihr wild schlagendes Herz nicht hörte.

Er trat mit verunsicherter Miene wieder zurück, drohte ihr aber mit dem Zeigefinger.

»Eine Stunde, dann ist das Ferkel wieder da!«, verlangte er, drehte sich um und ging.

Sofia atmete erleichtert auf. Anschließend wartete sie ungeduldig darauf, dass Bengt endlich aus dem Behandlungszimmer kam. Sie hörte ihn mehrfach herzhaft lachen. Offensichtlich hatten er und Frida sich eine Menge zu erzählen.

Am liebsten hätte Sofia die Praxis verlassen, um Emil zu suchen und zur Rede zu stellen. Aber sie konnte doch nicht einfach gehen …

Schließlich rief sie Gösta an.

»Wo sind die Kinder?«, fragte sie.

»Ronja hat sich mit Malin verabredet, die Kleinen sitzen auf der Wiese und stecken die Köpfe zusammen. Ich kann sie gerade sehen. Wieso fragst du?«

Sofia erzählte ihm von Mattias' Auftritt. Danach war es eine ganze Weile still in der Leitung.

»Gösta?«, sagte Sofia schließlich. »Bist du noch da?«

»Ja, das kann ich mir vorstellen, dass Mattias vor Wut kocht«, erwiderte er endlich. »Und auch, dass er Bengt gerne etwas anhängen würde. Da er bei ihm nichts findet, versucht er es jetzt wahrscheinlich über die Kinder.«

»Was genau ist denn passiert?«, fragte Sofia ungeduldig.

»Es gab da einige Vorfälle auf Mattias' Hof.« Gösta drückte sich sehr vorsichtig aus. »Er ist nicht besonders sorgsam mit seinen Tieren umgegangen, deshalb hat Bengt ihn mehrfach angezeigt und schließlich ein Verbot gegen Mattias durchgesetzt: Er darf seit einer Weile keine Tiere mehr halten.«

»Das ist eine Katastrophe für einen Landwirt«, stellte sie fest.

»Mattias' Hauptgeschäft ist der Ackerbau, die Tiere hat er nur zum Eigenbedarf gehalten. Eigentlich darf er auch kein Ferkel auf seinem Hof haben. Er wird schon nicht die Polizei einschalten.«

»Glaubst du wirklich, dass die Kinder das Ferkel gestohlen haben?«

»Nein.« Die Antwort kam nur zögernd. Und dann, nach einer Schweigeminute: »Wo sollten sie es auch verstecken?«

»Würdest du trotzdem einmal nachsehen?«, bat Sofia. »Ich möchte nicht, dass Emil in einen Diebstahl verwickelt wird. Ich glaube, so etwas würde Milla in ihrem Zustand gerade nicht verkraften.«

»Ich werde jeden Winkel des Hauses durchsuchen«, versprach Gösta. »Wenn ich etwas finde, sage ich dir sofort Bescheid.«

Offiziell war die Praxis bereits seit mehr als einer Stunde geschlossen. Sofia hatte genug. Sie schaltete den Computer aus und verließ ihren Platz hinter dem Empfangstresen. Ohne anzuklopfen, betrat sie das Behandlungszimmer.

Emma saß auf der Fensterbank und blickte interessiert hinaus. Bengt stand gegen den Behandlungstisch gelehnt da, während Frida auf einem Drehstuhl saß – mit übereinandergeschlagenen Beinen, wodurch ihr ohnehin schon sehr kurzer Rock noch höher gerutscht war. Die obersten Knöpfe ihrer Bluse waren geöffnet. Wenn sie sich ein bisschen vornüberbeugte, war der Ansatz ihrer Brüste zu sehen. Der Duft eines Parfüms lag schwer in der Luft.

»Ich wollte nicht stören«, behauptete Sofia.

»Warum tust du es dann?«, fragte Bengt freundlich.

»Weil wir längst geschlossen haben und ich endlich Feierabend machen will«, erwiderte sie spröde.

»Ja, in Ordnung.« Bengt nickte ihr zu. »Du kannst dann gehen.«

Frida zog eine Augenbraue in die Höhe und musterte sie schadenfroh. Es war Sofia unmöglich, darauf nicht zu reagieren.

»Kannst du bitte den Raum lüften, bevor du nach Hause kommst?«, bat sie Bengt, dann wandte sie sich mit falscher Freundlichkeit an Frida. »Vielleicht ist das der Grund dafür, dass es Emma immer wieder schlecht geht: Du betäubst sie geradezu mit diesem Duft.«

»Danke, Sofia.« Bengts Blick wurde hart. »Aber es steht dir nicht zu, Diagnosen zu stellen. Dazu fehlt dir das medizinische Fachwissen.«

»Dafür habe ich gesunden Menschenverstand, und der sagt mir, dass dieser Duft ganz offensichtlich das Gehirn benebelt – und zwar nicht nur das des Huhns. Ich bin dann mal weg.« Mit diesen Worten schloss sie die Tür, ohne eine weitere Antwort abzuwarten.

»Also wirklich«, vernahm sie Fridas empörte Stimme. »An deiner Stelle würde ich diese unverschämte Person sofort entlassen.«

»Du bist aber nicht an meiner Stelle«, hörte sie Bengt antworten.

Daraufhin machte sie sich lächelnd auf den Heimweg.

Bengt startete das Verhör vor dem Mittagessen. Er war nur wenige Minuten nach Sofia zu Hause eingetroffen. Die Szene in seinem Behandlungszimmer hatte er mit keinem Wort erwähnt, sie stattdessen aber mit einem undefinierbaren Blick gemustert.

»Was habt ihr mir über Mattias' Ferkel zu sagen?«, erkundigte er sich, an die Kinder gewandt.

Ronja hob beide Hände an den Mund und tat so, als wäre sie überrascht.

»Mattias hat ein Ferkel?«, fragte sie mit Unschuldsmiene. »Ich dachte, er darf keine Tiere mehr halten ...«

Als Bengt sie daraufhin anschaute, konnte sie seinem Blick nicht standhalten.

»Wir haben kein Ferkel gesehen«, behauptete Lasse. »Ich hab nicht mal ein großes Schwein gesehen. Nur den Oscar von Hendrik, aber das ist ja auch kein Ferkel, sondern ein Bulle.« Er redete viel zu schnell und zu laut.

Als Bengt seinen Sohn streng musterte, senkte auch Lasse den Blick.

»Ich finde Ferkel süß«, plauderte Greta unbefangen drauf-los. »Die haben so komische Nasen und machen solche Geräusche.« Sie gab einen Grunzlaut von sich. »Und die fühlen sich ganz weich an und ... Aua!«, unterbrach sie sich selbst. »Warum hast du mich getreten?« Vorwurfsvoll schaute sie ihren Bruder an.

»Ich habe dich nicht getreten.« Lasse schüttelte den Kopf.

»Hast du wohl«, beschwerte sich Greta aufgebracht.

»Ich bin nur aus Versehen gegen dein Bein gestoßen«, behauptete Lasse.

»Wo ist das Ferkel?« Bengts Stimme übertönte alles.

Betretenes Schweigen war die Antwort.

Sofia dachte an Milla. Was würde passieren, wenn Emil in diese Sache verwickelt war? Denn dass die Kinder etwas mit dem Ferkeldiebstahl zu tun hatten, war unverkennbar. Das schlechte Gewissen stand allen ins Gesicht geschrieben.

»Das ist kein Streich mehr«, warnte Bengt. »Diebstahl ist eine ernste Sache.«

»Aber zuerst muss einer den Diebstahl beweisen.« Ronja schaute ihn herausfordernd an. »Und das kann keiner.«

»Genau«, stimmte Lasse seiner Schwester zu.

Emil blickte nur in die Runde, sagte aber kein Wort.

»Weißt du etwas von einem Ferkel?«, sprach Sofia ihn direkt an.

Emil schaute abwechselnd Ronja und Lasse an, dann schüttelte er den Kopf. Noch immer kam kein Wort über seine Lippen.

Bengt versuchte sein Glück noch einmal über die kleine Greta.

»Woher weißt du eigentlich, dass sich ein Ferkel ganz weich anfühlt?« Er lächelte gewinnend.

Auch Greta wechselte erst einmal einen Blick mit ihren Geschwistern, bevor sie trotzig beschloss: »Ich sag jetzt gar nichts mehr.« Fest presste sie die Lippen aufeinander und nuschelte: »Kn enzges Wrt mr!«

Kapitel 10

Krister holte sie um neunzehn Uhr ab. Sein Blick glitt bewundernd über sie hinweg. »Du siehst toll aus.«

»Danke.« Sofia wusste, dass sie gut aussah. Statt Jeans und T-Shirt trug sie heute ein Sommerkleid in einem zarten Blau mit einem Carmen-Ausschnitt, der ihre Schultern freiließ. Ihre blonden Haare hatte sie diesmal nicht hochgesteckt, sondern sie fielen ihr lang und glänzend über die Schultern.

Selbst Gösta, der gerade die Treppe herunterkam, schaute sie mit offenem Mund an.

»Donnerwetter«, sagte er staunend.

»Ja, genau!« Krister strahlte und legte besitzergreifend einen Arm um ihre Schulter.

Sofia empfand diese Berührung als unangenehm und entwand sich ihm, indem sie einen Schritt vortrat. Dabei wünschte sie sich, der Abend wäre bereits vorbei.

Als er ihr die Autotür aufhielt, sah sie Lasse, Greta und Emil am Fenster stehen. Alle drei drückten sich die Nasen an der Scheibe platt. Emil winkte ihr zu, und Sofia hatte den Eindruck, dass er ein bisschen verloren aussah. Oder fand sie das nur, weil sie sich gerade selbst ziemlich verloren fühlte?

Was mache ich hier eigentlich?

Sie wollte nicht mit Krister ausgehen, hatte sich nur wegen Bengts Provokation dazu hinreißen lassen! Und während sie noch überlegte, wie sie das möglichst schonend erklären sollte, tauchte er auch schon auf.

»Du musst mich fahren«, rief Bengt ihr zu. »Wir haben einen Notfall.«

Genau im richtigen Moment.

»Es tut mir leid«, entschuldigte sie sich und ließ den völlig verdutzten Krister einfach stehen.

»Wohin?«, fragte sie kurz angebunden, als sie neben Bengt am Steuer ihres Wagens saß. Er musste nicht wissen, wie froh sie über diesen plötzlichen Einsatz war.

»Zu Henriks Hof.«

»Wenn du mir freundlicherweise noch sagst, in welche Richtung ich fahren soll?«, erwiderte sie mit einem ironischen Unterton in der Stimme.

Bengt wies den unbefestigten Weg entlang.

»Ich dachte, du weißt inzwischen, dass es nur diese eine Straße gibt, die vom Haus wegführt. Ich sage dir dann schon, wo du abbiegen musst.«

Sofia startete den Wagen und gab Gas. Als sie an Krister vorbeifuhr, hob sie kurz die Hand und winkte ihm zu.

»Ihr könnt eure Verabredung ja nachholen«, sagte Bengt neben ihr.

»Ja«, sagte sie laut, doch in Gedanken schwor sie sich: *Auf keinen Fall!*

»Ich hoffe, du bist nicht allzu enttäuscht.«

Sofia spürte, dass er sie von der Seite anschaute, sie selbst jedoch starrte stur geradeaus.

»Es geht. Ich habe mich sehr auf den Abend gefreut«, behauptete sie.

»Das tut mir leid«, beteuerte er, und Sofia bekam wegen ihrer Lüge ein schlechtes Gewissen. Seine Stimme klang, als würde er es ehrlich meinen.

Diesmal wandte sie ihm kurz den Kopf zu. Doch als sie feststellte, dass er sie immer noch anschaute, richtete sie ihren Blick ganz schnell wieder nach vorn.

»Du siehst sehr gut aus.« Diese Bemerkung kam so unerwartet, dass ihr Herz plötzlich ein paar Takte schneller schlug. Bloß einen ganz kurzen Moment und natürlich auch nur, weil sie damit nicht gerechnet hatte.

»Danke!« Mehr sagte sie nicht, und sie war froh, dass er es ebenfalls dabei beließ.

»Jetzt musst du links abbiegen«, rief er plötzlich.

Sofia trat auf die Bremse.

»Wo?« Angestrengt schaute sie in die angegebene Richtung, aber da war weit und breit kein Weg zu sehen. Nur eine Wiese.

»Genau hier.« Bengt zeigte auf einen Punkt in der Ferne. »Siehst du dahinten das Haus?«

Jetzt, wo er sie darauf hinwies, bemerkte sie, dass dort inmitten einer Baumgruppe etwas rot schimmerte.

»Aber da ist nirgendwo ein Weg!«

»Man kommt nur über die Wiese zu Henriks Hof.«

Bengt lachte. »Und wir können froh sein, dass es die letzten Tage nicht geregnet hat. Wenn der Boden nass ist, macht die Fahrt über die Wiese nämlich wirklich keinen Spaß.«

Sofia fand es auch so nicht sehr vergnüglich. Sie musste aufpassen, weil sich unter dem hohen Gras tiefe Fahrrinnen und Schlaglöcher verbargen. Als sie eines übersah, hopsten sie beide in die Höhe, und Bengt stöhnte laut auf.

»Ich hoffe, es tut dir wenigstens leid«, sagte er, als er ihren betroffenen Blick auffing.

»Ja«, erwiderte sie aufrichtig. »Womöglich muss ich noch länger bleiben, wenn der Bruch deines Schlüsselbeins nicht richtig verheilt.«

»Wie rührend, dass du dir solche Sorgen um mein Wohlergehen machst«, brummte er.

Sofia musste plötzlich lachen. Was für eine absurde Situation! Eigentlich wäre sie jetzt in Stockholm, zusammen mit Rune, um sich weiterhin an seiner Seite zu langweilen: in einer Beziehung, die schon lange keine mehr war, und in einem Job, in dem sie sich nie wohlgefühlt hatte. In einer Stadt, die so wunderschön war, dass Sofia sie jederzeit besuchen, aber nie wieder da leben wollte.

Hendrik stand schon an der Tür, als Sofia das Bauernhaus zwischen den Bäumen erreichte.

»Die Mia bekommt ihr erstes Baby«, sagte er zur Begrüßung. »Danke, dass du so schnell gekommen bist.«

Eine hübsche Frau mit langem Haar trat aus dem Haus. Sie war hochschwanger und hängte sich bei Hendrik ein.

Sofia warf zuerst einen Blick auf den Bauch der Frau, bevor sie Bengt fassungslos anstarrte.

Irritiert runzelte er die Stirn, doch dann schien er plötzlich zu begreifen und lachte laut auf.

»Das ist übrigens Sofia«, stellte er sie dem überraschten Paar vor. »Und sie glaubt gerade, dass du Mia bist«, fügte er dann, an die Frau gerichtet, hinzu.

Sie begriff sofort, was er meinte, und schüttelte lachend den Kopf.

»Ich bin Astrid«, korrigierte sie den Irrtum. »Mia ist eine unserer Kühe. Hendrik hängt besonders an ihr, weil er sie mit der Flasche großgezogen hat.«

»Oje, und ich dachte schon …« Sofia brach verlegen ab.

»Wenn es sein müsste, würde ich mich sogar auf Bengt verlassen.« Der Blick, den Astrid dem Tierarzt zuwarf, war voller Bewunderung. »Aber ich hoffe trotzdem, dass unsere Hebamme rechtzeitig zur Stelle sein wird. Bei der ersten Geburt hat sie es geschafft.«

»Das ist nicht unser erstes Kind«, berichtete Hendrik stolz. »Aber mein erster Sohn.«

»Ein bisschen ist es auch mein Sohn«, erklärte Astrid trocken. Dann streckte sie die Hand aus und griff nach Sofias Arm. »Komm, wir trinken einen Kaffee zusammen, während sich die Männer um Mia kümmern.«

Sofia fühlte sich sofort wohl in dem Bauernhaus. In der Küche saßen zwei Mädchen auf einer Picknickdecke und spielten miteinander.

»Das ist Sofia«, sagte Astrid. »Und das sind Tilda und

Kerstin. Die beiden sind zwei Jahre alt und nicht immer so friedlich wie jetzt.«

Die Mädchen hoben die Köpfe und schauten Sofia neugierig an.

»Du lieber Himmel«, rief Sofia überrascht. »Wie kannst du die beiden bloß auseinanderhalten?«

»Keine Ahnung.« Astrid betrachtete die Kinder. »Ich kann es einfach.«

Sie nahm Tassen aus dem Schrank und wollte den Kaffee holen, doch Sofia hielt sie zurück.

»Setz dich einfach«, schlug sie vor. »Ich mache das schon.«

»Danke.« Astrid seufzte erleichtert. »Ich wünschte, das Baby käme endlich.« Fragend schaute sie Sofia an. »Hast du Kinder?«

»Nur ein geliehenes.« Sofia erzählte von Emil. »Eigentlich wollten er nach Bullerbü, aber jetzt hängen wir hier fest, in ...« Sie runzelte nachdenklich die Stirn. »Hat dieses Dorf eigentlich einen Namen?«

»Einfach nur Byn.« Astrid schmunzelte. »Unsere Vorfahren waren nicht sehr kreativ, glaube ich.«

»Einen Ort einfach nur ›das Dorf‹ zu nennen ist wirklich nicht sonderlich originell. Als ich vor ein paar Tagen in die Zufahrtsstraße eingebogen bin, war der Name auf dem Schild nicht zu lesen. Außerdem stand da etwas von fünf Kilometern.« Sofia dachte an den Wegweiser, der sie nach Byn geführt hatte.

»Ich weiß genau, welches Schild du meinst.« Astrid lachte.

»Der Ortsname ist nicht mehr erkennbar, außerdem stand da ursprünglich ›25 Kilometer‹. Doch mit der Zeit sind die Zahlen und Buchstaben verblasst, sodass man heute nur noch ›5 Kilometer‹ sieht.« Astrid schaute sie fragend an. »Wärst du abgebogen, wenn du gelesen hättest, wie weit es wirklich ist?«

Sofia schüttelte spontan den Kopf. »Wahrscheinlich nicht.«

»Dann verdanken wir deine Anwesenheit also einem verwitterten Schild.« Astrid nickte ihr lächelnd zu. »Jedenfalls schön, dass du da bist. Es wurde Zeit, dass endlich wieder jemand ein bisschen Freude ins Doktorhaus bringt.«

»Wie meinst du das?« Vielleicht ergab sich jetzt ja die Gelegenheit, ein paar der Fragen loszuwerden, die sie Gösta und Bengt nicht stellen wollte.

»Die armen Kinder, der tieftraurige Gösta …« Astrids Augen füllten sich mit Tränen. »Und vor allem Bengt …« Erneut brach sie ab. »Aber das weißt du ja alles.«

Sofia schüttelte den Kopf. »Ich habe keine Ahnung!«

»Ach, ich dachte, du kennst die Geschichte.« Die Bäuerin wischte sich die Tränen aus den Augen. »Verdammte Hormone«, schimpfte sie. »Das alles ist schon vier Jahre her, aber ich muss immer noch weinen, wenn ich nur daran denke.«

Woran?

Ausgerechnet in diesem Moment betraten Bengt und Hendrik die Küche, sodass Astrid nicht weitersprach.

»Mia hat es ganz allein geschafft«, berichtete Hendrik

stolz. »Kaum war Bengt im Stall, flutschte das Kalb schon aus ihr heraus.«

»Ich werde mich bemühen, das ebenso hinzukriegen«, kommentierte Astrid die Worte ihres Mannes. Sie schien einen sehr trockenen Humor zu haben.

Liebevoll tätschelte Hendrik ihre Schultern. »Für meine Nerven wäre das jedenfalls besser.«

»Bengt, du möchtest doch bestimmt auch einen Kaffee?« Schwerfällig wollte Astrid sich erheben, doch Hendrik drückte sie zurück auf den Stuhl.

»Ich bin sicher, Bengt hätte lieber etwas Stärkeres als Kaffee.« Er ging zum Schrank und nahm eine dickbauchige Flasche heraus, die er grinsend präsentierte. »Natürlich selbstgebrannt.«

»Natürlich!« Bengt nickte.

»Was ist mit dir?« Hendrik zwinkerte Sofia fröhlich zu. »Du trinkst doch auch einen mit?«

»Sie muss noch fahren«, wies Bengt ihn zurecht.

»Ja … Natürlich …« Hendrik geriet ins Stottern.

Schon wieder entschied Bengt einfach für sie!

»Ich trinke gerne ein Glas mit«, erwiderte Sofia mit nur mühsam unterdrückter Wut.

»Aber …«, begann Bengt mit ärgerlicher Miene, doch sie fiel ihm sofort ins Wort: »Allzu viel Verkehr konnte ich auf der Wiese nicht beobachten. Abgesehen davon treffe ich meine Entscheidungen selbst.«

Mit einem Mal war die Atmosphäre im Raum äußerst angespannt. Keiner sagte mehr etwas.

Dann begann eines der Mädchen zu weinen.

»Schon gut.« Hendrik nahm die Kleine auf den Arm. »Es ist alles in Ordnung, Tilda.«

»Das ist Kerstin«, korrigierte ihn Astrid.

Hendrik hielt seine Tochter ein Stück von sich und betrachtete sie prüfend. Immerhin führte das dazu, dass die Kleine wieder lachte.

»Bist du sicher?«, fragte er unsicher.

»Ganz sicher.« Astrid nickte schmunzelnd.

Hendrik zuckte mit den Schultern und zog das Mädchen fest an sich. Alle bemerkten, dass er die Schnapsflasche wieder zurück in den Schrank stellte, aber niemand sagte etwas dazu.

»Komm mich doch mal wieder besuchen«, bat Astrid, als Sofia und Bengt sich verabschiedeten.

»Ja, sehr gern«, versicherte Sofia, und das meinte sie auch so. Sie freute sich darauf, Astrid wiederzusehen, und zwar nicht nur, weil sie dann ihr Gespräch dort fortsetzen könnten, wo sie eben durch Bengt und Hendrik unterbrochen worden waren.

Auf der Rückfahrt sprachen Bengt und sie nicht miteinander, bis Sofia den Wagen wieder durch ein Schlagloch steuerte. Diesmal war es ein besonders tiefes.

Bengt stöhnte laut auf, doch Sofia machte sich vor allem Sorgen um Millas alten Wagen.

»Armer Olof!«

»Das hast du extra gemacht«, behauptete Bengt.

»Na klar. Ich bin sogar vergangene Nacht hierhergefahren, um das Loch zu graben«, gab sie ironisch zurück.

Hart trat sie auf die Bremse, als sie vor sich erneut eine Vertiefung erblickte. Diesmal wurden sie und Bengt nach vorn in den Sicherheitsgurt gepresst, und auch das bereitete ihm große Schmerzen.

»Es tut mir leid«, murmelte sie.

Er sagte nichts mehr, presste bloß mit schmerzverzerrtem Gesicht eine Hand gegen die Schulter.

»So schlimm?«, fragte sie entsetzt. »Soll ich dich zur Vårdcentral fahren?«

Ihre aufrichtige Besorgnis entlockte ihm ein Lächeln.

»Schon gut«, sagte er besänftigt. »Ich will einfach nur nach Hause. Von da aus kannst du Krister anrufen. So spät ist es ja noch nicht.«

Sofia erwiderte nichts, obwohl sie wusste, dass sie Krister ganz bestimmt nicht anrufen würde – weder heute noch sonst irgendwann.

Sonntags wachte sie früh auf. Sie vernahm Gretas aufgeregte Stimme auf dem Flur, konnte aber nicht verstehen, was sie sagte.

»Pst!« Das war wahrscheinlich Ronja.

Sofia wurde neugierig. Leise sprang sie aus dem Bett und öffnete vorsichtig die Tür. Sie sah, wie alle vier Kinder die Treppe hinunterschlichen. Greta fiel es besonders schwer, leise zu sein.

»Wenn der …«

»Pst«, zischte Ronja erneut. »Sei endlich still. Und beeilt euch. Wir müssen wieder im Haus sein, bevor die anderen aufwachen.«

Sofia blieb keine Zeit, sich etwas anzuziehen, und so folgte sie den Kindern barfuß und im Nachthemd.

Der erste Weg führte die vier in die Küche. Schränke wurden geöffnet, Papier raschelte, dann war es still.

Als Sofia vorsichtig in den Raum schaute, stand die Tür nach draußen offen, und die Kinder waren weg.

Eilig lief sie zur Tür und atmete erleichtert auf. Die Geschwister und Emil verschwanden gerade in den ehemaligen Stallungen. Gösta hatte ihr erzählt, dass Bengt dort hin und wieder einen seiner tierischen Patienten unterbrachte, wenn er unter Beobachtung bleiben musste.

Sofia hatte eine dumpfe Ahnung, wen die Kinder dort versteckt hielten. Leise öffnete sie die Tür zu dem Gebäude.

»Guck mal die Nase.« Greta kicherte entzückt. »Ich finde Schweinchennasen so süß.«

»Und das Ringelschwänzchen.« Ronja lachte so unbeschwert, wie Sofia es noch nie bei ihr gehört hatte.

Ein grunzendes Geräusch war zu hören, aber Sofia konnte von ihrem Platz aus noch nichts sehen. Die Kinder saßen auf Strohballen, die in einem Karree nebeneinander aufgestellt waren. Langsam trat sie näher, und dann entdeckte sie das Ferkel, das gerade von Emil mit Brot gefüttert wurde.

Greta nahm sie zuerst wahr. Mit schreckgeweiteten Augen starrte das Mädchen sie an.

»Du darfst dem Mattias nichts sagen.« Greta begann direkt zu weinen, als ihr Blick auf Sofia fiel. »Der will Smågris aufspießen und überm Feuer braten.«

»Smågris?«

»Ja, wir haben ihn so getauft.« Es war das erste Mal, dass Ronja sie von sich aus ansprach. »Mattias will ein Spanferkel aus ihm machen.«

»Das ist nicht nett.« Nie im Leben hätte Sofia in diesem Moment zugegeben, dass sie bereits Spanferkel gegessen und es ihr ausgezeichnet geschmeckt hatte.

»Wirst du uns verraten?« Angst lag in Ronjas Augen.

»Natürlich nicht!« Ihre Antwort kam schnell und unbedacht, doch als Ronja sie daraufhin anstrahlte, wusste Sofia, dass sie es nicht einen Moment bereuen würde.

»Wie habt ihr euch das denn vorgestellt?«, fragte sie. »Wie soll es mit Smågris weitergehen? Ihr könnt ihn schließlich nicht ewig hier verstecken.«

»Warum nicht?«, fragte Greta mit weinerlichem Stimmchen. »Er ist doch noch ganz winzig.«

»Das bleibt er aber nicht.« Sofia setzte sich neben sie und legte den linken Arm um die Schultern des kleinen Mädchens. »Mach dir keine Sorgen, wir lassen uns schon etwas einfallen.«

»Du hilfst uns?« Ronja kam nun auch zu ihnen herüber und setzte sich auf die andere Seite neben Sofia.

»Natürlich helfe ich euch«, versprach Sofia und legte den rechten Arm um Ronjas Schultern. »Wir werden es niemals zulassen, dass jemand Smågris aufspießt.«

Ihr war klar, dass sie sich mit diesem Versprechen weit aus dem Fenster lehnte, aber sie wusste auch, dass sie es unter allen Umständen einhalten würde.

Ronja lehnte den Kopf gegen ihre Schulter.

»Ich bin so froh, dass du bei uns bist«, sagte das Mädchen leise.

»Ich auch«, pflichtete Greta ihrer Schwester bei.

Lasse, der jetzt neben Smågris auf dem Boden saß, hob den Kopf.

»Ich auch.«

Emil sah alle der Reihe nach an.

»Aber wenn ich wieder zurück nach Stockholm muss, nehme ich Sofia mit«, stellte er dann unmissverständlich klar.

»Du kannst doch auch bei uns bleiben«, schlug Greta vor. »Zusammen mit Sofia.«

»Das geht nicht. Meine Mama wohnt in Stockholm, und wenn sie aus dem Krankenhaus kommt, ziehe ich wieder zu ihr.«

Die Worte des Jungen zeigten Sofia, wie sehr er Milla vermisste. Er fragte zwar wenig nach ihr, freute sich aber jeden Tag auf den Anruf bei seiner Mama und erzählte ihr dann aufgeregt, was er alles erlebt hatte. Nach den Telefonaten war er meist erst einmal sehr still. Für einen so kleinen Jungen musste es schwer sein, ohne seine Mutter auszukommen.

»Dann soll deine Mama auch zu uns kommen.« Greta sah das Ganze sehr pragmatisch.

»Mama kann da nicht wegziehen, wegen dem doofen Haus.«

Da machte Milla sich die ganze Zeit Sorgen darüber, dass sie das Haus nicht für Emil erhalten konnte, dabei war es selbst für den Jungen inzwischen zu einer Belastung geworden. Vermutlich spürte er, wie viel Kummer es seiner Mutter bereitete.

Die Sache mit dem Haus schien auch Greta zu beschäftigen.

»Aber wenn das Haus so doof ist, müsst ihr einfach nur woanders wohnen«, meinte sie altklug. »Das musst du deiner Mama mal sagen. Ich will nämlich nicht, dass du mit Sofia zurück nach Stockholm fährst.«

»Ich will das ja auch nicht«, sagte Emil bedrückt. »Am liebsten will ich nie mehr zurück, sondern für immer hierbleiben.«

»Noch fahrt ihr ja nicht weg«, mischte sich Ronja in das Gespräch ein. »Und jetzt müssen wir alle überlegen, wie wir Smågris versorgen, ohne dass Papa und Opa etwas bemerken.«

Sie schmiedeten Pläne, wer wann an der Reihe war, das Ferkel zu füttern.

Sofia wusste bereits jetzt, dass das alles so nicht funktionieren würde. Aber sie war fest entschlossen, eine Lösung zu finden, die allen gerecht wurde und Smågris' Überleben garantierte.

Kapitel 11

»Wir haben kein Brot mehr«, stellte Gösta am frühen Montagmorgen fest. »Dabei weiß ich, dass ich am Freitag genug eingekauft habe.«

»Dann machen wir eben Haferflockenbrei«, schlug Sofia vor.

Sie hatte ja geahnt, dass es Schwierigkeiten geben würde. Smågris liebte Backwaren aller Art, deshalb hatten die Kinder ihn vor allem damit gefüttert.

»Wenn ich nur wüsste, wohin das ganze Brot verschwunden ist.« Gösta trat ans Fenster und schaute in Richtung der Stallungen. Langsam drehte er sich dann wieder um. »Hast du eine Ahnung, was damit passiert ist?«

Sofia hielt seinem Blick stand. Sie würde ihr Versprechen halten, aber sie war auch fest entschlossen, Gösta nicht zu belügen.

»Ich habe es jedenfalls nicht gegessen«, sagte sie deshalb wahrheitsgemäß.

»Aber du weißt, was damit passiert ist?«

»Wer immer es gegessen hat, es wird ihm geschmeckt haben.«

»Davon bin ich auch überzeugt.« Gösta blickte sie ernst

an, doch um seine Mundwinkel zuckte es. »Vielleicht sollte ich ab sofort mehr Brot kaufen. Haferflockenbrei wird hier nicht so gern gegessen.«

»Sag mir, wo die Bäckerei ist, und ich hole was zum Frühstück«, schlug Sofia vor. Bei dieser Gelegenheit könnte sie gleich genug Brot für Smågris mitbringen.

»Zu Fuß bist du schneller da als mit dem Wagen. Du kannst es nicht verfehlen. Einfach am Seeufer entlang, die zweite Straße rechts – und dann immer der Nase nach.«

»In Ordnung. Bis gleich.« Sofia verließ das Haus.

Zu dieser frühen Stunde lag der Tau noch auf dem Gras. Eine dünne Nebelschicht waberte über dem See und ließ nur stellenweise die Wasseroberfläche sichtbar werden. In den Bäumen begrüßten die Vögel den Morgen. Immer wieder blieb sie stehen, weil sie etwas besonders Schönes sah.

Ein Stück des Weges führte durch einen Buchenhain, an dessen Rand Heidekrautgewächse standen. Nur vereinzelt drangen Sonnenstrahlen durch die dicht belaubten Kronen und schufen helle Sprenkel auf dem weichen Boden. Es war nicht schwer, sich hier eine Begegnung mit einem Troll vorzustellen.

Sofia schloss für einen Moment die Augen. Wieder einmal dachte sie an den Ort, der einmal ihr Zuhause gewesen war und der gar nicht so weit von hier entfernt lag.

Sie und ihre Schwester hatten die Geschichten über Trolle und Feen geliebt. Hand in Hand waren sie gemeinsam durch die Wälder rings um ihr Dorf gestreift, um Anzeichen dafür zu finden, dass das kleine Volk hier hauste.

Maja hatte ihr nie den Glauben daran genommen – dafür aber den Glauben an die Liebe.

Sofia riss die Augen weit auf. Die Zeit lag hinter ihr. Es war vorbei!

Langsam ging sie weiter, versuchte ihre Gedanken auf das zu konzentrieren, was vor ihr lag, und damit auch ihre Gefühle wieder zu kontrollieren.

Hinter der nächsten Wegbiegung erblickte sie die ersten Häuser des Dorfes. Wie fast alle Gebäude in der Umgebung waren sie rot gestrichen.

Sie ging weiter bis zur zweiten Abbiegung und erlebte genau das, was Gösta ihr vorausgesagt hatte: Der Duft nach Frischgebackenem stieg ihr in die Nase. Das Haus, in dem sich die Bäckerei befand, war nicht rot, sondern leuchtete in einem pastelligen Gelb.

Sofia betrat die weit offen stehende Ladentür. Gelb-weiß gestreifte Tapeten zierten die Wände hinter den Brotregalen. Links daneben entdeckte sie eine ebenfalls geöffnete Tür, die offensichtlich in die Backstube führte. Niemand war zu sehen.

An der Längsseite des Raumes verlief eine gläserne Theke, in der allerlei Gebäck ausgestellt war. Darauf stand eine altmodische Klingel.

Sofia drückte sie und lauschte verzückt dem melodischen Glockenton. Das hier wäre genau der richtige Laden für Milla ...

»Ich komme sofort«, vernahm sie eine Stimme aus dem Hintergrund.

»Nur keine Eile«, rief sie zurück und zückte schnell ihr Handy, um Fotos für ihre Freundin zu machen.

»Spionierst du mich etwa aus?«

Sofia ließ das Handy sinken und schaute in die blauesten Männeraugen, die sie jemals gesehen hatte. Das belustigte Lächeln des Bäckers zeigte, dass die Frage nicht ernst gemeint war. Doch nicht nur seine Frage verwirrte sie im ersten Moment. Da war noch etwas anderes ... Obwohl sie sich ganz sicher war, dass sie ihn noch nie gesehen hatte, kam ihr Fynn bekannt vor. Er war ihr irgendwie vertraut, auf eine Art und Weise, die sie sich nicht erklären konnte.

»Wenn ich spionieren wollte, wäre ich vor allem an den Rezepten interessiert«, gab sie launig zurück.

»Die sind alle hier drin.« Er tippte gegen seine Stirn und lachte.

»Tatsächlich?« Sofia staunte. »Ich könnte mir das nie merken.«

»Ich habe schon als kleiner Junge in der Backstube ausgeholfen. Viele meiner Rezepte stammen noch von meinem Vater.« Kurz zog ein Schatten über sein Gesicht, doch gleich darauf lächelte er wieder. »Er war der beste Lehrmeister, den ich mir hätte wünschen können.«

»Dein Brot schmeckt hervorragend«, lobte Sofia. Nach kurzem Nachdenken fragte sie: »Bist du vielleicht zufällig auf der Suche nach einer guten Bäckerin?«

»Bist du etwa Bäckerin? Hast du deshalb die Fotos gemacht?«

»Ich frage für eine Freundin«, berichtete Sofia. »Und die

Fotos sind ebenfalls für sie. In so einem Laden zu arbeiten wäre ihr größter Wunsch.«

Und Emil könnte hierbleiben. Für die beiden wäre damit alles perfekt…

»Leider suche ich niemanden«, zerstörte der junge Bäcker diesen kurzen, schönen Traum. »Es gibt in dieser Gegend nicht so viele Kunden, dass die Arbeit für zwei Bäcker reichen würde.«

»Schade.« Sofia beschloss, ihrer Freundin die Fotos lieber nicht zu schicken. Warum Milla das Herz noch schwerer machen, als es ohnehin schon war? »Wenn du es dir doch noch anders überlegen solltest, ich wohne zurzeit bei Bengt und Gösta.«

»Ach, dann bist du die neue Sprechstundenhilfe? Ich habe bereits von dir gehört.«

»Ich bin nur die Aushilfe, bis Bengt sich von seiner Verletzung erholt hat.«

»Ja, ich weiß, aber vielleicht bleibst du ja.«

»Nein.« Sofia schüttelte den Kopf, verzichtete aber auf weitere Erklärungen. Prüfend schaute sie ihm ins Gesicht. »Ich habe die ganze Zeit das Gefühl, dass wir uns schon einmal begegnet sind.«

Diesmal war Fynn derjenige, der den Kopf schüttelte und dabei lächelte.

»Ich würde mich bestimmt an dich erinnern«, versicherte er.

Sofia war nicht überzeugt. Es war die Art, wie er sich bewegte, wie er sprach. Der Ausdruck seiner Augen …

Ach, sie würde das Rätsel jetzt nicht lösen können. Vielleicht fiel es ihr ja irgendwann ein.

Sie gab ihre Bestellung auf, kaufte Brot und Brötchen, vor allem eine ganze Tüte voll von den Milchbrötchen, die mochte Smågris besonders gern.

Fynn staunte. »Bis du sicher, dass du so viel einkaufen willst? Das ist sehr viel mehr als das, was Gösta normalerweise mitnimmt.«

»Ja...«, erwiderte Sofia zögernd. »Ich bin mir ziemlich sicher...« Sie machte eine kurze Pause. »Ich esse diese Brötchen sehr gerne.« Das war zwar nicht die ganze Wahrheit, aber auch nicht direkt eine Lüge.

»Komm mal wieder vorbei«, sagte Fynn zum Abschied, nachdem sie bezahlt hatte.

»Ganz bestimmt«, versprach sie.

Gerade als sie die Bäckerei verlassen wollte, betraten zwei weitere Kundinnen den Laden. Beide grüßten höflich und schauten Sofia neugierig an. Ganz bestimmt wussten die beiden genau, wer sie war.

Sofia grüßte höflich zurück und ging.

Als sie zurückkam, waren die Kinder bereits aufgestanden, und Gösta hatte in der Küche den Frühstückstisch gedeckt. Zweifellos bemerkte er, dass Sofia einige der Milchbrötchen in den dafür vorgesehenen Korb legte, die noch halbvolle Tüte jedoch an Ronja weitergab. Und es entging ihm auch bestimmt nicht, dass das Mädchen daraufhin durch die offene Tür nach draußen huschte.

Kurz darauf betrat Bengt die Küche, doch da war Ronja bereits wieder zurück. Alle nahmen am Frühstückstisch Platz. Gösta versorgte die Erwachsenen mit Kaffee, während Sofia die Gläser der Kinder mit Milch füllte.

»Wie gefällt dir Fynns Laden?«, erkundigte sich Gösta, als sie alle am Tisch saßen.

»Du warst bei Fynn?« Überrascht schaute Bengt sie an.

»Wir hatten kein Brot mehr«, erklärte Sofia. Bevor er sich auch darüber wundern konnte, wandte sie sich an Gösta und beantwortete dessen Frage. »Mir gefällt die Bäckerei sehr gut. Ich habe ihn gefragt, ob er eine Bäckerin sucht. Leider hat er keinen Bedarf.«

»Du kannst doch gar nicht backen«, mischte sich Emil ein. »Aber meine Mama kann das. Richtig tolle Kuchen und Plätzchen. Und Brot kann sie auch backen.«

»Ja, das stimmt.« Sofia lächelte dem Jungen liebevoll zu. »Ich habe auch nicht für mich, sondern für deine Mutter gefragt.«

»Mann, dann hättest du hierbleiben können«, sagte Lasse, der sofort begriff.

»Ja.« Nachdenklich zerpflückte Emil die Scheibe Brot, die Gösta ihm abgeschnitten hatte. »Vielleicht kann ich noch mal mit ihm reden. Von Mann zu Mann.«

»*Von Mann zu Mann?*« Vergnügt schaute Gösta den Fünfjährigen an.

»Das hat Mattias zu Lasse gesagt«, erklärte Emil und zuckte erschrocken zusammen, kaum dass die Worte seinen Mund verlassen hatten.

»Mattias hat mit dir gesprochen?« Bengt schaute seinen Sohn prüfend an. »Warum weiß ich nichts davon?«

Lasse versuchte lässig zu erscheinen, indem er mit den Schultern zuckte.

»Ich fand das nicht wichtig«, behauptete er, doch seine Stimme klang alles andere als sicher.

»Was wollte er von dir?«, bohrte Bengt weiter nach.

Lasse warf seiner Schwester einen Hilfe suchenden Blick zu.

»Mattias sucht immer noch nach seinem Ferkel«, sagte sie und versuchte das Thema zu wechseln. »Kannst du mir bitte den Korb mit den Milchbrötchen geben? Die schmecken heute Morgen besonders gut.«

Bengt griff nach dem Korb und reichte ihn über den Tisch, aber er ließ sich nicht ablenken.

»Hat er dich auch danach gefragt?«, wollte er verärgert wissen. »Oder sogar Greta und Emil?«

»Ich rede nicht mit dem«, stellte Emil klar.

»Ich auch nicht«, sagte Greta, während sie gleichzeitig etwas anderes sehr zu beschäftigen schien. »Papa, fressen kleine Schweine auch was anderes als Milchbrötchen?«

Bengt war tatsächlich sprachlos. Und noch während er seine Tochter anstarrte, klingelte es an der Tür.

Gösta stand auf und verließ das Zimmer. Es dauerte nur wenige Minuten, bis er zurückkam. Hinter ihm betraten ein uniformierter Polizist und der hämisch grinsende Mattias den Raum.

»Hej«, grüßte der Polizist. Er war sichtlich verlegen.

»Hej, Lucas.« Bengt wirkte angespannt.

»Mattias hat da einen Verdacht geäußert …«, begann der junge Beamte, doch der Landwirt ließ ihn nicht ausreden.

»Das ist nicht nur ein Verdacht. Der Tierarzt hat seine Kinder zum Diebstahl angestiftet.«

Lucas hob die Hand. »Noch ist nichts erwiesen.«

»Aber da ist …«

»Ich führe die Ermittlungen.« Der junge Polizist klang jetzt autoritär. Fragend wandte er sich an Bengt. »Also, was sagst du dazu?«

»Mattias hat recht, das Ferkel ist hier«, gab Bengt unumwunden zu. »Ich weiß nur noch nicht, wo die Kinder es versteckt haben.«

»Papa!« Ronja war sichtlich empört.

»Ich zeige die Kinder an.« In Mattias' Augen loderte ein wildes Feuer. Schadenfreude strömte aus jeder seiner Poren.

»Das kannst du nicht.« Lucas blieb zwar ganz ruhig, dennoch gewann Sofia allmählich den Eindruck, dass er Mattias auch nicht sonderlich schätzte.

»In Schweden ist man erst mit fünfzehn Jahren strafmündig«, erklärte der Polizist mit ruhiger Stimme. Dann wandte er sich direkt an die Kinder und schaute sie der Reihe nach an. »Aber ihr müsst das Ferkel zurückgeben. Sofort!«

»Nein!« Ronja verschränkte die Arme vor der Brust.

Greta presste wieder die Lippen zusammen.

»Nn!«, quetschte sie hervor.

»Papa hat gesagt, dass du ein Tierquäler bist«, sagte Lasse

und schaute Mattias hoch erhobenen Hauptes an. »Wir geben dir Smågris nicht.«

»Nein, den kriegst du nicht«, bekräftigte Emil.

Sofia bemerkte plötzlich, dass Gösta nicht mehr in der Küche war. Wann hatte er den Raum verlassen?

»Das Ferkel gehört Mattias«, stellte Lucas klar. »Ihr müsst es ihm zurückgeben.«

Ronja schüttelte den Kopf. Ihre Augen füllten sich mit Tränen.

»Smågris darf nicht sterben!«, flehte sie.

Sofia warf einen Blick auf Mattias. Berührte ihn der Anblick des Mädchens denn wirklich kein bisschen?

»Ich werde ihn noch heute schlachten«, behauptete der Bauer und grinste gemein. »Wenn du Appetit auf Spanferkel hast, kannst du später gerne vorbeikommen.«

Sofia nahm draußen eine Bewegung wahr, eine Art schnelles Huschen, dann war nichts mehr zu sehen. Leider schien es auch der Polizist bemerkt zu haben; jedenfalls sah sie, wie Lucas zur Tür schaute, und rechnete damit, dass er sofort nach draußen eilen würde. Doch er tat nichts dergleichen. Stattdessen umspielte kurz ein Lächeln seine Lippen, das jedoch verschwunden war, als er sich den Kindern zuwandte.

»Rückt einfach das Ferkel raus«, sagte er. »Dann ist die Sache für alle erledigt.«

»Für mich nicht!« Mattias schaute finster in die Runde. »Das wird noch ein Nachspiel haben. Wenn ich die Kinder nicht verklagen kann, dann eben ihren Vater. Wegen Verletzung der Aufsichtspflicht ... oder wie das heißt.«

Bengt ballte die Hände zu Fäusten, und einen Moment lang befürchtete Sofia, dass er die Beherrschung verlieren würde. Doch dann entspannte er sich wieder.

»Mach das«, sagte er ruhig zu Mattias, bevor er sich an seine große Tochter wandte. »Wo ist das Ferkel?«

Ronja schaute ihrem Vater in die Augen, antwortete aber nicht.

»Ronja!« Bengts Stimme klang fordernd.

Sofia beschloss, die Sache zu beenden. Hoffentlich hatte sie recht mit ihrer Vermutung.

»Ich weiß, wo das Ferkel ist«, sagte sie mit lauter Stimme.

Mit einem Mal lag abgrundtiefe Verachtung in Ronjas Blick.

»Du hast versprochen, uns nicht zu verraten«, erinnerte sie Sofia böse.

»Ja, das hast du versprochen!« Lasse stellte sich neben seine Schwester, ebenso Greta. Drei Kinder, die eine geschlossene Front gegen sie bildeten.

Emil sah unschlüssig zwischen ihr und den anderen hin und her, dann traf er seine Entscheidung und stellte sich zu seinen neuen Freunden. Trotzig schaute er Sofia an.

Alle folgten ihr, als sie nach draußen ging.

Bitte Gösta, flehte sie in Gedanken, *lass uns nicht im Stich. Hab das erledigt, was ich vermute.*

Als sie sah, dass die Tür zum Stall weit offen stand, versuchte sie, erschrocken zu wirken, dabei konnte sie sich nicht erinnern, jemals so erleichtert gewesen zu sein.

»Hier ist das Ferkel«, sagte sie und trat ein. Von Smågris

keine Spur. »Also, hier müsste es eigentlich sein«, korrigierte sie sich hastig.

Danke, Gösta! Danke! Danke! Danke!

»Das ist doch ein Trick«, polterte Mattias los. »Ihr wollt mich doch reinlegen.«

»Das Ferkel war wirklich hier!« Weil es der Wahrheit entsprach, fiel es ihr leicht, überzeugend zu wirken.

Lucas zweifelte jedenfalls nicht an ihren Worten.

»Da sind noch Reste des Futters und ein Wassernapf.« Er drehte sich um und schaute zur offenen Tür. »Offensichtlich ist das Ferkel weggelaufen.«

Mattias wies mit ausgestrecktem Finger auf Bengt. »Du wirst mir das Ferkel ersetzen.«

»Ja, das macht er«, versicherte Sofia schnell und vermied es, Bengt anzusehen. »Aber dann gehört das Ferkel uns, auch wenn es wieder auftaucht.«

»Tut mir leid.« Ronja stand mit gesenktem Kopf vor ihr. »Ich dachte wirklich, du willst uns verraten. Wie hast du es angestellt, dass Smågris verschwunden ist?«

Sofia dachte an Gösta, der immer noch nicht zurückgekommen war.

»Das erzähle ich dir später«, versprach sie.

»Du hast gewusst, dass die Kinder das Ferkel geklaut haben?« Bengt, der Lucas verabschiedet hatte und jetzt in die Küche zurückkam, schaute Sofia an. Offensichtlich war er sehr aufgebracht. »Wieso wundert mich das nicht?«, fragte er kopfschüttelnd.

»Lass Sofia in Ruhe«, fuhr Ronja ihn an. »Erstens weiß sie erst seit gestern von Smågris, und zweitens hat sie versprochen, uns nicht zu verraten.«

»Ihr habt eine Straftat begangen«, sagte Bengt mit erhobener Stimme.

»Aber jetzt ist alles gut.« Ronja trat auf ihren Vater zu und umarmte ihn. »Danke, dass du Smågris gekauft hast.«

Seine Miene wurde milder, während er das Mädchen an sich drückte. Danach wandte er sich auch den anderen Kindern zu, die dabeistanden.

»Ihr wollt Smågris behalten, also tragt ihr alle die Verantwortung für ihn. Backwaren sind übrigens nicht die richtige Nahrung, aber diese Dinge werde ich euch noch genauer erklären.«

»Du solltest stolz sein auf die Kinder«, sagte Sofia zu Bengt, nachdem sie sich auf den Weg zur Praxis gemacht hatten. »Schließlich haben sie ein Leben gerettet.«

»Nun ja, wir wissen beide, dass Mattias sich Ersatz für Smågris beschaffen wird«, erinnerte er sie, doch immerhin lächelte er auch sie wieder an. »Tiere werden nun einmal für die Fleischproduktion gezüchtet.«

»Trotzdem können wir uns darüber freuen, dass eines dieser Tiere überleben wird.«

»Ja, das können wir«, stimmte er ihr zu.

Sie hatten die Praxis erreicht, und er hielt ihr die Tür auf.

Ein erster Tierbesitzer war bereits da. Er hatte ihnen den Rücken zugewandt und beugte sich über eine Transportbox, aus der ein wütendes Miauen und Fauchen zu hören war. Dann drehte er sich um – und plötzlich wurde Sofia von der Vergangenheit eingeholt. Fassungslos starrte sie in das Gesicht des Mannes und griff Halt suchend nach Bengts Arm, als ihre Knie nachzugeben drohten. Ihre Lippen formten den Namen des Mannes, doch es kam kein Ton aus ihrem Mund.

Mats! Ausgerechnet hier begegnete sie ihm nach all den Jahren wieder ...

»Sofia.« Er schien seinen Augen nicht zu trauen. »Was machst du denn hier?«

Sie konnte nicht sofort antworten. Nur das Fauchen aus der Transportbox war zu hören.

»Ihr kennt euch offensichtlich.« Bengts Blick wechselte zwischen ihr und Mats hin und her.

»Ja.« Mats schaute sie unverwandt an. »Ich hatte ja keine Ahnung, dass ausgerechnet du Bengts neue Sprechstundenhilfe bist.«

»Nur zur Aushilfe«, krächzte sie.

Was für eine dämliche Antwort! War das wirklich alles, was sie nach mehr als zehn Jahren zu sagen hatte?

»Ich ... ich ...«, stammelte sie, dann drehte sie sich um und stürmte aus der Praxis. Sie wollte bloß noch weg.

Kapitel 12

Ziellos lief sie davon. Ihre Gedanken drehten sich im Kreis, kehrten jedoch immer wieder zu dem einen Punkt zurück: Sie war einem der beiden Menschen begegnet, von denen sie gehofft hatte, sie niemals wiederzusehen!

Ausgerechnet Mats!

Die vergangenen zehn Jahre schienen sich in nichts aufzulösen. Alles, was sie in der Zwischenzeit erlebt hatte, verschwand hinter einer dunklen Wand. Sofia fühlte sich wie damals. Sie war wieder das junge Mädchen, spürte den Schmerz der unerwiderten Liebe, des Verrats und der Einsamkeit. Sie wollte weg – doch diesmal konnte sie nicht einfach bei Nacht und Nebel verschwinden.

Plötzlich war Bo an ihrer Seite. Schwanzwedelnd begleitete sie der riesige Bernhardiner auf ihrem Weg am Seeufer entlang. Die Nähe des Tieres hatte tatsächlich etwas Tröstliches.

»Danke, Bo«, sagte sie leise, blieb stehen und streichelte über den Kopf des Hundes.

Dann ging sie langsam weiter. Ihr Herzschlag beruhigte sich allmählich, und der dringende Wunsch, die Flucht zu ergreifen, ließ nach.

Wohin hätte sie auch fliehen sollen? Zurück nach Stockholm, zu Rune?

Außerdem war da noch Emil, den sie nicht einfach hier zurücklassen konnte.

Aber wieso war Mats hier? Lebte er hier? Und wenn ja, wo war dann Maja?

Der Gedanke, dass sich ihre Schwester womöglich ganz in der Nähe befand, war schier unerträglich.

Tief in ihre Gedanken versunken ging sie weiter. Bo trottete neben ihr her, doch plötzlich blieb er stehen.

Sofia hatte die Frau nicht sofort gesehen, da sie ein weißes Kleid trug und zwischen den hellen Birkenstämmen stand. Erst als sie winkend den Arm hob, wurde Sofia auf sie aufmerksam.

»Wie schön, dass du mich besuchst«, rief Inger.

Nun kam auch Mausi dazu. Freudig bellend lief der riesige Hund zu Bo. Nach einem kurzen gegenseitigen Beschnuppern tollten die Tiere gemeinsam am Ufer herum.

Sofia wollte jetzt niemanden sehen und noch weniger mit jemandem sprechen. Krampfhaft suchte sie nach einer Ausrede, um sich der Situation zu entziehen.

»Da ist mein Haus.«

Erst als Inger mit dem Finger vorausdeutete, bemerkte Sofia das Gebäude. Es war nicht in dem üblichen Rot gehalten, sondern eine gelungene Mischung aus weiß gestrichenem Holz und sehr viel Glas. Neben der Tür hing ein Windspiel, das einen melodischen Ton von sich gab, wenn es von einer leichten Brise erfasst wurde.

Auf der Treppe zum Eingang schien jemand zu sitzen. Die Gestalt bewegte sich jedoch nicht, und Sofia erkannte, dass es sich um eine Skulptur handelte.

Plötzlich wurde sie von einer Neugier erfasst, die all die negativen Gefühle der letzten Minuten in den Hintergrund treten ließ.

Als sie sich dem Haus näherten, entdeckte Sofia weitere Skulpturen. Die Geister ihrer Kindheit tauchten hier in diesem verwunschenen Garten auf. Trolle und Elfen, aus Ton geformt und bemalt. Tiere, die so realistisch aussahen, dass Sofia zweimal hinschauen musste, um zu erkennen, dass sie nicht echt waren. Und dann wieder Fabelwesen, fantastisch gestaltet.

Die Skulptur auf der Treppe war eine lebensgroße Frau, die lächelnd in die Natur schaute. Ihr schönes Gesicht wirkte entrückt, ihre langen Haare waren zu einem französischen Zopf geflochten. Sofia blieb vor der Skulptur stehen, konnte nicht aufhören, sie anzusehen.

»Eine Auftragsarbeit.« Inger lächelte wehmütig. »Aber dann wollte der Auftraggeber sie nicht mehr haben.«

»Hast du etwa diese Figuren hergestellt?«, fragte Sofia und machte eine ausholende Handbewegung. »All diese Statuen?«

»Ja, von Hand modelliert, gebrannt und bemalt«, bestätigte Inger. »Damit verdiene ich meinen Lebensunterhalt.«

»Aber du wohnst so weit abgeschieden. Wie finden dich die Käufer?«

»Durch meinen Mann. Er hat eine Galerie in Malmö.«

»Du lebst hier und dein Mann in Malmö?« Sofia fragte sich, wie eine Ehe unter diesen Umständen funktionieren konnte.

»Ja.« Inger wirkte einen Moment lang traurig, doch dann lächelte sie schon wieder. »Ich kann nicht in der Stadt leben, er nicht auf dem Land. Mein geliebtes Seehaus ist für ihn eine Einöde, die seine Kreativität zum Erliegen bringt. Bei mir ist es genau umgekehrt.« Ihr Blick verlor sich in der Ferne. »Wir können nicht miteinander, aber auch nicht ohneeinander leben.«

Sie sah Sofia an.

»Schau nicht so entsetzt«, sagte sie. »Dag und ich, wir lieben uns, nur das zählt. Jedes unserer Wiedersehen ist ein Fest. Mal bin ich bei ihm in Malmö, mal kommt er zu mir. Und dazwischen haben wir unsere Zeiten, in denen jeder seiner Arbeit nachgeht und darin seine Erfüllung findet.«

Sofia nickte langsam. »Ich verstehe«, murmelte sie.

Inger lachte laut auf. »Nein, das tust du nicht«, stellte sie fest. »Aber das macht nichts. Die Liebe hat viele Gesichter. Dag und ich haben uns für einen Weg entschieden, der für uns passt. Die Alternative wäre die Trennung gewesen.«

Sofia dachte noch immer über diese Worte nach, als sie Inger leise fragen hörte: »Und was ist deine Geschichte? Gibt es da auch einen Menschen? Jemanden, den du zurückgelassen oder der dich verlassen hat?«

»Ja…«, begann Sofia unschlüssig, doch dann setzte sie sich auf die Treppe zwischen Inger und die Skulptur.

Zögernd sprach sie zuerst über Mats, ihre erste große

Liebe, dann über ihn und Maja, die Flucht nach Stockholm und ihr Leben mit Rune. Als sie von ihrer Arbeit im Skatteverket erzählte, brach Inger erneut in lautes Lachen aus. Verwirrt hielt Sofia inne.

»Es tut mir leid«, entschuldigte sich die Künstlerin, »aber für mich ist es unvorstellbar, dass du in einer Finanzbehörde arbeitest.«

»Jetzt nicht mehr.« Sofia wunderte sich darüber, dass sie inzwischen selbst darüber lachen konnte. »Rune hat mich gefeuert. Deshalb bin ich mit Emil hier gelandet.«

»Ausgerechnet in dem Dorf, in dem Mats lebt.« Inger griff nach ihrer Hand. »Ich glaube übrigens nicht an Zufälle.«

»Du meinst, das Schicksal will Mats und mich wieder zusammenführen?« Sofia spürte einen bitteren Beigeschmack, als sie diese Worte aussprach.

»Könntest du dir das denn vorstellen?«, hakte Inger nach.

»Keine Ahnung!« Sofia zuckte mit den Schultern. »Bisher hatte ich nie einen Grund, mir diese Frage zu stellen.«

»Was hast du denn empfunden, als du ihn eben wiedergesehen hast?«

»Ich war geschockt … Und ich habe mich gefragt, ob Maja ebenfalls in der Nähe ist.«

»Ja, das ist sie«, wusste Inger zu berichten. »Natürlich kenne ich Mats. Er ist Lehrer und unterrichtet unter anderem auch Bengts Kinder.«

Sofia schloss entsetzt die Augen. Es wurde ja immer schlimmer!

»Ebenso wie Maja«, fuhr Inger fort. »Die beiden leben zusammen, sind aber nicht verheiratet. Im Dorf wird gemunkelt, dass sie nicht sehr glücklich miteinander sind.«

Sofia horchte in sich hinein. Erstaunlicherweise erfüllte sie diese Nachricht nicht mit Genugtuung.

»Willst du wissen, wo Maja und Mats wohnen?«

»Nein!« Sofia sprang auf. »Als ich meine Heimat verließ, habe ich mir geschworen, nie wieder mit den beiden zu reden. An diesem Vorsatz hat sich nichts geändert. Besonders Maja hat mein Vertrauen missbraucht. Ich kann ihr nicht verzeihen; das werde ich niemals können!«

»Und was hast du jetzt vor? Wirst du abreisen?«

»Ich habe eben mit dem Gedanken gespielt ...«, erwiderte Sofia zögernd. »Aber ich weiß nicht, wohin ich gehen soll.«

»Vielleicht wartet irgendwo ein Typ wie Runc auf dich.« Inger erhob sich ebenfalls. »Oder du bleibst einfach hier und wartest ab, was passiert.«

Sofia wusste nicht, was sie sagen sollte, aber offensichtlich wurde auch keine Antwort von ihr erwartet.

»Meine Tür steht dir jederzeit offen«, sagte Inger. »Ich bin immer für dich da.«

»Danke.« Sofias Blick fiel auf das schöne Gesicht der Skulptur. »Hat sie einen Namen?« Sie wusste selbst nicht, wieso sie ausgerechnet diese Frage stellte.

Inger lächelte. »Ja«, sagte sie nur. Dann drehte sie sich um und ging ins Haus.

Auf dem Rückweg überlegte Sofia, wie sie ihr Verhalten erklären sollte. Das Gespräch mit Inger hatte sie erschöpft, und abgesehen davon wollte sie auch nicht weiter über Mats reden.

Ob er noch in der Praxis war?

Bo begleitete Sofia bis zum Haus. Dort bog er ab, legte sich auf die Wiese und ließ sich die Sonne auf den Pelz scheinen.

Sofia ging weiter zur Praxis. Als sie die Tür öffnete, sah sie Gösta am Empfang stehen. Im Wartebereich saß auch heute wieder Frida mit ihrem Huhn, außerdem ein junger Mann, den Sofia noch nicht kannte. Er hatte einen großen Karton dabei, in dem ein Kaninchen vor sich hin mümmelte. Mats war nicht mehr da.

Gösta schaute sie fragend an.

»Ist alles in Ordnung?«, erkundigte er sich leise.

Sofia nickte.

»Soll ich heute den Dienst hier übernehmen?«, bot er an. »Ronja passt auf die Kleinen auf, du kannst dir also einen Tag freinehmen.«

In diesem Augenblick wurde die Tür zum Behandlungszimmer geöffnet.

»Ich brauche Hilfe«, sagte Bengt knapp. Sein Blick streifte Sofia, kurz und unbeteiligt. Er kommentierte ihr Erscheinen nicht und ließ auch nicht erkennen, was er dachte.

»Ich komme.« Gösta eilte an Sofia vorbei.

Bengt schaute sie noch einmal an, dann ging auch er

zurück ins Behandlungszimmer und ließ sie mit der Frage zurück, was Mats ihm wohl erzählt haben mochte.

Sofia beschloss, in der Praxis zu bleiben.

Es dauerte nur wenige Minuten, bis Gösta aus dem Behandlungszimmer zurückkam. Er wankte, und sein Gesicht war schneeweiß. Dann kippte er um, einfach so.

»Gösta!« Sofia lief zu ihm und kniete sich neben ihn auf den Boden. »Was ist mit dir?«

Offensichtlich hatte Gösta das Bewusstsein verloren.

Bengt war inzwischen auch aus dem Behandlungszimmer getreten.

»Er kommt gleich wieder zu sich«, prophezeite er.

Er hatte die Worte kaum ausgesprochen, da schlug Gösta schon wieder die Augen auf.

»Es tut mir leid«, entschuldigte er sich.

»Schon gut!« Bengt half seinem Schwiegervater auf die Beine. »Mir tut es leid. Ich hätte dich nicht um Hilfe bitten sollen. Du gehst jetzt nach Hause.« Sein Blick fiel auf Sofia. »Und du auch. Ich schaffe das hier allein.«

»Ich bleibe«, entschied Sofia und meinte damit nicht nur den Vormittag in der Praxis. Sie wollte Emil nicht enttäuschen und das Dorf nicht verlassen, vor allem nicht Ronja, Lasse und Greta. Auch nicht Gösta oder Bo und Smågris …

Bengt lächelte sie erfreut an.

… und auch nicht Bengt!

Bereits am Abend traf sie Mats wieder. Diesmal war es kein zufälliges Treffen.

»Gösta hat mir gesagt, dass ich dich hier finde«, sagte er.

Sofia ging wieder am See spazieren. Hier kamen ihre Gedanken am besten zur Ruhe. Sie genoss es, wenn der Wind leise über die Wasseroberfläche strich und die Gräser am Ufer bewegte, und sie liebte es, dem Abendlied der Vögel in den Bäumen zu lauschen.

Natürlich hatte sie geahnt, dass es nach diesem ersten zufälligen Treffen in der Praxis zu weiteren Begegnungen kommen würde. Aber damit, dass es so schnell gehen und sie sich ausgerechnet an diesem Ort ihrer Entspannung wiedersehen würden, hatte sie nicht gerechnet.

»Was willst du?«, fragte sie kühl.

»Das kannst du dir doch denken!« Er schüttelte den Kopf, und sein Blick verriet deutlich, dass er sie nicht verstand. »Weißt du eigentlich, dass sich Maja furchtbare Sorgen um dich gemacht hat?«

Sofia lachte bitter auf. »Das hätte sie sich vorher überlegen sollen.«

Mats schaute sie traurig an.

»Sofia, es tut mir leid«, begann er langsam. »Ich habe damals einfach nicht gewusst, was du für mich empfindest.«

Sein Mitleid war mehr, als sie ertragen konnte.

»Bilde dir nur nichts darauf ein«, erwiderte sie spöttisch. »Ich war ein dummer Teenager. Das Ganze war eine Jugendschwärmerei, sonst nichts.«

Es war weitaus mehr gewesen, aber das hätte Sofia niemals zugegeben.

Verstohlen betrachtete sie sein Gesicht und versuchte zu ergründen, was sie dabei empfand.

Offenbar hegte sie keine Gefühle mehr für ihn. Diese Erkenntnis war ebenso überraschend wie erleichternd. Bisher hatte sie immer gedacht, dass ihre Liebe zu ihm ganz tief in ihrem Herzen lauerte, um jederzeit wieder auszubrechen, wenn sie sich begegnen würden. Das war selbst in den Zeiten an Runes Seite so gewesen. Auch als sie noch geglaubt hatte, etwas für ihn zu empfinden, war da immer der Gedanke gewesen, Mats sei die Liebe ihres Lebens.

Und jetzt war da nichts als die Erinnerung an ein Gefühl, das Glück und Schmerz zugleich bedeutet hatte.

»Maja ist auch hier«, sagte Mats vorsichtig.

»Ich will sie nicht sehen«, erwiderte Sofia hart. »Und dich auch nicht!«

Mit diesen Worten ließ sie ihn einfach stehen und ging zum Haus.

Mats folgte ihr nicht.

Sie wollte es nicht, trotzdem drehte sie sich um, als sie die Küchentür erreichte. Mats war nicht mehr zu sehen, und Sofia wusste nicht, ob sie darüber eher enttäuscht oder erleichtert sein sollte.

»Wir sehen uns kaum noch, seit wir hier sind«, sagte Sofia beim Abendessen zu Emil.

»Ich habe einfach so viel zu tun.« Der Junge strahlte sie an. Sein sonst so weißes Gesichtchen war vom Aufenthalt im Freien braun geworden, und Göstas hervorragende

Kochkünste hatten dazu geführt, dass er ein wenig zugenommen hatte.

»Das sehe ich natürlich ein. Aber was ist mit unserem geplanten Besuch in Bullerbü?«

Emil zog eine Grimasse. »Muss ich dahin?«

»Du wolltest unbedingt dorthin«, erinnerte ihn Sofia. »Du musst natürlich nicht, wenn du nicht willst.«

»Dann bleibe ich lieber hier«, beschloss der Junge zufrieden.

»Du sollst Bo nicht am Tisch füttern«, sagte Bengt in diesem Moment zu Greta.

Das Mädchen schüttelte den Kopf. »Mache ich nicht.«

»Ich hab doch gerade gesehen, dass du etwas unter den Tisch geworfen hast.«

»Aber ich hab nicht den Bo gefüttert«, behauptete Greta noch einmal. »Der ist gar nicht da.«

Bengt sah unter den Tisch.

»Was macht das Ferkel in der Küche?«, fragte er daraufhin ärgerlich.

Ebenso wie die anderen Kinder und Gösta schaute nun auch Sofia unter den Tisch. Smågris stand vor Gretas Platz und knabberte an einem Stück Brot.

»Smågris wohnt doch jetzt bei uns«, argumentierte Greta.

»Aber nicht im Haus«, sagte Bengt sehr bestimmt, doch seine Tochter mochte das nicht einsehen.

»Der Bo wohnt doch auch bei uns!«

»Bo ist ein Hund. Hunde dürfen ins Haus, Schweine

gehören in den Stall«, versuchte er ihr den Unterschied zu erklären.

Greta schüttelte den Kopf. »Der arme Smågris will nicht allein im Stall sein.«

»Du kannst doch zu ihm in den Stall ziehen«, schlug Lasse vor und kicherte.

»Das will ich aber nicht!«, schrie seine kleine Schwester empört auf. »Ich will nicht im Stall wohnen … und Smågris auch nicht!«

Am Tisch entbrannte eine heftige Diskussion, bei der die Kinder dafür plädierten, dass das Ferkel ebenso im Haus bleiben sollte wie Bo, während Bengt und Gösta sich damit überhaupt nicht einverstanden zeigten.

Sofia beteiligte sich nicht an dem Gespräch. Ihre Gedanken schweiften ab und verloren sich in der Vergangenheit:

»Ich hab dich so vermisst!« Sofia fiel ihrer Schwester um den Hals. Wie sehr sie das Wochenende herbeigesehnt hatte!

»Ich hab dich auch vermisst.« In Majas Augen schimmerten Tränen. »Aber du verstehst doch, dass ich wegen des Studiums wegziehen musste. Es war immer schon mein Traum, einmal Lehrerin zu sein. Und an den Wochenenden und in den Semesterferien werde ich auf jeden Fall nach Hause kommen, versprochen.«

»Jetzt bist du ja da.« Sofia hängte sich bei ihrer Schwester ein.

»Gibt es etwas Neues?«, erkundigte sich Maja.

Sofias Augen leuchteten auf. »Tante Babro vermietet das freie Zimmer nicht mehr an Urlauber. Sie hat jetzt einen Dauermieter, den neuen Dorflehrer. Mats Magnusson!«

»Du scheinst ihn zu mögen«, stellte Maja fest. Wahrscheinlich war ihr aufgefallen, wie ihre Schwester den Namen ausgesprochen hatte.

»Ja! Ja! Ja!« Sofia seufzte und verdrehte schwärmerisch die Augen. »Du, Maja, ich muss dir etwas sagen.« Sie blieb stehen und presste ihre Hände gegen das Herz. »Aber versprich mir bitte, dass du es keinem sagst.«

Maja lächelte sie an. »Du brauchst mir nichts zu sagen, dein Gesicht verrät alles: Du hast dich verliebt!«

»Und wie«, bestätigte Sofia. Sie breitete die Arme aus. »Mats ist der tollste Mann, den ich kenne. Aber du sagst niemandem etwas, versprochen?«

»Versprochen!« Maja umarmte sie. »Kaum zu glauben, meine kleine Schwester hat sich verliebt.«

»Mats ist großartig.« Sofia hängte sich wieder bei ihrer Schwester ein. »Ich bin gespannt, wie du ihn findest.«

Lautes Lachen drang an ihr Ohr und holte Sofia zurück in die Gegenwart. Alle Gesichter waren ihr zugewandt.

»Schön, dass wir deine Aufmerksamkeit zurückerlangt haben«, sagte Bengt feixend. »Ich habe dich gefragt, ob du morgen wieder in der Praxis arbeitest.«

»Ja, natürlich …«

Er schaute sie durchdringend an. »Ich kann verstehen, wenn du nicht …«

»Es ist alles in Ordnung«, fiel sie ihm brüsk ins Wort.

Sie fragte sich, wie viel er inzwischen von ihrer Geschichte wusste. Was hatte Mats ihm erzählt, nachdem sie aus der Praxis weggelaufen war? Hatte er überhaupt etwas dazu gesagt?

Bengts Blick verriet nichts. Er nickte nur und wandte sich wieder den Kindern zu. Die Diskussion um das Ferkel und dessen Aufenthalt im Haus war noch nicht beendet.

»Wo ist Smågris überhaupt?«, fragte Lasse plötzlich. Ebenso wie er schauten nun auch alle anderen unter den Tisch.

Gösta begann plötzlich laut zu lachen und wies auf Bo, der sich vor den Küchenschrank geworfen hatte. Eng an den Hund gekuschelt, den Kopf auf den Vorderpfoten seines neuen Freundes, lag Smågris und schlief tief und fest.

»Ich glaube, die Entscheidung, wo Smågris sich zukünftig aufhalten wird, haben die beiden getroffen«, stellte Gösta schmunzelnd fest.

Kapitel 13

»Sofia!«

Sie fuhr hoch, als sie Maja rufen hörte. Verwirrt schaute Sofia sich um. Es dauerte eine ganze Weile, bis sie begriff, dass ihre Sorge vor einer Begegnung mit Maja sie bis in ihre Träume verfolgt hatte. Sie legte sich wieder hin, doch an Schlaf war jetzt nicht mehr zu denken.

Sie versuchte es trotzdem, schloss die Augen und konzentrierte sich auf Milla. Sofia gab sich Mühe, ihre Freundin möglichst jeden Tag anzurufen, aber gestern hatte sie es nicht geschafft. Hoffentlich machte Milla sich deshalb keine Sorgen …

Ob Maja inzwischen weiß, dass ich hier bin?

»Wie geht es dir, Milla?«, flüsterte Sofia. Vielleicht gelang ihr die Ablenkung besser, wenn sie die Worte aussprach. »Ich rufe dich gleich nach dem Frühstück wieder an. Zusammen mit Emil.«

Und wenn sie hier auftaucht?

Sofia setzte sich wieder auf.

Sie wird es nicht wagen, schoss es ihr durch den Kopf. *Sie wird wissen, dass ich sie nicht sehen will.*

Und doch war Sofia sich unsicher. Nach zehn langen Jahren konnte sie nicht mehr beurteilen, wie Maja sich verhalten würde. In diesem einen Punkt hatte sich bei Sofia allerdings nichts geändert: Sie wollte ihre Schwester nicht sehen!

Obwohl es erst vier Uhr morgens war, kam sie nicht mehr zur Ruhe. Also stand sie auf, zog sich an und verließ leise das Zimmer. Sie wollte hinaus zu ihrem Lieblingsplatz am See.

Bo schlief auf seiner Decke im Flur. Als sie unten ankam, hob er den Kopf und begrüßte sie schwanzwedelnd. Smågris hatte sich auch jetzt wieder dicht an ihn gekuschelt. Er quiekte leise, als Bo sich erhob, dann stand er ebenfalls auf und folgte dem Bernhardiner. Beide Tiere begleiteten sie nach draußen.

Am Seeufer musste Sofia an Stockholm denken, an den Rålambshovsparken und den Findling. Hier gab es zwar keinen Stein am Wasser, auf dem sie hätte Platz nehmen können, dafür aber eine kleine Anhöhe nicht weit vom Haus entfernt.

Es war das erste Mal, dass sie diesen Platz ansteuerte. Das Gras war trocken, also setzte sie sich einfach auf den Boden und ließ ihren Blick über den See schweifen.

Bo legte sich neben sie, und Smågris holte sich ein paar Streicheleinheiten bei ihr ab, bevor er sich wieder an seinen neuen besten Freund kuschelte.

Die Luft war frisch und klar. Während sie auf das Wasser schaute, wurde Sofia innerlich ruhiger und konnte ihre Gedanken endlich loslassen. Sie stützte sich mit den Händen auf, reckte das Gesicht gen Himmel und schloss die Augen.

Hier schaffte sie es sogar, nicht an Mats und Maja zu denken.

Obwohl sie nichts gehört hatte, spürte sie plötzlich, dass sie nicht mehr allein war. Sie riss die Augen auf und starrte in Bengts schneeweißes Gesicht.

Bo hatte keinen Ton von sich gegeben. Der Hund hatte lediglich den Kopf gehoben und schaute schwanzwedelnd zu seinem Herrchen auf.

»Was machst du hier?«, stieß er hervor.

Sofia war über diesen Auftritt so fassungslos, dass sie nicht sofort antwortete.

»Du hast hier nichts zu suchen!«, fuhr er sie an. »Nicht an diesem Platz.«

»Niemand hat mir gesagt, dass ich hier nicht sitzen darf.« Sie sprang auf und schaute sich um. »Was gibt es denn hier Besonderes?«

Er blieb unfreundlich und völlig unzugänglich. »Das geht dich nichts an! Verschwinde hier.«

Mit diesen Worten drehte er sich um und ging zurück zum Haus.

Wie erstarrt schaute sie ihm nach, dann stieg heftiger Ärger in ihr auf. Was fiel ihm ein, sie so zu behandeln? Dabei hatten sie gerade erst angefangen, halbwegs normal miteinander umzugehen.

Sofia lief los. Sie holte ihn ein und stellte sich ihm in den Weg. Aufgebracht schaute sie ihn an.

»Was soll das?«, fragte sie böse. »Niemand hat mir gesagt, dass ich auf diesem Platz nicht sitzen darf.«

In seinen Augen funkelte so viel Wut, dass sie erschrocken einen Schritt zurückwich.

»Was hast du eigentlich hier zu suchen?«, fragte er mit gefährlich leiser Stimme. »Niemand hat dich gebeten, in unser Dorf zu kommen und alles durcheinanderzubringen.«

»Ich kann es kaum noch erwarten, dass ich endlich abreisen darf«, zischte sie.

»Von mir aus kannst du sofort verschwinden.«

Wieder ließ er sie einfach stehen, doch diesmal lief Sofia ihm nicht nach. Sie drehte sich auch nicht um, sondern verharrte auf der Stelle und fragte sich, was da eigentlich gerade passiert war.

Am Ende kam sie zu dem Ergebnis, dass vor allem eins wichtig war: Bengt hatte sie aufgefordert zu verschwinden.

Langsam drehte sie sich um. Die Wut verflog, stattdessen war sie mit einem Mal sehr nachdenklich. Auch wenn sie nach wie vor nicht wusste, worum es eigentlich ging, war diese Auseinandersetzung zum richtigen Zeitpunkt gekommen. Sie musste Bengts Aufforderung nur folgen und hier verschwinden. Am besten suchte sie sich einen Ort weit weg von diesem. Einen Ort, wo es keinen Mats und keine Maja gab, keinen Bengt…

… aber auch keinen Gösta, keinen Lasse. Selbst Ronja und die kleine Greta würden ihr fehlen. Sehr sogar!

Doch eigentlich erübrigten sich diese Gedanken. Wenn auch nicht wortwörtlich, so hatte ihr Bengt immerhin ziemlich unmissverständlich klargemacht, dass er sie hier nicht mehr haben wollte.

Und Inger sehe ich dann auch nicht mehr. Oder Astrid und ihr Baby, das irgendwann in den nächsten Tagen zur Welt kommt.

Sofia wurde bewusst, wie sehr sie mit all diesen Menschen inzwischen verbunden war. Es würde ihr schwerfallen, für immer hier wegzugehen.

Sofia wappnete sich innerlich, als es an der Tür klopfte.

»Ja?«, sagte sie schließlich.

Gösta trat ein, in der Hand eine dampfende Kaffeetasse. Sein Blick fiel auf die Reisetasche, in die Sofia gerade ihre Sachen packte. Er wirkte kein bisschen überrascht.

»Bengt hat mir erzählt, was passiert ist.«

»Und jetzt hat er dich vorgeschickt?« Sofia lächelte spöttisch. »Ist er zu feige, sich selbst zu entschuldigen?«

»Er wird sich nicht entschuldigen.« Gösta schüttelte den Kopf. »Dazu müsste er Dinge erklären, über die er nicht spricht.«

»Er muss gar nichts erklären. Das Wesentliche hat er gesagt: Ich soll abreisen!«

»Hat er das wirklich so gesagt?« Gösta lächelte. »Ich glaube nämlich nicht, dass er das will.«

»*Von mir aus kannst du sofort verschwinden. Wir brauchen dich hier nicht!*«, gab sie Bengts Worte wieder.

»Er hat also nicht gesagt, dass du gehen sollst«, stellte Gösta zufrieden fest. »Und es ist keineswegs so, dass wir dich hier nicht brauchen.«

Der alte Mann lächelte versonnen vor sich hin, dann

blickte er ihr wieder in die Augen. Plötzlich schien er sich an die Tasse in seiner Hand zu erinnern.

»Der Kaffee ist nicht mehr ganz so heiß«, stellte er fest. »Magst du ihn trotzdem noch?«

Dankbar nahm Sofia die Tasse entgegen. Das war jetzt genau das Richtige! Sie trank einen Schluck.

»Egal, wie Bengt es formuliert hat, das Ergebnis bleibt dasselbe«, sagte sie dann. »Du verstehst doch sicher, dass ich nicht bleiben kann?«

»Nein.« Gösta schüttelte den Kopf, lächelte sie dabei aber freundlich an. »Ich verstehe, dass du wütend auf Bengt bist, aber was ist mit den Kindern und mir? Es ist alles...« Er suchte offensichtlich nach den richtigen Worten und schloss schließlich: »...so viel besser, seitdem du bei uns bist.«

Seine Erklärung rührte sie, konnte sie aber auch nicht vollends umstimmen.

»Bengt sieht das offensichtlich anders«, argumentierte sie. »Ich habe keine Ahnung, wie ich ihm nach dem Vorfall heute Morgen noch einmal ins Gesicht schauen soll.«

Gösta antwortete nicht sofort, doch in seinem Gesicht arbeitete es. Dann schien er sich zu einer Antwort durchzuringen.

»In dieser Familie wird nicht darüber gesprochen«, sagte er leise. »Aber dieser Platz, den du heute Morgen für dich entdeckt hast, war der Lieblingsplatz meiner Tochter. Sie hat so oft dort gesessen...«

Sofia wartete darauf, dass er weitersprach, doch er stand

einfach da und schien durch sie hindurchzusehen. Plötzlich wirkte er sehr alt und sehr traurig. Sofias Herz floss vor Mitleid beinahe über.

»Na gut«, sagte sie ebenso leise. »Ich bleibe. Aber nur für dich und die Kinder.«

»Und für dich selbst«, ergänzte Gösta, und mit einem Mal konnte er wieder lächeln. »Auch wenn es dir jetzt noch nicht bewusst ist.«

Der Moment, den sie fürchtete, kam schneller als erwartet. Als Sofia ihr Zimmer verließ, begegnete ihr Bengt. Er blieb stehen, schien sich ebenso unbehaglich zu fühlen wie sie.

»Tut mir leid«, murmelte er überraschenderweise. Hatte Gösta nicht gerade noch gesagt, dass sein Schwiegersohn sich nicht entschuldigen würde?

»Schon gut«, erwiderte sie.

Sie schauten einander nicht mehr an und gingen in unterschiedlichen Richtungen davon.

Als Sofia eine halbe Stunde später in der Praxis erschien, stand Bengt im Wartezimmer und unterhielt sich mit Hendrik.

»Hej, Sofia«, begrüßte der Landwirt sie erfreut. »Ich soll dich von Astrid grüßen. Sie würde sich sehr freuen, wenn du mal wieder vorbeikommst.«

»Eben habe ich noch an sie gedacht.« Sofia spürte einmal mehr, dass Astrid zu den Menschen gehörte, die sie hier besonders ins Herz geschlossen hatte. »Wie geht es ihr?«

»Sie hofft, dass unser Sohn bald kommt.« Der werdende Vater lachte. »Und wenn es ihr gerade mal nicht so gut geht, macht sie mich für ihren Zustand verantwortlich.«

»So ganz unschuldig bist du ja auch nicht daran«, erinnerte ihn Bengt und lachte ebenfalls.

Er und Sofia schauten sich an, und dann gelang es auch ihr, ihn wieder anzulächeln. Die Befangenheit, die eben noch zwischen ihnen geherrscht hatte, löste sich allmählich auf. Die Fragen, die Bengt betrafen, blieben aber bestehen.

»Sag ihr, dass ich sie auf jeden Fall in den nächsten Tagen besuche«, bat sie, an Hendrik gewandt.

Nach dem Mittagessen telefonierten Sofia und Emil mit Milla.

»Mama, wann kannst du kommen?«, lautete Emils erste Frage.

Millas Antwort konnte Sofia nicht verstehen, weil der Junge das Handy fest an sein Ohr gepresst hielt.

»Echt?« Emil strahlte, also musste die Antwort positiv ausgefallen sein. »Ja, mache ich«, sagte er gleich darauf und reichte Sofia das Handy. »Mama will auch mit dir reden.«

»Du darfst das Krankenhaus verlassen?«, schloss Sofia aus Emils glücklicher Miene.

»Hoffentlich nächste Woche. Ich kann dann mit Emil zurück in unser Haus.«

Sofia war überrascht. »Hat Rune dir mehr Zeit eingeräumt?«

»Nein, der weiß noch nichts von meinem Glück.« Milla

lachte hart auf. »Ich will ihm die Nachricht persönlich überbringen und sein Gesicht sehen.«

»Was ist denn passiert?«, rief Sofia ungeduldig. »Hast du im Lotto gewonnen?«

»So viel Glück hatte ich nun auch wieder nicht. Aber ich habe einen Immobilienmakler gefunden, der mein Haus verkaufen will.«

Milla hatte sich offensichtlich damit abgefunden, dass sie das Haus nicht behalten konnte. Und ein Verkauf war eindeutig besser als eine Zwangsversteigerung.

»Wie hast du den Makler vom Krankenhaus aus gefunden?«

Milla lachte. »Wahrscheinlich hat das Schicksal es vorgesehen, dass ich hier lande. Im Nebenzimmer liegt ein Patient, der ebenfalls ein gebrochenes Wadenbein hat. Zufällig ist er sehr nett, und er kennt deinen Rune.«

»Das ist nicht mehr mein Rune.« Es war Sofia wichtig, diesen Punkt klarzustellen.

»Es macht aber Spaß, dich damit aufzuziehen.« So fröhlich hatte Milla schon lange nicht mehr geklungen. »Aber das Beste kommt jetzt erst: Mein Zimmernachbar ist Immobilienmakler. Er hat sofort einen seiner Mitarbeiter ins Krankenhaus bestellt und ein Gutachten über mein Haus anfertigen lassen. Außerdem streckt er mir so viel vor, dass ich meine Steuerschulden komplett begleichen kann.«

»Das klingt zu schön, um wahr zu sein«, erwiderte Sofia zögernd. Hoffentlich war Milla da nicht an einen Betrüger geraten!

»Das dachte ich zuerst auch«, sagte Milla, als Sofia ihre Befürchtung aussprach. »Aber Ludvig ist wirklich ein ganz reizender Mann. Ich habe absolutes Vertrauen zu ihm. Die Zahlungen an das Skatteverket werden mit dem Verkaufspreis des Hauses verrechnet. Bis er einen Käufer gefunden hat, können Emil und ich da wohnen.« Milla machte eine kurze Pause. »Und du auch. Oder willst du zurück zu Rune?«

»Auf keinen Fall! Also vielen Dank für dein Angebot.«

»Hat er sich eigentlich mal bei dir gemeldet?«, fragte Milla neugierig.

»Nein, aber damit habe ich auch nicht gerechnet.«

»Du klingst traurig«, stellte Milla fest.

»Ein bisschen vielleicht. Es ist eben nicht schön, wenn eine Beziehung nach zehn Jahren so zu Ende geht.«

Dass in der Zwischenzeit eine ganze Menge mehr passiert war, verschwieg Sofia. Ganz besonders die Geschichte mit Mats und Maja. Milla würde Fragen stellen, und um die zu beantworten, müsste Sofia erneut tief in die schmerzvolle Vergangenheit eintauchen.

»Ja, das verstehe ich«, gestand die Freundin ihr zögernd zu. »Allerdings begreife ich immer noch nicht, wie du dich in ihn verlieben konntest.«

»Ich habe ihn von einer ganz anderen Seite kennengelernt«, sagte Sofia sanft. Aber auch über Rune wollte sie nicht länger reden. »Du weißt schon, dass du nach deiner Entlassung aus dem Krankenhaus auch hier willkommen bist? Wenigstens für eine Zeit, bis du dich vollständig erholt hast.«

Emil, der schon die ganze Zeit ungeduldig von einem

Bein auf das andere hüpfte, weil ihm die Unterhaltung zu lange dauerte, hielt inne.

»Mama muss kommen«, rief er so laut, dass Milla ihn hören konnte.

»Ich weiß nicht.« Sie wiederum sprach leise, damit ihr Sohn nichts mitbekam. »Ich kenne die Leute dort ja gar nicht.«

»Mama, du musst kommen«, brüllte Emil ins Handy und damit auch in Sofias Ohr, denn er war ganz dicht an sie herangetreten.

»Sag lieber, dass du kommst, bevor ich noch taub werde«, flehte Sofia.

Milla zögerte. »Ich denke darüber nach«, versprach sie schließlich. Zu weiteren Zugeständnissen war sie nicht bereit.

Nachmittags wurde Bengt zu einem Bauernhof in der Nähe gerufen.

»Ich gehe zu Fuß«, beschloss er.

»Du willst nur nicht mit mir allein im Wagen sitzen.«

Die Worte waren ihr einfach so herausgerutscht, doch zu ihrer Überraschung nickte Bengt.

»Ja«, gab er zu.

Sofia dachte an das, was Gösta gesagt hatte.

»Ich werde keine Fragen stellen«, versprach sie.

Sein Blick wurde durchdringend. »Weil du deine eigenen Geheimnisse hast?« Natürlich spielte er auf ihre Begegnung mit Mats in seiner Praxis an.

Diesmal war sie diejenige, die nickte. »Ja.«

»Ich werde dir auch keine Fragen stellen«, sagte er. Für einen kurzen Moment fühlte Sofia sich ihm nahe, doch dann fügte er hinzu: »Weil es mich einfach nicht interessiert«, und stieß sie damit wieder weit von sich.

Kapitel 14

Hampus Johansson hatte die Schnapsflasche bereits auf dem Tisch stehen, als Bengt und Sofia das Haus betraten. Es schien in diesem Dorf so üblich zu sein, dass Bengt mit einem alkoholischen Getränk empfangen wurde, doch er lehnte sofort entschieden ab.

Hampus füllte daraufhin zwei Schnapsgläser. Eines reichte er Sofia.

Eigentlich wollte sie diesmal auch nichts trinken. Es war Bengts Blick, der sie dazu brachte, das Glas in einem Zug zu leeren, sowie seine Worte: »Lass es lieber.«

Zuerst bemerkte sie nichts, doch dann brannte es höllisch. Sie fühlte genau den Weg des Alkohols durch ihren Körper und japste verzweifelt nach Luft.

Bengt schlug ihr auf den Rücken, wirkte dabei aber nicht besonders mitfühlend.

»Ich habe dich gewarnt«, sagte er. »Hampus brennt das Zeug selbst.«

Hampus rülpste zustimmend. »Guter Stoff. Möchtest du noch einen?«

Sofia schüttelte den Kopf. Sie brauchte einen Moment, bevor sie wieder reden konnte.

»Auf keinen Fall«, krächzte sie dann.

»Jetzt gehörst du offiziell zur Dorfgemeinschaft.« Hampus grinste. »Herzlich willkommen.«

»Ihr könnt ja weitertrinken«, sagte Bengt ungeduldig. »Ich gehe schon mal in den Stall. Ich bin schließlich hier, um mir dein Kalb anzusehen.« Bengt verließ den Raum.

Hampus und Sofia folgten ihm. Während er mit Bengt in den Stall ging, setzte Sofia sich ins Auto. Ihr Hals brannte immer noch.

Es dauerte fast eine Stunde, bis Bengt und Hampus zurückkamen. Beide lachten.

»Irgendwie musst du dem Kalb klarmachen, dass es kein Schoßhund ist, sonst hast du irgendwann ein Problem«, warnte Bengt den Bauern.

»Das wird sofort erledigt... wenn du mir sagst, wie ich das machen soll?« Hampus grinste ihn an, dann fiel sein Blick auf Sofia. »Komm mal wieder mit«, sagte er im Näherkommen.

Sofia nickte. »Deinen Schnaps trinke ich aber nicht mehr«, sagte sie und verabschiedete sich von Hampus. Ebenso wie Bengt stiegt sie in den Wagen.

Hampus schlug die Wagentür auf der Beifahrerseite zu. Obwohl die Innenseite Bengts Oberarm berührte, zuckte er nicht zusammen.

»Sieht so aus, als ginge es dir besser«, stellte Sofia fest.

»Du kannst es wohl kaum erwarten, hier wegzukommen«, zog er sie auf.

»Nein, ich bin gerne hier«, entgegnete Sofia. Es war die

Wahrheit. »Und Emil liebt das Landleben. Für ihn wird es schlimm sein, wenn ich mit ihm nach Stockholm zurückfahre.«

»Gösta hat mir erzählt, dass Emils Mutter ihr Haus verkaufen muss.«

»Ein Makler kümmert sich um den Verkauf. Bis es so weit ist, kann sie noch mit ihrem Sohn in dem Haus wohnen.«

Und ich auch, fügte Sofia in Gedanken hinzu. *Aber ich habe keine Ahnung, wo ich demnächst leben will oder was ich beruflich machen soll.*

Ewig würden ihre Ersparnisse nicht reichen, doch was sollte sie tun? Zurück ins Skatteverket?

Eine Antwort fand sie jetzt nicht mehr. Auch wenn er ihr den Rücken zukehrte, erkannte Sofia den Mann auf der Straße. Er schleppte schwer an zwei Einkaufstaschen.

»Das ist Gösta!«

Sie hupte, und Bengts Schwiegervater zuckte zusammen. Dann wandte er sich um und lächelte, als er sie erkannte.

Sofia fand, dass er erschöpft wirkte. Sie hielt neben ihm an und sprang aus dem Wagen.

»Warum hast du nicht gewartet, bis ich zu Hause bin?«, fragte sie. »Ich kann dich doch zum Einkaufen fahren.«

»Nicht nötig«, wehrte er ab.

»Das macht mir nichts aus.« Sie riss die Tür auf und zeigte auf die Rückbank. »Setz dich ...«

»Nein!«

Das kam so abrupt und abwehrend, dass Sofia ihn erstaunt anschaute.

»Aber wir sind auf dem Weg nach Hause, und du kannst mit uns ...«

Wieder fiel Gösta ihr ins Wort.

»Ich steige nicht in ein Auto«, schwor er. »Niemals!«

Sofia war sprachlos.

»Aber du kannst die Einkäufe mitnehmen.« Er stellte die Taschen auf den Rücksitz und schlug die Tür zu. »Wir sehen uns zu Hause.«

Damit setzte er sich in Bewegung und ging weiter den Weg entlang, ziemlich schleppend, wie Sofia fand. Ganz so, als fiele ihm jeder Schritt schwer, nachdem er die Taschen bis hierhin getragen hatte.

Sie setzte sich wieder hinters Lenkrad.

»Wieso weigert sich Gösta, ins Auto zu steigen?« Während sie sprach, schaute sie dem alten Mann noch immer durch die Windschutzscheibe hinterher.

»Wir haben eine Vereinbarung«, erinnerte Bengt sie mit spröder Stimme. »Keine Fragen.«

»Keine Fragen«, wiederholte sie. »Ich habe es einen Moment lang vergessen.«

Dann startete sie den Wagen und fuhr langsam weiter.

Sofia hatte gewusst, dass es früher oder später zu dieser Begegnung kommen würde. Nun stand Maja hoch aufgerichtet vor ihr, als sie aus der Küchentür trat, um zum Seeufer zu gehen.

»Also bist du es wirklich«, sagte sie streng.

Die zehn Jahre sind nicht spurlos an ihr vorübergegangen.

Sofia hatte keine Ahnung, wieso ihr beim Anblick ihrer Schwester ausgerechnet diese Worte in den Sinn kamen.

Aber Maja war nicht nur älter geworden, sie wirkte auch verhärmt und unglücklich. Das Sommerkleid schlotterte um ihre sehr schlanke Figur, und obwohl es warm war, trug sie eine Strickjacke. Die Arme hatte sie vor der Brust verschränkt, und ihre Stimme klang kalt und abweisend.

»Nachdem du das jetzt festgestellt hast, kannst du auch gleich wieder verschwinden«, sagte Sofia grob.

Maja betrachtete sie kopfschüttelnd. »Du schuldest mir eine Erklärung!«

Ungläubig lachte Sofia auf. »Ich schulde dir überhaupt nichts. Offensichtlich hast du vergessen, wie sehr du mein Vertrauen missbraucht hast.«

Ihre Schwester wirkte nicht reumütig, sondern nach wie vor aufgebracht.

»Weißt du eigentlich, welche Sorgen ich mir gemacht habe?«, fragte sie vorwurfsvoll.

»Weißt du eigentlich, wie egal mir das ist?«, erwiderte Sofia im gleichen Tonfall.

Maja schaute plötzlich an ihr vorbei.

»Hej, Bengt«, grüßte sie. Ihre Stimme klang belegt.

Sofia fuhr herum. Bengt stand hinter ihr und schaute sie befremdet an, bevor er ihre Schwester begrüßte.

»Hej, Maja, kann ich etwas für dich tun? Habt ihr wieder Probleme mit eurem Kater?«

»Freddy geht es ausgezeichnet«, erwiderte Maja. Dabei schaute sie unverwandt Sofia an.

Freddy hieß damals auch Tante Babros heiß geliebter Kater.

Sofia verdrängte die winzige Spur von Rührung, die sie bei dieser Erinnerung überkam.

Bengt schien die Spannung zwischen ihr und Maja nun sehr deutlich zu spüren.

»Ich wollte nicht stören«, sagte er.

»Du störst nicht«, versicherte Sofia, dann sah sie ihre Schwester herausfordernd an. »Wir haben uns ohnehin nichts mehr zu sagen.«

Mit diesen Worten wandte sie sich um und ging zurück ins Haus.

Sie hatte die Begegnung mit Maja hinter sich gebracht und die Fronten geklärt. Sofia atmete tief durch. Es war ein erleichterndes Gefühl. Zumindest redete sie sich das selbst ein, als sie auf dem Weg in ihr Zimmer war.

Überrascht blieb sie an der offenen Tür stehen. »Greta, was machst du da?«

Die Fünfjährige trug Sofias geblümtes Sommerkleid. Es reichte ihr bis zu den Füßen, und sie musste es hochhalten, um nicht darüber zu stolpern.

Langsam drehte sie sich um, und Sofia hatte Mühe, nicht laut aufzulachen. Greta hatte sich nicht nur zielsicher für Sofias teuerstes Kleid entschieden, sondern dazu auch noch den Lippenstift gewählt, den sie selbst nur bei ganz besonderen Gelegenheiten auftrug. Bengts Tochter hingegen war damit sehr verschwenderisch umgegangen und hatte nicht nur ihre Lippen getroffen, sondern auch den umliegenden Bereich.

»Wie sehe ich aus?« Ohne die geringste Verlegenheit drehte Greta sich einmal um sich selbst.

»Sehr schön.« Sofia wählte die folgenden Worte mit Bedacht. »Aber du musst mich fragen, bevor du dir meine Sachen nimmst, Greta.«

Das Mädchen schaute sie überrascht an. »Warum?«

»Würde es dir gefallen, wenn ich mir einfach deine Sachen nehme?«

»Du darfst das.« Greta strahlte sie an, doch gleich darauf verfinsterte sich ihr süßes Gesichtchen. »Der Lasse darf das aber nicht ... und der Emil auch nicht, wenn er mich nicht heiraten will.«

»Vielleicht überlegt er sich das ja noch mal, wenn ihr groß seid.«

»Wenn nicht, suche ich mir eben einen anderen.« Greta zog einen knallroten Schmollmund. »Einer verliebt sich bestimmt in mich.«

»Und du dich hoffentlich auch in ihn.«

Als Sofia sich auf ihr Bett setzte, kam Greta näher.

»Wie ist das eigentlich, wenn man sich verliebt?«, wollte sie wissen.

»Das ist zu schön, um es zu beschreiben«, antwortete Sofia und umschlang die Kleine mit beiden Armen.

»Besser als Schokolade?«

Sofia lachte. »Viel besser!«

Dass die Liebe auch einen sehr bitteren Beigeschmack

haben konnte, würde das Mädchen noch früh genug heraus-
finden.

»Darf ich so zum Abendessen gehen?«, fragte Greta. »Die
andern werden gucken!«

Ja, das fürchte ich auch, dachte Sofia, doch sie wollte ihr
die Freude nicht nehmen.

»Wenn du das möchtest ...«, sagte sie deshalb.

»Schade, dass du keine richtigen Schuhe hast«, meinte
Greta bedauernd.

»Was sind denn *richtige* Schuhe?«, fragte Sofia amüsiert.

»So welche, die hinten ganz hoch sind.« Greta breitete die
Arme weit aus. »Ronja sagt, die heißen ...« Sie überlegte,
dann zuckte sie mit den Schultern. »Heidingsdabums. So
ähnlich, ich hab es vergessen.«

»Du meinst bestimmt High Heels.« Fragend schaute
Sofia das Mädchen an.

»Ja, so heißen die.« Greta klatschte begeistert in die Hände, weil Sofia verstand, was sie meinte. »Mama hatte High
Heels«, vertraute sie ihr an. »Ganz viele, aber die darf ich
nicht anziehen. Wir dürfen überhaupt nicht an ihren
Schrank.«

Sofia hielt kurz die Luft an, so angespannt war sie plötzlich. Hier und jetzt ergab sich endlich die Gelegenheit,
mehr zu erfahren.

»Warum nicht?«, fragte sie.

»Ich weiß nicht.« Die Kleine schaute ihr ins Gesicht.
»Papa wird ganz böse, wenn wir in Mamas Zimmer gehen.«

»Also tust du es auch nicht?«

Das Mädchen lief zur Tür und schaute nach rechts und links, um sicher zu sein, dass sich niemand auf dem Gang befand. Dann schloss sie die Tür und kam zurück zu Sofia.

Auch diesmal musste sie das Kleid mit beiden Händen hochhalten, dennoch stolperte sie kurz vor dem Bett. Sofia konnte sie gerade noch auffangen.

Greta kuschelte sich fest in ihre Arme.

»Manchmal gehe ich in Mamas Zimmer«, verriet sie Sofia. »Aber nur, wenn Papa nicht da ist.«

»Und dein Opa? Weiß der das?«

»Der ist ja auch ganz oft in dem Zimmer. Aber dann mag ich da nicht reingehen, weil der Opa immer weint.«

»Und warum weint dein Opa?« Sofia schämte sich ein wenig, weil sie versuchte, die Kleine auszuhorchen.

»Ich weiß nicht.« Greta zuckte mit den Schultern. »Vielleicht, weil Mama sein Kind ist. Jedenfalls hat er das mal gesagt. Und weil er traurig ist, dass Mama jetzt im Himmel ist.«

Sofia hatte es schon länger vermutet, aber jetzt hatte sie die Bestätigung dafür, dass Bengts Frau – die Mutter seiner drei Kinder und Göstas Tochter – nicht mehr lebte.

»Vermisst du deine Mama sehr?« Sie hielt die Kleine fest an sich gedrückt.

Greta nickte, aber dann schien sie zu zögern.

»Nein, ich kenne Mama doch gar nicht«, gestand sie verschämt. »Ich war noch ganz klein, als sie in den Himmel geflogen ist. Und alle sagen, dass ich da nicht hinkann, um sie zu besuchen.«

»Nein, das geht wirklich nicht.«

»Ronja weiß noch gut, wie Mama ausgesehen hat. Und Lasse weiß das auch noch ein bisschen. Nur ich weiß überhaupt nichts von Mama.« Gretas Stimme klang traurig.

»Aber du hast doch bestimmt Fotos von ihr gesehen.«

»Papa will nicht, dass wir uns Fotos angucken. Und er will auch nicht, dass wir über Mama reden. Wir müssen alle so tun, als gibt es sie nicht.«

Sofia war erschüttert. Sie war selbst so alt gewesen wie Greta heute, als ihre Eltern starben, doch Tante Babro und auch Maja hatten die Erinnerung an die beiden wachgehalten, indem sie mit Sofia über ihre Mutter und ihren Vater gesprochen und gemeinsam mit ihr Fotos angeschaut hatten.

Unwillkürlich empfand sie Dankbarkeit. Nicht nur für Tante Babro, sondern auch für Maja. Sie wollte das nicht, aber sie schaffte es auch nicht, dieses Gefühl einfach so abzuschütteln.

»Sag Papa nicht, dass ich dir das alles erzählt habe«, bat Greta mit ängstlicher Miene. »Sonst ist er böse auf mich.«

»Ich verrate kein Wort!« Sofia legte den Zeigefinger über ihre Lippen. »Ich verspreche es dir.«

»*Du verrätst niemandem, dass ich mich in Mats verliebt habe.*«

»*Versprochen!*«

Sofia hatte erneut das Gesicht ihrer Schwester vor Augen. Der Anflug eines positiven Gefühls, das da eben noch bei dem Gedanken an Maja aufgetaucht war, löste sich wieder in Luft auf.

»Ich halte meine Versprechen«, sagte sie leise.

»Ich weiß.« Greta strahlte sie an.

Das Mädchen konnte nicht ahnen, dass Sofia nicht nur dieses gemeint hatte.

»Wie siehst du denn aus?« Ronja musterte Greta von Kopf bis Fuß. Ein geringschätziges Lächeln umspielte ihre Lippen, doch als Sofia kaum merklich den Kopf schüttelte, lobte sie ihre kleine Schwester. »Richtig erwachsen. Das Kleid steht dir.«

Greta schürzte die Lippen, damit ihre Schwester den Lippenstift besser sehen konnte.

»Und ich bin geschminkt!«, fügte sie stolz hinzu.

Emil und Lasse kamen in die Küche gestürmt. Beide würdigten die Kleine kaum eines Blickes.

»Guck mal, Emil.« Greta stützte eine Hand in die Hüfte und wiegte sich leicht hin und her.

Emil schaute zu ihr. »Was ist denn?«

»Guck mal, was ich anhabe.« Wieder schob sie die Lippen vor und wies mit dem Zeigefinger darauf.

»Iiih, dein Mund blutet!« Emil schüttelte sich mit angeekelter Miene.

»Das ist doch Lippenstift«, rief Greta entrüstet.

»Männer!« Ronja stieß einen abgrundtiefen Seufzer aus. »Die kriegen doch nichts mit.«

»Ich wüsste gerne, woher du diese Weisheit hast.« Bengt, der in diesem Moment zusammen mit Gösta in die Küche kam, schaute seine große Tochter prüfend an.

Ronja schaltete schnell. »Na, ich habe dich, Opa und Lasse beobachtet.«

Ihre Vater hob eine Augenbraue. »Und was bekomme ich nicht mit?«

Seine Älteste lachte laut auf. »Ich wäre ganz schön blöd, wenn ich dich darauf aufmerksam machen würde.«

»Ich habe dich im Auge, mein Kind«, versicherte Bengt. »Jetzt erst recht.«

»Vielleicht solltest du eher mal das ein oder andere Auge auf Greta werfen«, konterte Ronja.

»Ich habe bereits gesehen, dass sie heute Abend sehr erwachsen aussieht. Du bist hübsch, meine Kleine«, sagte er direkt zu Greta.

Der Kleinen schien dieses Kompliment viel zu bedeuten, jedenfalls strahlte sie ihren Vater glücklich an.

Es war eine fröhliche Runde, die sich um den Tisch versammelt hatte. Emil berichtete, dass seine Mutter bald aus dem Krankenhaus entlassen werde, und Gösta versprach, dass er Milla anrufen wolle, um ihr noch einmal persönlich mitzuteilen, dass sie der ganzen Familie willkommen war.

»Übrigens ist nächstes Wochenende Midsommar«, warf Sofia zwischendurch ein.

Es wurde still. Überall sah sie nur noch betretene Gesichter, alle starrten auf ihre Teller, niemand schaute den anderen an. Nur Sofia ließ verwundert ihre Blicke schweifen.

»Habe ich etwas Falsches gesagt?«, fragte sie irritiert.

»Ja«, bestätigte Bengt nur, ohne weitere Erklärung.

»In diesem Haus wird Midsommar nicht gefeiert«, informierte Gösta sie knapp und in einem Tonfall, der deutlich klarmachte, dass darüber auch nicht weiter gesprochen wurde.

Die Stimmung war dahin und Sofia froh, als das Essen endlich beendet war.

An diesem Abend ging Sofia nicht mehr hinunter zum See. Sie wollte einfach ganz für sich sein und den Tag in ihren Gedanken noch einmal Revue passieren lassen.

Nach allem, was passiert war, würde sie sich an diesem Abend sicher stundenlang im Bett herumwälzen, davon war sie überzeugt. Doch ihr Kopf hatte kaum das Kissen berührt, da fielen ihr auch schon die Augen zu. Sie schlief tief und fest bis zum nächsten Morgen.

Kapitel 15

»Sofia?«

Sie war sich nicht sicher, ob sie die Stimme nur geträumt hatte.

»Bist du wach?«

»Nein!«

Leises Lachen war zu hören. Als Sofia die Augen öffnete, sah sie Ronja neben dem Bett stehen: barfuß, im Pyjama und offensichtlich von einem dringenden Mitteilungsbedürfnis erfüllt.

»Ich brauche deine Hilfe«, flüsterte das Mädchen.

Sofia schaute auf den Wecker. In einer halben Stunde musste sie ohnehin aufstehen. Seufzend richtete sie sich auf und klopfte neben sich aufs Bett.

Ronja setzte sich, zog die Beine an und umschlang sie mit den Armen.

»Ich möchte dieses Jahr gerne mit meinen Freunden Midsommar feiern, weiß aber nicht, wie ich das Papa beibringen soll.«

»Erwartest du, dass ich mit ihm rede?«, fragte Sofia überrascht.

Ronja nickte.

»Du weißt schon, dass dein Vater und ich uns nicht besonders gut verstehen. Ich glaube nicht, dass ich die richtige Person dafür bin. Warum fragst du nicht deinen Opa?«

»Der ist ja noch schlimmer als Papa.« Ronja machte eine kurze Pause, bevor sie leise fragte: »Du weißt ja sicher, was mit Mama passiert ist?«

Sofia schüttelte den Kopf. »Darüber wird doch hier im Haus nicht gesprochen. Und ich darf keine Fragen stellen.«

»Ich wette, das hat Papa verlangt.«

Sofia nickte. Sie überlegte noch, ob sie Ronja sagen sollte, dass es da eine gegenseitige Vereinbarung zwischen ihr und Bengt gab, doch da sprach das Mädchen bereits weiter.

»Mama ist vor vier Jahren an Midsommar gestorben. Opa saß damals am Steuer des Autos, mit dem sie verunglückt sind.«

Entsetzt schlug Sofia die Hände vor den Mund. Diese beiden Sätze erklärten schon so viel!

»Opa konnte nichts dafür. Es war ein Betrunkener, der von einer Feier kam und ihr Auto gerammt hat.«

»Deshalb hat sich Gösta nicht zu mir ins Auto gesetzt«, schlussfolgerte Sofia leise.

»Er ist danach noch ein einziges Mal gefahren, fing dann aber so schrecklich an zu zittern und zu schwitzen, dass er es kaum ausgehalten hat. Danach hat er es nie wieder versucht.«

Sofia musste sich zusammenreißen, um nicht vor Mitleid in Tränen auszubrechen. Was für ein schreckliches Schicksal hatte diese Familie getroffen!

»Nachdem Mama nicht mehr da war, ist alles anders geworden.«

Sofia hatte das Gefühl, dass es dem Mädchen guttat, sich endlich einmal alles von der Seele zu reden.

»Früher haben wir viel gelacht. Mama hat immer Musik gehört, wir haben getanzt, Unsinn gemacht. Mama und Papa haben gerne gefeiert. Sie hatten immer Freunde zu Besuch, die mit uns gegessen und getrunken haben. Und dann war es hier plötzlich ganz still.«

»Ich weiß genau, was du meinst«, flüsterte Sofia. »Ich habe meine Eltern auch durch einen Unfall verloren. An die Stille danach kann ich mich noch gut erinnern.«

»Ich vermisse meine Mama immer noch. Ich denke jeden Tag an sie, und ich habe immer ein schlechtes Gewissen, wenn ich lache oder mich freue.«

»Ach, Ronja!«, rief Sofia erschrocken und griff mitfühlend nach der Hand des Mädchens. »Ich bin ganz sicher, dass sie das nicht will, schließlich wünscht sich jede Mutter, dass ihre Kinder lachen können und glücklich sind. Das gilt bestimmt ganz besonders für deine Mama, wenn sie doch selbst so ein fröhlicher Mensch war.«

»Ja, das war sie.« Ronja lächelte unter Tränen. »Und sie war wunderschön. Ich kann ja verstehen, dass Papa sie vermisst und immer noch traurig ist. Aber vielleicht würde er sich besser fühlen, wenn wir über sie reden und uns ihre Fotos ansehen könnten. Stattdessen ist es so, als wäre sie nie da gewesen. Niemand spricht über sie. Papa hat all ihre Sachen in ihr Zimmer geräumt, und da dürfen wir nicht rein.«

»Gehst du trotzdem manchmal hinein?« Sofia dachte an das, was Greta ihr gestern erzählt hatte.

»Ja.« Ronja nickte. »Wenn ich ihr nahe sein will. Aber davon darf Papa nichts wissen. Ich gehe nur in ihr Zimmer, wenn er nicht da ist.«

»Ich würde dir so gerne helfen – und deinen Geschwistern auch.« Sofia dachte angestrengt nach.

»Seit du hier bist, ist es nicht mehr ganz so traurig. Seitdem wird wieder mehr gelacht. Sogar Papa sieht ein bisschen fröhlicher aus als früher. Und da dachte ich, dass du vielleicht mit ihm reden kannst.«

Sofia war sicher, dass Bengt sich darauf nicht einlassen würde. Trotzdem konnte sie dem Mädchen den Wunsch nicht einfach so abschlagen.

»Ich versuche es«, versprach sie. »Aber setz bitte nicht so große Hoffnungen darauf.«

Ronja umarmte sie. »Ich bin so froh, dass du da bist«, sagte sie herzlich. »Und ich wünschte, du würdest für immer bleiben.«

Sofia hatte keine Ahnung, wie sie das Gespräch mit Bengt beginnen sollte, zumal er schon während des Frühstücks wieder sehr einsilbig war. Sie hatte das Gefühl, dass er tief in Gedanken versunken war, während er sein Frühstücksbrot aß und seinen Kaffee trank.

Gösta versuchte, die Stimmung zu heben.

»Was machen wir denn heute?«, fragte er die Kinder. »Picknick am See? Oder eine Wanderung zu den Elchen?«

»Oder alles.« Emil zeigte sich begeistert. »Wenn ich wieder zu Hause bin, kann ich das alles nicht mehr.«

Lasse wollte sich offensichtlich immer weniger damit abfinden, dass Emils Zuhause nicht hier sein sollte.

»Wenn deine Mama erst mal hier ist und sieht, wie schön es bei uns ist, bleibt sie bestimmt mit dir hier«, war er sich sicher.

»Ich glaube nicht.« Emil schüttelte den Kopf. »Sie braucht ja eine Arbeit, aber die kriegt sie hier nicht.«

»Heute machen wir uns mal keine schweren Gedanken«, mischte Gösta sich ein, »stattdessen denken und tun wir nur schöne Sachen.«

»Sag das mal Papa«, murmelte Ronja.

Bengt hob den Kopf. Obwohl er so abwesend wirkte, hatte er die Worte seiner Tochter offensichtlich mitbekommen. Jetzt lächelte er sogar.

»Am Wochenende unternehmen wir wieder etwas mit der ganzen Familie«, versprach er. »Lasst euch etwas einfallen.«

Das Mädchen schaute hilflos zu Sofia. Am Wochenende war Midsommar, und da hatte Ronja ja schon eigene Pläne.

Sofia lächelte sie an. Tonlos formten ihre Lippen das Wort »später«.

Ronja verstand. Sie lächelte zurück und nickte.

Sofia sollte Bengt nach der Sprechstunde zu einer der Viehweiden fahren, die sich einige Kilometer außerhalb des Dorfes befanden. Hendrik hatte den Tierarzt gebeten, sich seine Rinderherde anzusehen.

Das war der beste Zeitpunkt für das geplante Gespräch. Sofia vertraute darauf, dass ihr unterwegs die passenden Worte einfallen würden, und Ronja setzte ihre ganze Hoffnung in sie.

Doch kurz vor der Abfahrt erschien Hendrik vor der Tierarztpraxis. Er war nicht allein. Mühsam schälte sich Astrid aus dem Wagen. Sie schnaufte schwer.

»Wenn du es nicht zu mir schaffst, besuche ich dich eben.« Sie lachte Sofia fröhlich an. »Hendrik fährt mit Bengt zur Weide, damit du zu Hause bleiben und mit mir Kaffee trinken kannst.«

»Eine großartige Idee!« Sofia freute sich wirklich, Astrid zu sehen. Und sie war auch ein wenig erleichtert, weil sie die Unterredung mit Bengt so noch ein wenig hinausschieben konnte.

»Ruf mich an, wenn etwas ist.« Henrik lachte ebenfalls, doch in seinen Augen lag ein besorgter Ausdruck.

Sofia schaute misstrauisch zwischen den beiden hin und her.

»Muss ich etwa damit rechnen, dass das Baby kommt, während Hendrik auf der Weide ist?«, fragte sie. Plötzlich hatte sie ein ungutes Gefühl. »Ich habe nämlich keine Ahnung, was dann zu tun ist.«

»Der Geburtstermin ist erst in zwei Wochen«, erklärte Astrid in einem beruhigenden Tonfall.

»Wo sind die Zwillinge?«, wollte Sofia wissen.

»Bei Hendriks Eltern.« Astrid ließ einen erleichterten Seufzer hören. »Oma und Opa freuen sich sehr über den

Besuch. Aber ich wette, sie sind erst recht froh, wenn sie die beiden zurückgeben dürfen.«

Während Bengt zu Hendrik in den Wagen stieg, gingen Sofia und Astrid langsam zum Haus. Für Astrid schien jeder Schritt anstrengend zu sein.

»Bist du sicher, dass das Baby erst in zwei Wochen kommt?« Sofia war skeptisch.

Astrid lachte. »Warte, bis ich mich setzen kann, dann höre ich sofort auf zu schnaufen.«

»Das ist sehr beruhigend«, erwiderte Sofia, ohne wirklich beruhigt zu sein. Hoffentlich blieben Hendrik und Bengt nicht allzu lange weg.

Gösta war in der Küche. Er begrüßte Astrid, schaute aber ebenfalls besorgt auf ihren Bauch.

»Es ist alles in Ordnung«, versicherte Astrid auch ihm. »Das habe ich Sofia schon gesagt. Setzt du dich ein bisschen zu uns?«

»Nein.« Gösta schüttelte den Kopf. »Aber ich bringe euch gerne eine selbst gemachte Limonade, wenn ihr es euch auf der Terrasse bequem gemacht habt.«

»Perfekt, das ist genau das, was ich jetzt brauche.« Astrid wankte durch die Terrassentür nach draußen, und Sofia folgte ihr.

Greta saß vor der Terrasse im Gras und streichelte Smågris.

»Das ist aber ein hübsches Schweinchen«, sagte Astrid.

»Du darfst Smågris streicheln.« Das Mädchen lächelte sie an. »Er ist ganz lieb.«

»Ich würde ja gerne, aber ich kann mich leider nicht

mehr bücken.« Die Schwangere legte beide Hände auf ihren Bauch.

»Du bist zu dick«, stellte Greta unverblümt fest. »Du isst zu viel.«

»Ich bin nicht dick, ich bekomme ein Baby.«

Greta schaute Astrid erst ins Gesicht, dann auf den Bauch.

»Ist das Baby da drin?«, fragte sie ungläubig.

Die Bäuerin nickte.

Greta legte nachdenklich das Köpfchen schief. »Und wie ist das Baby da reingekommen?«

Langsam drehte sich Astrid zu Sofia um. »Ich habe ja gewusst, dass diese Frage einmal auf mich zukommen wird. Aber ich dachte, dass meine Töchter sie mir stellen werden, und zwar erst in ein paar Jahren.«

Als Gösta die Limonade auf die Terrasse brachte, zeigte Greta ihm Astrids Bauch.

»Opa, da ist ein Baby drin«, verriet sie.

Wahrscheinlich erwartete sie eine überraschte Reaktion des Großvaters, doch die blieb aus.

»Ja, das weiß ich.« Gösta stellte die Karaffe und die beiden Gläser auf den Tisch. »Möchtest du auch etwas trinken?«, fragte er seine Enkelin.

Greta hörte nicht zu. Sie schaute immer noch auf Astrids Bauch, dann fiel ihr Blick auf Smågris. Offenbar wurde sie dadurch an den Vorbesitzer des Ferkels erinnert.

»Der Mattias ist auch so dick wie Astrid«, stellte sie fest. »Kriegt der auch ein Baby?«

»Männer können keine Kinder bekommen«, sagte Gösta.

Das schien der Fünfjährigen nicht einzuleuchten.

»Warum?«, fragte sie irritiert.

»Das musst du unbedingt deinen Papa fragen.« Ihr Opa schmunzelte. »Aber frag ihn bitte, wenn ich dabei bin.«

»Willst du das auch wissen?«

»Unbedingt«, bestätigte Gösta.

Es gab aber noch weitere Dinge, die Greta beschäftigten.

»Wann kommt das Baby denn aus deinem Bauch raus?«, fragte sie Astrid.

Die werdende Mutter beugte sich ein wenig vor und stöhnte leise auf.

»Jetzt!«, stieß sie hervor. »Ich fürchte, meine Fruchtblase ist gerade geplatzt.«

Ich habe es geahnt, schoss es Sofia durch den Kopf. Sie fühlte sich völlig hilflos, hatte keine Ahnung, was nun zu tun war.

»Kannst du bitte Hendrik anrufen?«, bat Astrid mit angespannter Miene, dann stöhnte sie wieder auf.

»Verdammt, die Wehen kommen in sehr kurzen Abständen«, stellte Gösta fest. »Vielleicht sollten wir zuerst deine Hebamme anrufen.«

»Ja, mach das. Und Hendrik«, bat Astrid – dann kam auch schon die nächste Wehe.

Hendrik ging nicht an sein Handy, und als Gösta daraufhin Bengt anrief, erreichte er auch ihn nicht. Erst später sollten er und Sofia erfahren, dass die Männer ihre Handys im Auto gelassen hatten.

Zwischen ihren Wehen versuchte Astrid derweil, ihre Hebamme anzurufen.

»Verdammt, Ylva, geh endlich an dein Telefon«, presste sie zwischen zusammengebissenen Zähnen hervor.

Offensichtlich erhörte die Hebamme diesen Wunsch in genau diesem Moment.

»Endlich«, stieß Astrid hervor. »Ylva, das Baby kommt.« Sekundenlang lauschte sie in den Hörer, dann stöhnte sie auf. »Was?« Sie hielt das Handy von ihrem Ohr. »Ylva ist in Mariannelund. Ihr Wagen springt nicht an.«

»Du musst nach Mariannelund fahren und die Hebamme holen«, sagte Gösta hastig zu Sofia.

»Nein!« Schmerzhaft verkrallte sich Astrids Hand in Sofias Arm. »Tut – mir – leid.« Abgehakt kamen die Worte jetzt über ihre Lippen, untermalt von schmerzhaftem Stöhnen. »Mein – Baby – kommt – gleich.« Die Wehe war vorbei. »Ich will dann nicht dich dabeihaben, Gösta.«

Sofia löste vorsichtig Astrids Hand von ihrem Arm und wandte sich Bengts Vater zu.

»Du musst fahren und Ylva abholen«, sagte sie sanft.

»Nein!« Pures Entsetzen lag in seinem Blick. Er schüttelte heftig den Kopf.

Sofia griff nach seiner Hand.

»Du schaffst das«, sagte sie behutsam.

Der alte Mann schloss die Augen.

»Ich kann das nicht«, kam es so leise über seine Lippen, dass es kaum zu verstehen war.

»Wir brauchen jetzt deine Hilfe. Bitte!«

»Bitte, Gösta«, bat nun auch Astrid.

»Ich … ich versuche es.« Es war ihm anzusehen, wie schwer ihm diese Zusage fiel.

Sofia war froh, dass Ronja dazukam. Sie bat das Mädchen, kurz bei Astrid und Greta zu bleiben, während sie selbst Gösta zu Millas Wagen begleitete. Sie hielt seine Hand, spürte sein Zittern und fragte sich, ob sie ihn in diesem Zustand wirklich fahren lassen konnte, doch er schien nun fest entschlossen zu sein.

»Ich schaffe das«, murmelte er, als er sich hinters Lenkrad setzte. »Ich schaffe das!«

»Ja.« Sofia streichelte über seine Schulter. »Sei bitte vorsichtig«, bat sie.

Gösta presste die Lippen fest aufeinander und steckte den Schlüssel ins Zündschloss. Doch als der Motor ansprang, schien er plötzlich ganz ruhig zu werden. Sein Gesicht war zwar immer noch schneeweiß vor Aufregung, aber er lächelte Sofia zu und drückte eine Hand auf sein Herz.

»Alles wird gut«, sagte er, setzte den Wagen zurück, wendete und fuhr dann langsam auf die Straße.

Sofia schaute ihm nach und fragte sich, was diese Fahrt für ihn bedeuten mochte. Es war das erste Mal, dass er Auto fuhr, seit dem Unfall, bei dem seine Tochter ums Leben gekommen war …

»Sofia!« Gretas Stimme riss sie aus ihren Gedanken. »Ronja hat gesagt, du sollst ganz schnell kommen.«

Das Mädchen wandte sich bereits wieder um und rannte zurück.

Sofia folgte ihr eilig.

Inzwischen waren auch Lasse und Emil dazugekommen. Gespannt verfolgten die beiden Jungen das Geschehen.

»Gleich kommt ein Baby«, rief Emil Sofia zu, ohne auch nur eine Sekunde den Blick von Astrid abzuwenden.

»Wenn ich vorher gewusst hätte, dass ich so viele Zuschauer bei der Geburt meines Babys habe ...« Astrid lachte kurz, aber nur, bis die nächste Wehe kam. »Ich – muss – mich – hinlegen ...«

»In Mamas Zimmer steht ein Bett«, rief Greta. Im nächsten Moment schlug sie sich erschrocken eine Hand vor den Mund. »Das geht ja nicht.«

»Das Sofa im Wohnzimmer«, schlug Ronja vor.

»Da liegt Kater«, erwiderte Lasse. »Ich weiß nicht, ob der Babys mag.«

»Eher nicht«, vermutete Sofia, deren einziger Versuch, mit dem getigerten Kater Freundschaft zu schließen, kläglich gescheitert war.

Praktischerweise hatte der Kater den Namen »Kater« erhalten. Eigentlich war es aber völlig egal, wie er hieß, weil er ohnehin nicht hörte, sondern nur genau das machte, was er wollte. Einzig und allein Gösta schien er zu akzeptieren. Doch Sofia war davon überzeugt, dass Kater aus purer Berechnung um seine Beine strich, weil er von ihm sein Futter erhielt.

»Sofia!« Ronja hatte sie am Arm gepackt.

»Wir bringen Astrid in das Zimmer eurer Mutter«, bestimmte Sofia.

Bengts Älteste starrte sie mit offenem Mund an.

»Sie wird es kaum noch die Treppe nach oben in eines der Schlafzimmer schaffen. Los jetzt.« Es war offensichtlich, dass für Diskussionen keine Zeit mehr blieb. Sofia griff nach Astrids Arm, um sie zu stützen. »Wir wollen ja nicht, dass das Baby auf der Terrasse rauspurzelt.«

Ronja sagte nichts mehr, sondern nickte bloß und eilte voraus, während Greta und die beiden Jungen folgen. Alle drei waren offensichtlich fest entschlossen, keinen Moment der Geburt zu verpassen.

»Wo kommt das Baby eigentlich raus?«, wollte Emil wissen.

»Und wie ist es in Astrids Bauch gekommen?«, wiederholte Greta ihre Frage von eben.

Astrid musste lachen.

»Wo es rauskommt, werden sie gleich sehen«, flüsterte sie Sofia zu.

Endlich hatten sie das Ende des Ganges erreicht, und Ronja öffnete die verbotene Tür. Zum ersten Mal betrat Sofia diesen Raum.

Es war ein ganz normales Schlafzimmer mit einem breiten Doppelbett, einem Kleiderschrank, an dem ein Sommerkleid hing, zwei Nachtschränkchen und einem pastellfarbenen Teppich auf dem hellen Holzboden.

Frische Wiesenblumen standen auf dem runden Tisch neben dem Fenster. Von hier aus war die Anhöhe zu sehen, auf der Sofia gesessen hatte. Hatte Bengt hier am Fenster gestanden und sie gesehen? Trauerte er auch nach vier

Jahren noch so sehr um seine Frau, dass er den Anblick nicht ertragen konnte?

Astrid ließ sich langsam aufs Bett sinken.

»Ja«, stieß sie seufzend aus. »So ist es besser.«

Sofia schickte die Kinder aus dem Zimmer.

»Ich will sehen, wie das Baby aus Astrid rauskommt«, protestierte Greta.

»Ich auch«, verlangte Emil sehr nachdrücklich.

»Astrid möchte aber ganz bestimmt keine Zuschauer haben.« Sofia schaute Ronja an. »Ich weiß, ich mute dir ein bisschen viel zu, aber kannst du darauf aufpassen, dass die Kleinen draußen bleiben?«

»Das mache ich«, versprach Ronja.

»Ich helfe dir.« Lasse zog eine Grimasse. »Ich will das sowieso nicht sehen. Karin aus meiner Klasse hat mal erzählt, dass sie gesehen hat, wie ihre Schwester geboren wurde. Da kam nicht nur das Baby, sondern auch ganz viel Blut raus. Und ich kann kein Blut sehen, so wie Opa.«

»Ich kann das aber«, behauptete Greta schmollend. »Und ich will das auch sehen.«

»Du darfst das Baby sehen, wenn es da ist«, versprach Sofia. »Jetzt braucht Astrid aber erst einmal ganz viel Ruhe. Das verstehst du doch?«

»Ja«, sagte Greta missmutig, auch wenn sie gleichzeitig den Kopf schüttelte. Zumindest protestierte sie nicht weiter, sondern folgte ihren Geschwistern und Emil aus dem Zimmer.

Gerade noch rechtzeitig traf auch Ylva ein – zusammen mit einem völlig erschöpften Gösta, der es offensichtlich immer noch nicht fassen konnte, dass er sich nach all den Jahren wieder ans Lenkrad gesetzt hatte.

»Es war, als hätte ich nie damit aufgehört«, berichtete er aufgeregt.

»Er ist Schritttempo gefahren«, beklagte sich Ylva. Die Hebamme war groß, kräftig und hatte ihre Haare tiefschwarz gefärbt. »Da hätte ich gleich zu Fuß gehen können.«

»Du bist rechtzeitig da«, rechtfertigte sich Gösta. Fragend schaute er Sofia an. »Das Baby ist doch noch nicht da?«

»Nein, *noch* nicht …«, kommentierte Sofia bedeutungsschwer.

»Was soll ich machen? Kann ich irgendwie helfen?« Die Überwindung seines Traumas schien Gösta zu beflügeln. »Brauchst du heißes Wasser?«, fragte er.

»Um was damit zu tun?«, erkundigte sich die Hebamme ironisch. »Soll ich das Baby abkochen?«

»Ich dachte nur … In Filmen wird doch immer heißes Wasser verlangt.«

Ylva grinste nur.

Als Sofia ihr den Weg zum Schlafzimmer beschreiben wollte, schüttelte sie den Kopf.

»Ich kenne mich aus«, erklärte sie. »In dem Zimmer habe ich schon dabei geholfen, die Kinder des Tierarztes zur Welt zu bringen.«

Gösta starrte Sofia an, sagte aber kein Wort, bis Ylva zu Astrid eilte.

»Du hast sie in das Zimmer gebracht?« Seine Stimme verriet, wie erschrocken er darüber war.

»Ich wusste nicht, was ich machen sollte«, erwiderte Sofia. Gösta atmete tief durch.

»Bengt wird es verstehen«, sagte er schließlich. Es klang aber keineswegs so, als wäre er von seinen eigenen Worten überzeugt. »Hast du noch einmal versucht, ihn oder Hendrik zu erreichen?«

Sofia schüttelte den Kopf. »Irgendwie wurde plötzlich alles so … Ich habe einfach nicht mehr daran gedacht.«

In diesem Moment waren aufgeregte Männerstimmen zu hören.

»Papa, wir kriegen ein Baby«, rief Greta dazwischen.

»Ich glaube, es hat sich erledigt.«

»Wo ist Astrid?« Das war Hendrik.

»Sie ist in Mamas Zimmer«, erstattete Greta eifrig und überlaut Bericht. »Sofia hat sie dahin gebracht.«

»Sie meint es nicht böse«, sagte Gösta leise.

»Natürlich nicht.« Sofia lächelte. »Außerdem hätte Bengt es sowieso erfahren.«

In diesem Augenblick lief Hendrik an ihnen vorbei, dicht gefolgt von Bengt. Sein Blick war unergründlich. Sofia konnte ihm nicht ansehen, was er gerade dachte. Kein Wort kam über seine Lippen, niemand sagte etwas. Und dann war das Schreien eines Säuglings zu hören.

»Das hätte Anita gefallen«, sagte Gösta mit tränenfeuchten Augen. »Dass in diesem Zimmer neues Leben zur Welt kommt.«

Am späten Abend ging Sofia wieder hinunter zum See. Dieser ereignisreiche Tag hatte bei ihr Spuren hinterlassen, die sie noch nicht so ganz einordnen konnte. Und am Ende war da die Geburt eines kleinen Menschen gewesen.

Greta hatte sich inzwischen damit abgefunden, dass sie nicht hatte dabei sein dürfen.

Lasse und Emil hingegen waren sich einig, dass sie Babys nicht so toll fanden.

»Das ist ja ganz klein und schrumpelig«, hatte Lasse gesagt. »Damit kann man nicht mal spielen.«

»Ja«, hatte Emil ihm zugestimmt. »Das sieht nicht aus wie ein kleines Kind, sondern wie eine komische alte Frau.«

Damit war das Thema für die Kinder erledigt gewesen.

Sofia hatte Bengt nicht mehr gesehen. Sie vermutete, dass er ihr aus dem Weg ging und schrecklich wütend auf sie war, möglicherweise auch enttäuscht, weil dieser für ihn so bedeutungsschwere Raum heute entweiht worden war.

»Hej, Sofia!«

Sie fuhr herum und lächelte schwach. Verwundert stellte sie fest, dass er ihr Lächeln erwiderte.

»Es tut mir leid«, entschuldigte sie sich. »Ich wusste einfach nicht, was ich sonst machen sollte. Auf dem Sofa lag Kater, und die Zimmer oben …«

Plötzlich stand er ganz dicht vor ihr. Er umfasste ihr Gesicht mit beiden Händen und küsste sie. Dann ließ er sie ebenso schnell und überraschend wieder los, wandte sich um und ging zurück zum Haus.

Kapitel 16

Selbst am nächsten Morgen glaubte sie noch, den Druck seiner Lippen auf ihrem Mund zu spüren. Der Gedanke an den Kuss ließ Sofias Herz gleich wieder schneller schlagen. Sie wünschte sich …

Ja, was eigentlich?

Es hatte sie auf eine Art und Weise berührt, die Sofia sich nicht erklären konnte. Dabei hätte sie gestern noch geschworen, dass sie Bengt nicht sonderlich mochte. Doch jetzt wurde ihr klar, dass das so nicht stimmte. Ja, sie ärgerte sich oft über ihn, aber er brachte auch eine Saite in ihr zum Klingen, die sie bisher nicht gekannt hatte.

Als er die Praxis betrat, war Ronja bei ihm. Beschwörend schaute sie Sofia an, während Bengt ihrem Blick auszuweichen schien. Bereute er den Kuss etwa? Vielleicht suchte er in Gedanken nach einer Erklärung für etwas, was doch unerklärlich war.

»Es ist ja noch niemand da«, stellte Ronja fest.

»Wolltest du mich deshalb hierherbringen?« Bengt betrachtete seine Tochter skeptisch. »Um festzustellen, wie stark frequentiert meine Praxis ist?«

»Kann ich dich nicht einfach mal zur Arbeit begleiten?«

»Das hast du noch nie gemacht«, erwiderte er. »Also kann ich mich schon ein bisschen wundern.«

Ronja zuckte nur mit den Schultern und sah Sofia an, dann schaute auch Bengt sie an. Ihre Blicke versanken tief ineinander, und alles um sie herum schien sich aufzulösen. Es gab nur noch sie beide ...

Ronja räusperte sich so laut, dass es Sofia aus ihrer tiefen Versunkenheit riss. Auch Bengt schien einen Augenblick zu brauchen, um sich zurechtzufinden.

»Ich ... ich bin dann mal im Behandlungszimmer«, stammelte er und ging.

»Was ist denn mit Papa los?«, fragte Ronja überrascht.

»Keine Ahnung«, behauptete Sofia scheinbar beiläufig und beschäftigte sich mit den verpackten Einwegspritzen, die eigentlich ins Behandlungszimmer gehörten. Die Nadeln waren kurz vor dem Eintreffen von Vater und Tochter geliefert worden.

Ronja schaute Sofia sekundenlang zu.

»Du bist auch komisch«, stellte sie dann fest.

»Ich bin wie immer«, behauptete Sofia, schränkte dann jedoch ein: »Ein bisschen beschäftigt mich noch der gestrige Tag. Aber das ist ja auch kein Wunder, nach allem, was passiert ist.«

Von dem Kuss, der Sofia am meisten beschäftigte, wusste Ronja natürlich nichts. Sie bezog die Aussage auf das Baby.

»Das war wirklich aufregend«, bestätigte sie. »Wie es Astrid und dem Kleinen wohl geht?«

»Ich rufe sie später an«, sagte Sofia lächelnd.

»Und wann sprichst du mit Papa?«

»Am liebsten sofort, aber ich muss einfach einen passenden Zeitpunkt abwarten. Vor allem nach gestern.«

Wieder dachte sie an den Kuss, Ronja aber an das Baby.

»Ich glaube nicht, dass Papa richtig sauer war, weil du Astrid in Mamas Zimmer gelassen hast. Er hat jedenfalls nichts gesagt.«

»Wieso hatte deine Mutter ein Zimmer im Erdgeschoss, während alle anderen Familienmitglieder oben schlafen?«, fragte Sofia neugierig.

»Eigentlich haben Mama und Papa zusammen in dem Zimmer geschlafen.« Ronja lächelte traurig. »Und manchmal durften Lasse und ich zu ihnen in das große Bett. Aber als Mama nicht mehr lebte, hat Papa es ohne sie dort nicht ausgehalten. Er ist nach oben gezogen, und seitdem nennt er es Mamas Zimmer.«

»Das ist eine sehr traurige Geschichte«, entgegnete Sofia leise.

»Ich hab über das nachgedacht, was du gesagt hast. Ich glaube auch, dass Mama uns alle glücklich sehen wollte. Sie hat doch selbst so gerne und so viel gelacht.«

»Sie war bestimmt eine wundervolle Frau.«

»Ja, das war sie.« Ronja lächelte gedankenverloren. »Du hättest sie bestimmt gemocht – und sie dich.«

»Ich hätte sie gerne kennengelernt …« Sofia brach ab, als die Tür geöffnet wurde. Die ersten Tierbesitzer trafen mit ihren kranken Lieblingen ein.

»Ich gehe dann mal«, verabschiedete sich Ronja. Als ihr

beim Hinausgehen jemand entgegenkam, grüßte sie freundlich und hielt die Tür auf.

Es war Mats, diesmal allerdings ohne Kater Freddy. Langsam trat er an den Tresen.

»Wie geht es dir?«, erkundigte er sich so leise, dass ihn die anderen Personen im Wartebereich nicht hören konnten.

»Danke, gut.« Sie verzog keine Miene, stellte auch keine Gegenfrage.

»Maja war bei dir?«

Eine völlig überflüssige Frage. Darauf antwortete Sofia nicht einmal.

»Warum sprichst du nicht mit ihr, Sofia?«, bat Mats. »Ich kann es nicht ertragen, dass sie so unglücklich ist.«

Sie empfand nichts bei seinen Worten. Dass es ihm ausschließlich um Majas Wohlergehen ging, tat ihr nicht weh, sie empfand aber auch kein Mitleid mit ihrer Schwester. In ihr war nichts als Gleichgültigkeit.

»Brauchst du irgendwas von Bengt?«, fragte sie von oben herab. »Wenn nicht, möchte ich dich bitten, die Praxis zu verlassen.«

Er schaute sie traurig an, dann drehte er sich wortlos um. Als sie ihn so davongehen sah, mit hängenden Schultern und schwerem Schritt, bekam sie plötzlich ein schlechtes Gewissen. Immerhin hatte sie ihn einmal geliebt, er war die erste große Liebe ihres Lebens gewesen. Und schließlich konnte Mats nichts dafür, dass er ihre Gefühle nicht erwidert hatte.

Aber das kann ich jetzt auch nur akzeptieren, weil ich nichts mehr für ihn empfinde.

Und warum konnte sie dann ihrer Schwester nicht verzeihen?

Weil sie mein Vertrauen missbraucht hat. Weil sie etwas verraten hat, obwohl ich sie ausdrücklich darum gebeten hatte, es für sich zu behalten. Und dann hat sie es auch noch ausgerechnet dem Mann erzählt, den es betraf. Nein, das kann ich nicht vergessen. Niemals!

Die Tür fiel hinter Mats ins Schloss. Er war weg, und Sofia versuchte, alle Gedanken an ihn und Maja beiseitezuschieben.

Nach dem Abendessen telefonierte Sofia wieder mit Milla und erfuhr, dass ihre Freundin bereits am nächsten Tag entlassen werden sollte.

»Das ist ja wundervoll«, rief sie begeistert aus. »Ich hole dich ab.«

»Ich weiß nicht ...« Milla war immer noch unschlüssig.

Als Gösta in diesem Moment an ihrer offenen Zimmertür vorbeiging, rief Sofia ihn zu sich.

»Milla«, sagte sie und hielt ihm das Telefon hin. »Ich kann sie morgen abholen, aber sie hat immer noch Bedenken.«

Gösta nahm das Handy entgegen und meldete sich.

»Wir würden uns alle sehr freuen, wenn du kommst«, versicherte er. »Außerdem möchten wir Emil ungern jetzt schon wieder abgeben. Er ist uns ans Herz gewachsen.«

Danach lauschte er eine Weile.

»Was du sagen sollst?«, fragte er dann. »Nur ein Wort: Ja!«

Offensichtlich sagte Milla genau das, was Gösta ihr vorgeschlagen hatte.

»Wir freuen uns auf dich«, versicherte er noch einmal und reichte Sofia das Handy zurück.

»Du kommst also?«, vergewisserte sie sich ein wenig atemlos.

»Ja, aber ...«

»Ich will nur das Ja hören«, unterbrach Sofia ihre Freundin aufgeregt. »Ich hole dich morgen ab.«

»Nein, das ist nicht nötig.« Millas Einwand klang halbherzig. »Ich kann mit der Bahn oder dem Bus fahren.«

Sofia lachte. »Olof und ich holen dich ab.«

»Ich freue mich so!« Der Ton, den Milla von sich gab, war eher ein Schluchzen. »Ich kann es kaum abwarten, Emil zu sehen. Und dich natürlich auch«, fügte sie schnell hinzu.

»Selbstverständlich freust du dich darauf, deinen Sohn wiederzusehen«, sagte Sofia herzlich. »Soll ich ihn morgen mitbringen?«

Sie einigten sich darauf, dass sie Emil die anstrengende Fahrt nach Stockholm und zurück nicht zumuten und ihn stattdessen mit Millas Ankunft überraschen wollten.

Nachdem sie sich voneinander verabschiedet hatten, suchte Sofia nach Bengt. Sie musste ihm nicht nur mitteilen, dass sie am nächsten Tag nicht in der Praxis aushelfen konnte, sondern sie wollte auch gleich ihr Versprechen an Ronja einlösen.

Bengt saß noch in seinem kleinen Büro neben dem Behandlungsraum und tippte auf der Tastatur seines Computers. Als sie das Zimmer betrat, sah er auf.

»Ich fahre morgen nach Stockholm.« Sofia hatte das Gefühl, dass ihn ihre Ankündigung erschreckte. »Ich hole Milla«, fügte sie deshalb schnell hinzu. »Du hast doch auch nichts dagegen, wenn sie eine Weile bei euch wohnt?«

»Unser Haus wird voll«, stellte er lächelnd fest. »Nein, ich habe nichts dagegen.«

»Danke. Es bedeutet mir viel, dass sie hier willkommen ist. Sag Emil bitte nichts, es soll eine Überraschung werden.«

»Es bedeutet mir viel, dass du zurückkommst«, sagte er leise.

Sofia war sich im ersten Moment nicht sicher, ob sie ihn richtig verstanden hatte. Möglicherweise hörte sie gerade genau das, was sie hören wollte. Doch sein Lächeln sagte etwas anderes.

»Es klingt vielleicht schlimm …« Sie machte eine kurze Pause, bevor sie schmunzelnd hinzufügte: »… aber ich bin inzwischen gar nicht mehr so unglücklich darüber, dass du mir vor den Wagen gesprungen bist.«

»Schön, dass ich dir damit eine Freude bereiten konnte«, erwiderte er trocken. »Allerdings bin ich immer noch der Meinung, dass du den Unfall verschuldet hast.«

»Ich habe Bo gerettet. Dieses Argument müsste einem Tierarzt doch einleuchten.«

Bengt erhob sich und kam um seinen Schreibtisch herum auf sie zu.

»Ja«, sagte er, dann stand er dicht vor ihr. Sie wusste, er würde sie jetzt küssen ...

»Papa! Smågris ist krank.« Lasse kam ins Zimmer gestürmt. »Komm schon, du musst ihn sofort gesund machen.«

Bengt schaute Sofia an und zuckte mit den Schultern, dann folgte er seinem Sohn.

Im Haus schliefen noch alle, als Sofia am nächsten Morgen in aller Frühe aufbrach. Sie genoss die Fahrt ebenso wie die Gewissheit, dass sie wieder zurückkommen konnte. Allerdings hatte sie nicht besonders gut geschlafen, denn sie hatte sich in der Nacht immer wieder gefragt, was geschehen wäre, wenn Lasse nicht dazugekommen wäre. Was passierte da gerade zwischen Bengt und ihr?

Immerhin war Smågris nicht ernsthaft erkrankt. Bengt hatte ihm gestern Abend eine Injektion gegeben, und als sie eben abgereist war, hatte das Schweinchen bereits wieder munter gewirkt.

Auf der Fahrt über die kurvigen Landstraßen, vorbei an einsam gelegenen Häusern und kleinen Dörfern, wurde ihr klar, dass sie sich in Bengt verliebt hatte. Es war anders als damals bei Mats. Nicht diese schwärmerische Liebe eines Teenagers, der davon überzeugt war, sterben zu müssen, wenn seine Liebe nicht erwidert wurde. Es war auch nicht das Gefühl, das sie zu Rune hingezogen hatte. Diesmal ging es tiefer, es traf sie mitten ins Herz.

Sofia lächelte, als sie sich ihrer Gedanken bewusst wurde.

»Ich hatte ja keine Ahnung, dass ich so melodramatisch sein kann«, sagte sie zu sich selbst.

Als sie die Randbezirke Stockholms erreichte, bemerkte sie, dass ihr langsam der Magen knurrte. Sie hielt an einer Raststätte an, aß dort ein belegtes Brötchen und trank einen Becher Kaffee dazu. Dann fuhr sie weiter und erreichte kurz nach neun das Karolinska-Universitätskrankenhaus.

Milla saß auf ihrem Krankenbett. Sie hatte stark abgenommen und war blass, doch ihr Gesicht leuchtete auf, als sie ihre Freundin sah. Eilig griff sie nach den Gehhilfen, erhob sich und humpelte auf Sofia zu. Ihr rechtes Bein steckte in einem Gipsverband.

»An Wettrennen kann ich noch nicht teilnehmen«, scherzte sie, dann brach sie in Tränen aus. »Es ist so schön, dich endlich wiederzusehen.«

Auch Sofia liefen Tränen über die Wangen. »Ich habe dich schrecklich vermisst, und ich bin so froh, dass du mitkommst.«

»Du musst mir alles über diese Leute erzählen«, bat Milla nervös.

»Du wirst sie mögen«, versicherte Sofia.

In diesem Moment betrat Kristine Bengtsson das Zimmer.

»Wie schön, du bist noch da.« Die Krankenschwester schien sich aufrichtig zu freuen. »Ich wollte mich unbedingt von dir verabschieden. Wir sehen uns doch wieder?«

»Ja.« Milla lachte. »Aber hoffentlich nicht hier.«

»Pass gut auf sie auf«, sagte Kristine zu Sofia.

»Ganz bestimmt. Und Gösta, die gute Seele des Hauses, wird dafür sorgen, dass sie wieder ein bisschen zunimmt.«

Eine halbe Stunde später saßen sie im Wagen.

»Guter Olof.« Milla strich über das Armaturenbrett. »Ich freue mich, wenn ich dich mal wieder fahren darf.«

Sofia wandte sich ihr zu. »Du hast am Telefon gesagt, dass du noch ein paar Sachen erledigen musst.«

»Fahren wir zuerst zu mir nach Hause. Da wartet Ludvig Thorbard auf mich.«

»Der Makler?«, fragte Sofia verwundert.

Milla lächelte vergnügt. »Ich bekomme heute den Scheck von ihm, damit ich meine Steuerschulden begleichen kann.«

»Einen Scheck?« Sofia wurde misstrauisch. »Wer bezahlt denn noch mit Schecks?«

»Ludvig Thorbard«, erwiderte Milla. »Weil ich ihn darum gebeten habe.«

Sofia schüttelte verständnislos den Kopf. »Warum?«

»Weil ich es mir nicht nehmen lassen will, Rune den Scheck persönlich zu überreichen und ihm zu sagen, dass er seine Zwangsversteigerung einstellen kann. Ich möchte unbedingt sein Gesicht sehen.«

Bald schon hatten sie das kleine rote Haus in Södermalm erreicht. Sofia parkte vor dem Eingang, wandte sich Milla zu – und begann zu lachen.

»Das habt ihr verdient, alle beide, jeder auf seine Weise. Für Rune wird es allerdings nicht so erfreulich sein wie für dich.«

»Da ist Ludvig.« Milla öffnete die Wagentür.

Der ältere Mann, der ihr zu Hilfe eilte, war sehr klein, sehr schlank und trug einen sehr exklusiven Anzug. Allerdings wollte seine Krawatte, rot mit bunten Seifenblasen, so überhaupt nicht zu seinem übrigen Erscheinungsbild passen.

»Ein Geschenk meines zwölfjährigen Enkels.« Ludvig Thorbard hatte Sofias verwunderten Blick offensichtlich bemerkt und strich mit der Hand über die Krawatte. »Er hat sie mit so viel Liebe extra für mich ausgesucht, da muss ich sie doch auch tragen.«

Der Makler war Sofia auf Anhieb sympathisch. Jetzt verstand sie, wieso Milla ihm blind vertraute. Ohne Umschweife überreichte er ihr den Scheck und versicherte ihr noch einmal, dass sie so lange in ihrem Haus bleiben könne, bis er einen Käufer gefunden hätte.

»Vielen Dank für alles.« Milla umarmte ihn. »Und sag deinem Enkel, dass er einen ganz hervorragenden Geschmack hat.«

Ludvig lachte und verabschiedete sich.

»Ich muss ein paar Sachen einpacken«, sagte Milla. »Außerdem möchte ich noch einmal in aller Ruhe durchs Haus gehen und mich verabschieden. Ich glaube nämlich nicht, dass ich hierher zurückkehren werde.«

»Ich warte so lange hier.«

Milla musste es nicht extra sagen, Sofia verstand auch so, dass ihre Freundin diesen Abschied ganz allein durchstehen musste.

Als Milla eine halbe Stunde später zurückkam, hatte sie zwar verweinte Augen, bat Sofia aber lächelnd, die Tasche aus dem Haus zu holen, die sie für die Reise gepackt hatte.

Auch für Sofia war es ein komisches Gefühl, dieses Haus mit dem Wissen zu betreten, dass es Milla nicht mehr lange gehören würde. Sie dachte an die schönen Stunden, die sie hier mit Milla und Emil verbracht hatte, und fragte sich, wie es demnächst sein würde. Eine Zeit lang wären sie noch in Bengts Haus, aber was würde danach kommen?

Bevor die Gedanken zu schwer werden konnten, griff Sofia nach der Reisetasche und verließ das Haus. Nachdem sie das Gepäck in den Kofferraum gestellt hatte, setzte sie sich hinters Lenkrad.

»Kannst du mich jetzt zum Skatteverket bringen?«, bat Milla.

Sofia nickte.

»Du musst nicht mit reingehen. Du kannst im Auto auf mich warten.«

»Bist du verrückt?«, entfuhr es Sofia. »Ich will auch Runes Gesicht sehen. Immerhin habe ich oft genug die Mahnungen an dich zurückgehalten, da habe ich mir dieses Vergnügen doch verdient.«

»Dann los!«, rief Milla übermütig.

Es fühlte sich seltsam an, den Ort zu betreten, an dem sie zehn Jahre lang gearbeitet hatte, und all die Kollegen zu treffen, die sie freundlich grüßten. Niemand schien sich darüber zu wundern, dass sie plötzlich wieder da war.

Rune sprang auf, als sie sein Büro betrat.

»Sofia«, stammelte er. Dann fiel sein Blick auf Milla, die hinter ihr ins Büro humpelte, und seine Augen nahmen einen kalten, unversöhnlichen Ausdruck an. »Was wollt ihr hier?«

»Ich will meine Schulden bezahlen«, sagte Milla.

Rune lachte ungläubig auf. »Womit?«, fragte er geringschätzig.

»Damit!« Milla humpelte auf ihn zu und legte den Scheck auf den Schreibtisch.

Rune nahm ihn hoch und starrte darauf. Er wirkte überhaupt nicht begeistert.

»Da muss ich erst überprüfen lassen, ob er wirklich gedeckt ist.«

»Mach das«, erwiderte Milla ungerührt. »Und beende dann bitte die Zwangsversteigerung.«

Rune sagte nichts mehr, starrte aber immer noch auf den Scheck.

»Und wir beide fahren jetzt nach Byn«, sagte Milla fröhlich zu Sofia.

»Ja, genau das machen wir.« Sofia hängte sich bei ihrer Freundin ein, und gemeinsam verließen sie Runes Büro.

Kapitel 17

Sofia parkte Olof vor dem Haus. Sie ging um den Wagen herum, reichte Milla die Gehhilfen und hielt die Tür auf, damit ihre Freundin aussteigen konnte.

Bo kam schwanzwedelnd auf sie zugelaufen. Smågris rannte auf seinen kurzen Beinchen hinter ihm her.

»Die beiden kenne ich ja schon aus Emils Erzählungen.« Milla hatte keine Angst vor dem großen Hund und streichelte ihn. Smågris verlangte quiekend ebenfalls nach seinen Streicheleinheiten. Beide folgten den Frauen, als sie um das Haus herum bis zur offenen Küchentür gingen.

Die Familie hatte sich um den Abendbrottisch versammelt. Noch hatte niemand ihre Ankunft bemerkt.

»Wann kommt Sofia wieder?«, fragte Greta gerade.

»Wo ist sie überhaupt?«, wollte Emil wissen.

»Ich bin schon wieder da.« Sofia zeigte sich in der offenen Tür, während Milla sich noch im Hintergrund hielt. »Und ich habe dir eine Überraschung mitgebracht, Emil ...« Sie lächelte geheimnisvoll.

Nun trat auch Milla an die Tür.

Der Junge schaute sie mit offenem Mund an. Sekundenlang war er sprachlos.

»Wer ist die Frau?«, fragte Greta verwundert. »Und warum hat die nur einen weißen Stiefel an?«

»Mama!«, brüllte Emil in diesem Moment. Offenbar hatte er seine Sprache wiedergefunden. Er sprang vom Stuhl, kam herausgestürmt und umschlang seine Mutter fest mit beiden Armen.

»Emil!« Tränen liefen über Millas Wangen. Sie ließ die Gehhilfen einfach fallen und umschlang ihren Sohn mit beiden Armen.

Emil schaute zu ihr auf. »Endlich bist du da!«

Greta musste wie immer alles ganz genau wissen. »Warum weint Emils Mama?«

»Vor Freude«, erklärte Gösta. »Sie hat Emil so lange nicht mehr gesehen.«

»Und warum hat sie den weißen Stiefel an?«, wiederholte das Mädchen seine erste Frage.

»Das ist ein Gipsverband«, erklärte Milla. »Ich habe mir das Bein gebrochen, und das muss jetzt noch richtig heilen.«

»Das sieht aber komisch aus.« Greta zog das Näschen kraus.

Emil ließ keine Kritik an seiner Mutter zu.

»Nein, das sieht sehr schön aus«, widersprach er seiner Freundin.

»Ich finde das nicht schön.« Greta schüttelte das Köpfchen.

»Jetzt lasst Milla doch erst einmal richtig ankommen«, mischte sich Bengt ein, bevor es zu einem Streit zwischen den Kindern kommen konnte. Er stand auf, trat auf Milla

zu und begrüßte sie mit einem Händedruck. »Ich bin Bengt.«
Er wies auf seinen Schwiegervater. »Und das ist Gösta.«

Milla lächelte. »Wir haben ja schon miteinander telefoniert.«

Bengt griff nach ihrem Arm. »Du bist bestimmt hungrig nach der langen Fahrt.« Er half ihr über die Stufe ins Haus und bot ihr seinen Platz am Tisch an, damit sie neben Emil sitzen konnte.

Sofia stand immer noch vor der Tür und staunte darüber, wie galant Bengt war. Wenn sie da an ihre Ankunft hier dachte …

Nachdem er seine Kinder vorgestellt hatte, ließ er es sich nicht nehmen, selbst ein Gedeck für Milla zu holen.

Plötzlich bemerkte Sofia, dass Gösta sie beobachtete. Als sich ihre Blicke trafen, lächelte er. Es wirkte ganz so, als ahne er, was sie gerade dachte.

Sie lächelte zurück und kam nun ebenfalls ins Haus.

»Schön, dass du wieder da bist«, begrüßte Gösta sie.

»Ich bin auch froh, dass du wieder da bist«, schloss sich Emil an.

Sofia strich dem Jungen durch die blonden Locken. »Ich war doch nur einen Tag weg.«

»Das waren mindestens tausend Stunden«, behauptete der Junge mit ernstem Gesichtchen. »Aber jetzt sind wir alle da, und wir gehen niemals mehr weg.«

»Ich weiß jetzt, wieso ihr euch hier so wohlfühlt, du und Emil«, sagte Milla.

Es war später Abend, und die ganze Familie hatte sich inzwischen schlafen gelegt. Nur Sofia und Milla nutzten die stille Stunde, um noch ein wenig miteinander zu reden.

»Ich finde Bengt übrigens ganz reizend. So habe ich ihn mir nach deinen Schilderungen nicht vorgestellt.«

»Als ich hier ankam, war er auch alles andere als reizend«, erwiderte Sofia trocken. »Eher das Gegenteil. Inzwischen ist er ganz erträglich.«

»Manche Männer reagieren eben ein bisschen empfindlich, wenn man sie anfährt und ihnen dabei das Schlüsselbein bricht.« Milla grinste. »Du hast mir gar nicht gesagt, dass er so toll aussieht.«

»Findest du?«, fragte Sofia betont beiläufig.

»Ja, er ist ein toller Mann. Die ganze Familie ist wundervoll. Und wie nett von Bengt, dass er mir das Schlafzimmer zur Verfügung gestellt hat, damit ich keine Treppe steigen muss.«

Das war nicht nur nett, sondern geradezu unglaublich! Er hatte Milla das Zimmer überlassen, in dem sich in den letzten vier Jahren nicht einmal seine Kinder hatten aufhalten dürfen. Den Raum, in den sie heimlich geschlichen waren, um sich ihrer Mutter nahe zu fühlen.

Sofia sprach nicht über die ganz besonderen Erinnerungen, die mit diesem Raum verbunden waren, weil sie fand, dass es ihr nicht zustand.

»Danke, dass du mich geholt hast.« Müde kuschelte sich Milla in die Kissen. »Danke für alles, was du für mich getan hast.«

»Ich glaube, ich gehe jetzt besser, damit du schlafen kannst.« Sofia stand auf.

Milla hatte die Augen geschlossen, und Sofia glaubte, sie sei bereits eingeschlafen. Als sie an der Tür stand, murmelte ihre Freundin jedoch: »War es nicht ein herrlicher Moment, als ich Rune den Scheck überreicht habe? Seinen Gesichtsausdruck werde ich nie vergessen.«

Sofia hielt kurz inne. »Ja«, sagte sie nur. »Gute Nacht.«

Dann verließ sie das Zimmer und hatte nun dummerweise selbst Runes Gesicht vor Augen. Dabei war er der letzte Mensch, an den sie heute Abend denken wollte.

Auf dem Gang wartete Bo auf sie. Er wedelte mit dem Schwanz und winselte leise.

»Hast du noch Hunger?«

Als der Hund in die Küche vorauslief, folgte ihm Sofia. Ihr Weg führte sie an dem Korb vorbei, in dem Smågris tief und selig schlief.

Bo stellte sich allerdings nicht vor den Kühlschrank, was er normalerweise tat, wenn er sich einen Leckerbissen erhoffte, sondern lief zur Terrassentür, die um diese Zeit verschlossen war. Also musste er noch einmal raus.

Sofia öffnete die Tür und folgte ihm nach draußen. Die Luft hatte sich ein wenig abgekühlt, war klar und von türkisblauem Glanz erfüllt. Es war eine dieser mystischen Sommernächte, die alles verzauberten und in ihr eine nie da gewesene Sehnsucht erweckten. Sie wollte das Leben endlich wieder mit aller Macht spüren. So lieben, dass es sie mit Glück erfüllte. Und wiedergeliebt werden …

»Hej, Sofia!«

Als sich Mats aus dem Schatten eines Baumes löste, zuckte sie erschrocken zusammen.

»Hej«, erwiderte sie kühl.

»Kannst du auch nicht schlafen?«

Was sollte diese Frage?

»Wieso schleichst du hier in der Dunkelheit herum?«, erwiderte sie statt einer Antwort.

Mats lächelte. »Von Dunkelheit kann nun wirklich keine Rede sein.«

»Was machst du hier?«

Offen blickte er ihr ins Gesicht. »Ich weiß es nicht.«

Eine ganze Weile schauten sie einander an. Schweigend, abschätzend.

»Ich hatte eine heftige Auseinandersetzung mit Maja«, verriet er schließlich.

Sofia hob abwehrend beide Hände. »Ich will wirklich nichts von euren Ehestreitigkeiten wissen.«

»Ehestreitigkeiten?« Mats lachte bitter auf. »Maja und ich sind nicht verheiratet – und das ist ausschließlich deine Schuld.«

Sofia starrte ihn mit offenem Mund an.

»Ich habe ihr so oft einen Antrag gemacht, aber sie hat jedes Mal abgelehnt. Deinetwegen! Sie glaubt, dass sie schuld an deinem Unglück ist und deshalb nicht das Recht hat, mit mir glücklich zu werden. Du hast gewonnen, Sofia«, stieß er hervor. »Du hast es wirklich geschafft, uns dafür zu bestrafen, dass wir uns lieben.«

Sie hatte ihm mit wachsender Empörung zugehört.

»Mach mich gefälligst nicht für euer Unglück verantwortlich«, forderte sie nun. »Ich bin vor zehn Jahren aus eurem Leben verschwunden, und es ist nicht meine Sache, was ihr in der Zwischenzeit daraus gemacht habt.«

Er schaute sie an, lange und intensiv. Dann schüttelte er den Kopf.

»Ich hätte dich nie lieben können«, sagte er schließlich. »Und jetzt weiß ich auch, warum das so ist.«

Damit drehte er sich um und ging. Der Schatten der Bäume sog ihn wieder auf, und nach ein paar Sekunden war es so, als wäre er nie dagewesen, als hätte es diese kurze und sehr hässliche Szene nie gegeben.

Es war ein Albtraum! Ein Albtraum, der sie die ganze Nacht nicht zur Ruhe kommen ließ.

Mühsam quälte Sofia sich am nächsten Tag aus dem Bett. Inzwischen war ihr vieles eingefallen, was sie Mats noch hätte sagen können. Die Bemerkung, er hätte sie nie lieben können, rumorte in ihr und rührte an dem Schmerz, den er und Maja ihr zugefügt hatten.

»Und jetzt weiß ich auch, warum das so ist!«

Auch dieser letzte Satz nagte an ihr – vor allem, weil sie überhaupt nicht mehr verstand, wie sie sich jemals in ihn hatte verlieben können. Was wäre, wenn sie ihm erst jetzt begegnet wäre, zehn Jahre älter und reifer? Wenn es seine Beziehung zu Maja nicht gäbe und sie Mats völlig unbelastet kennengelernt hätte? Sofia grübelte und grübelte, doch irgendwann wurde ihr klar, dass sie sich mit Fragen quälte, auf die es einfach keine Antworten gab.

Als sie nach einer ausgedehnten Dusche, die sie auch nicht sonderlich erfrischte, nach unten ging, gab sie sich Mühe, sich nichts anmerken zu lassen. Mit einem Lächeln versuchte sie die inneren Qualen zu vertuschen. Niemand sollte ihr ansehen, was in ihr vorging.

»Hast du schlecht geschlafen?«, waren Bengts erste Worte an sie. »Du siehst ziemlich mies aus.«

»Danke. Das sind genau die Worte, die eine Frau aufbauen«, erwiderte sie ironisch.

Gösta sagte nichts, schaute sie nur an. Dann wurden zum Glück alle abgelenkt, weil Milla in die Küche kam.

»Einen wunderschönen guten Morgen«, rief sie strahlend. »Ich habe lange nicht mehr so gut geschlafen wie letzte Nacht.«

»Du darfst sogar in Mamas Bett schlafen«, sagte Greta fröhlich. »Wir dürfen alle nicht in das Zimmer.«

Betretenes Schweigen breitete sich aus. Nur Emil, der die Geschichte nicht kannte und auch die plötzliche Spannung offensichtlich nicht mitbekam, fragte unbefangen: »Warum nicht?«

»Weil Mama tot ist«, flüsterte Greta.

»Mein Papa ist auch tot«, erwiderte Emil verständnislos. »Aber ich darf trotzdem in sein Arbeitszimmer.«

Milla schaute Sofia vorwurfsvoll an. In ihrem Blick lag die Frage: *Warum hast du mir nichts gesagt?*

Sofia antwortete mit einem leichten Schulterzucken.

Bengt hingegen hatte sich inzwischen offensichtlich zu einer Antwort entschlossen.

»Ihr dürft das Zimmer betreten. Solange Milla da ist, natürlich nur mit ihrem Einverständnis.«

Seine drei Kinder starrten ihn überrascht an.

»Es tut mir leid«, entschuldigte er sich. »In meiner eigenen Trauer habe ich nicht bedacht, wie wichtig es für euch ist, in das Zimmer zu gehen.«

»Bist du denn jetzt nicht mehr traurig?« Lasse wirkte ein wenig verstört.

»Ich werde immer traurig sein, wenn ich an eure Mutter denke«, erwiderte Bengt. »Und gleichzeitig bin ich glücklich, weil ich die gemeinsame Zeit mit ihr hatte.« Er lächelte in die Runde. »Und drei so wundervolle Kinder.«

Gösta verließ lautlos die Küche, und es kam Sofia so vor, als würde es außer ihr niemand bemerken. Sie wartete eine Minute, dann folgte sie ihm. Nachdem sie überall nach ihm gesucht hatte, fand sie ihn schließlich in seinem Zimmer.

»Darf ich reinkommen?«, fragte sie behutsam.

Er nickte lächelnd und bot ihr an, sich auf den Sessel am Fenster zu setzen.

Sofia war schon einige Male an seinem Zimmer vorbeigekommen. Es war ebenso hell und freundlich eingerichtet wie alle anderen Räume im Haus und wurde von einem breiten Bett dominiert, auf dem eine bunte Tagesdecke lag. Neben dem bequemen Sessel am Fenster stand eine Lampe. An der Längswand befand sich ein gut gefülltes Bücherregal. Offensichtlich hegte Gösta eine Vorliebe für Krimis.

Sofia setzte sich und wartete, bis er von sich aus etwas sagte, doch er saß bloß mit gesenktem Kopf auf der Bettkante und schien tief in seine Gedanken versunken zu sein. Schließlich schaute er auf.

»Ich hoffe, du ziehst aus meinem Verhalten nicht den falschen Schluss«, sagte er mit rauer Stimme.

»Ich ziehe überhaupt keine Schlüsse, ich wollte nur nachsehen, wie es dir geht«, versicherte sie leise.

»Es hat sich so viel verändert, seit du bei uns bist.« Er atmete tief durch. »Und es sind ausschließlich gute Veränderungen.«

»Aber es bereitet dir trotzdem Probleme?«, erkundigte sie sich vorsichtig.

»Wir haben in den letzten Jahren alle so sehr getrauert ...« Er lächelte. »Ich freue mich über die Veränderungen in diesem Haus.«

Sofia ahnte plötzlich, was in ihm vorging.

»Aber du hast Angst, dass deine Tochter darüber in Vergessenheit gerät«, mutmaßte sie.

In diesem Moment betrat Bengt das Zimmer. Offenbar hatte er ihre letzten Worte gehört.

»Wir werden Anita niemals vergessen!« Er setzte sich neben seinen Schwiegervater und legte einen Arm um dessen Schultern. »Wir müssen doch nur die Kinder anschauen, um an sie erinnert zu werden.«

»Das weiß ich doch alles.« Gösta lächelte abwechselnd ihn und Sofia an. »Und ihr müsst mir beide glauben, dass sich niemand so über die Veränderungen in diesem Haus freut wie ich. Und wenn du einmal denken solltest, dass ein alter Mann wie ich hier überflüssig ist«, wandte er sich an seinen Schwiegersohn, »dann musst du mir das nur sagen.«

War das etwa Göstas Sorge?

Sofia war erschüttert, aber auch Bengt schienen die Worte seines Schwiegervaters zu treffen.

»Das wird niemals passieren. Du weißt, dass wir dich alle lieben«, sagte er aufrichtig.

»Und sollte es doch so sein, bist du bei mir immer willkommen«, fügte Sofia hinzu. »Egal, wo ich dann bin.«

Bengt grinste sie an. »Musst du eigentlich immer das letzte Wort haben?«

Sie nickte. »Ja, unbedingt!«

Gösta lachte leise auf. »Ich glaube, vor uns liegen noch turbulente Zeiten.« Er erhob sich. »Und wisst ihr was: Ich freue mich darauf!«

»Darf ich dich um etwas bitten?«, fragte Sofia, als sie eine Stunde später mit Bengt hinüber zur Praxis ging.

»Ja«, entgegnete er vorsichtig.

»Vielleicht ist das ja schon zu viel Veränderung für dich, aber ...«

Sie brach ab, weil sie nicht genau wusste, wie sie es in Worte fassen sollte.

»Sag es einfach.« Ungeduldig schaute er sie an.

»Ich weiß, dass gerade Midsommar für dich und deine Familie ein kritischer Tag ist.« Wieder machte sie eine kurze

Pause, dann gab sie sich einen Ruck. »Ronja möchte gerne mit ihren Freunden feiern.«

Bengt blieb stehen, starrte in die Ferne.

»Ich verstehe«, erwiderte er nach einer Weile. »Und sie traut sich nicht, mich selbst zu fragen?«

»Deine Kinder haben Angst, dich zu verletzen. Hast du je mit ihnen über deine Gefühle gesprochen?« Sofia schaute ihn fragend an. »Oder darüber, was der Tod ihrer Mutter bei ihnen ausgelöst hat?«

Bengt brachte ein verunglücktes Lächeln zustande.

»Ich wollte sie nicht verletzen«, erklärte er und benutzte dabei ihre Worte. »Ich dachte, für uns alle wäre es einfacher, wenn wir nicht darüber reden.«

»Aber genau das müsst ihr tun, wenn ihr nicht wollt, dass Anita in Vergessenheit gerät«, sagte Sofia sanft. »Ihr müsst über sie reden, ihre Bilder anschauen, darüber sprechen, was ihr gemeinsam erlebt habt. Natürlich bleibt da auch immer die Wehmut.« Sie legte eine Hand auf ihr Herz. »Aber vor allem die Liebe. Die vergeht nie.«

Bengt schaute sie an. In seinem Gesicht arbeitete es, dann umarmte er sie plötzlich.

»Danke«, sagte er sehr leise und sehr zärtlich und wiederholte es gleich noch einmal: »Danke!«

Als er Mats vor der Praxistür stehen sah, zog Bengt eine Augenbraue hoch.

»Ich finde es ein wenig seltsam, dass du neuerdings ständig ohne Tier in einer Tierarztpraxis erscheinst.«

»Ich wollte bloß kurz mit Sofia reden«, erwiderte Mats steif.

Bengt warf demonstrativ einen Blick auf seine Armbanduhr.

»Es dauert nicht lange«, versicherte Sofia. Kühl schaute sie Mats an und fügte hinzu: »Eigentlich haben wir uns nichts mehr zu sagen.«

Bengt nickte nur und betrat die Praxis.

»Was willst du?«

Mats räusperte sich. »Also, ich habe da gestern ein paar Dinge gesagt ... Weißt du, nach dem Streit mit Maja war ich in einer schlechten Verfassung, und da habe ich dir einiges an den Kopf geworfen ...« Er brauchte ein paar Sekunden, bevor er weitersprach. »Ich habe es nicht so gemeint.«

Was genau hatte er nicht so gemeint? Dass er ihr die Schuld an seinem Unglück gab? Dass es ihm unmöglich gewesen wäre, sich jemals in sie zu verlieben?

Zu ihrer eigenen Überraschung spielte das für sie keine Rolle mehr.

»Ich wollte dir nicht wehtun«, versicherte er.

»Das hast du auch nicht.« Sie brachte jedes Wort mit der Gleichgültigkeit hervor, die sie empfand. »Es ist mir einfach egal, was du gesagt hast.«

Sofia nickte ihm kurz zu, dann verschwand auch sie in der Praxis.

Kapitel 18

Gösta hatte Blaubeerpfannkuchen gebacken. Der Duft zog durchs ganze Haus und rief die Familie zusammen, ohne dass er etwas hätte sagen müssen.

Nur Ronja kam ein wenig später, weil sie noch mit einer Freundin telefoniert hatte. Als sie die Küche betrat, begann Lasse zu grinsen, und seine Schwester warf ihm einen wütenden Blick zu.

Er wandte sich an Greta. »Gehst du auch Blumen pflücken?«

»Halt die Klappe!«, warnte Ronja, doch es war zu spät. Das Nesthäkchen wollte wie immer alles ganz genau wissen.

»Welche Blumen?«

»Kennst du nicht die Geschichte mit den Blumen in der Midsommarnacht?«, fuhr Lasse fort.

Greta schüttelte den Kopf, während Ronja ihrem Bruder gegen die Schulter stieß. Obwohl es nur ein leichter Schubser war, ließ Lasse sich vom Stuhl fallen.

»Ich bin verletzt«, keuchte er. »Meine Schwester hat mich übel zugerichtet.«

Niemand nahm Notiz von ihm, und Greta beschäftigte jetzt erst recht das Blumenthema.

»Ich will die Geschichte mit den Blumen hören!«, verlangte sie. Da ihr Bruder noch immer auf dem Boden lag und den Schwerverletzten spielte, schaute das kleine Mädchen die Erwachsenen der Reihe nach an. »Wisst ihr, was er gemeint hat?«

»Die Midsommarnacht ist eine magische Nacht …«, begann Milla, wurde jedoch gleich wieder von Greta unterbrochen: »Was heißt magisch?«

»Das heißt, dass in einer solchen Nacht alles passieren kann«, erwiderte Milla. »Magie bedeutet Zauberei – und dass wundersame Dinge geschehen können.«

»Sind die Blumen bei Midsommar verzaubert?«, fragte das Mädchen atemlos.

»Ich weiß es nicht.« Es war eine von Millas besonderen Fähigkeiten, dass sie ihrer Stimme einen geheimnisvollen Klang verleihen konnte, der alle gespannt zuhören ließ. »Aber man erzählt sich, dass diese Nacht im Zeichen der Liebe steht. Wenn ein Mädchen in der Nacht von sieben Wiesen sieben verschiedene Blumen pflückt und sie unter das Kopfkissen legt, sieht sie im Traum, wie der Mann aussieht, den sie einmal heiraten wird.«

»Ach so. Dann muss ich keine Blumen pflücken. Ich weiß auch so, wie der Mann aussieht, den ich heirate«, behauptete Greta und deutete mit dem Finger auf Emil.

»Ich heirate dich nicht!« Der Junge runzelte ärgerlich die Stirn. »Das hab ich dir schon ganz oft gesagt.«

»Aber ich glaub dir das trotzdem nicht«, erklärte Greta und widmete sich wieder ihrem Blaubeerpfannkuchen.

»Also, Ronja will aber morgen die Blumen pflücken«, verkündete Lasse. »Ich hab gehört, wie sie das eben am Telefon bequatscht hat. Sie will nämlich wissen, wie ihr Liebster aussieht.«

»Das wüsste ich auch gerne«, sagte Bengt und schaute seine Tochter streng an. »Dann wüsste ich nämlich auch, wen ich auf keinen Fall ins Haus lasse.«

»Wieso belauschst du blöder Gnom meine Telefonate?«, fuhr Ronja ihren Bruder an.

»Damit ich dich verpetzen kann«, erwiderte Lasse ungerührt.

»Ich finde es nicht in Ordnung, dass du deine Schwester verpetzt«, mischte sich nun Gösta in die Unterhaltung.

»Es sei denn, es geht um einen Jungen, mit dem sie sich trifft«, stellte Bengt klar.

»Papa, ich treffe mich doch mit keinem Jungen!«, empörte sich Ronja, nur um dann hinzuzufügen: »Und wenn es so wäre, würde es niemanden in diesem Haus etwas angehen. Auch dich nicht.«

»Das sehe ich ein bisschen anders«, erwiderte ihr Vater lächelnd.

»Und wenn du mich noch einmal verpetzt, fallen mir da bestimmt auch ein paar Sachen ein, die Papa interessieren könnten«, sagte Ronja warnend zu ihrem Bruder.

»Ich habe nichts gemacht«, versicherte Lasse schnell. Zu schnell.

Bengt wurde hellhörig. »Und ich würde gerne mehr hören!«

Diesmal war es Ronja, die ihren Bruder triumphierend angrinste.

Sofia beobachtete diese kleine Szene schmunzelnd und hielt sich zurück, bis Greta sie direkt ansprach.

»Gehst du auch Blumen pflücken, Sofia?«

Alle Augen richteten sich nun auf sie.

»Nein.« Sie schüttelte den Kopf.

»Willst du denn nicht wissen, wie dein späterer Mann aussieht?«, bohrte die Fünfjährige weiter nach.

»Nein.«

»Hauptsache, er sieht nicht so aus wie Rune«, murmelte Milla.

»Wer ist Rune?«, fragte Ronja.

»Das ist der Mann, bei dem Sofia wohnt«, sagte Emil. »Der ist böse.«

»Diese Andeutungen machen mich neugierig.« Bengts Stimme klang belustigt. »Aber Sofia spricht ja nicht über Rune.«

»Es soll vorkommen, dass Menschen nichts von sich erzählen«, konterte Sofia ironisch und spielte damit auf Bengts eigene Verschlossenheit an. »Außerdem hat Rune auch keine Bedeutung mehr für mein Leben, ich habe mich von ihm getrennt.«

»Warum?« Greta wollte es natürlich wieder ganz genau wissen.

»Sei nicht so neugierig«, mahnte ihr Vater sanft, dabei war ihm anzusehen, dass ihn die Antwort auch interessierte.

»Manchmal stellen zwei Menschen fest, dass sie nicht zusammenpassen«, versuchte sich Sofia an einer Erklärung. »Dann ist es besser, wenn sie sich trennen, bevor sie sich ständig streiten.«

Greta verstand das nur zu gut.

»So wie Ronja und Lasse«, rief sie. »Die streiten sich auch ganz oft.« Abschätzend betrachtete sie ihre Geschwister. »Dann müssen wir einen von denen abgeben. Aber wen?«

»Ronja«, sagte Emil prompt. »Lasse muss bleiben, er ist mein bester Freund.«

»Wir geben weder Lasse noch Ronja ab«, beendete Bengt die Diskussion. »Wir sind eine Familie, und das bleiben wir auch!«

»Ich möchte morgen Nacht auch sieben Blumen auf sieben Wiesen pflücken«, wechselte Milla zurück zu ihrem ursprünglichen Thema. Als alle sie anschauten, lachte sie verlegen. »Ich hoffe nicht, dass ich für immer allein bleibe. Und ich würde gerne im Traum sehen, ob es da noch einmal einen Mann in meinem Leben geben wird und wie der aussieht.«

Sofia hatte nicht gewusst, dass Milla sich nach einer neuen Liebe sehnte. Ihre Freundin hatte nie darüber gesprochen. Sie lächelte ihr herzlich zu.

»Vielleicht sollten wir alle Blumen pflücken«, schlug Ronja begeistert vor. »Also, du, Sofia und ich.«

»Und ich«, verlangte Greta.

»Aber du weißt doch, wen du einmal heiraten willst«, wandte Ronja schmunzelnd ein.

»Ich guck trotzdem lieber noch einmal nach«, erwiderte ihre kleine Schwester achselzuckend.

»Übrigens haben wir beide beschlossen, dass wir heute Abend alle ins Dorf gehen.« Gösta legte eine Hand auf Bengts Schulter. »Wir feiern zusammen mit unseren Nachbarn Midsommar.«

Bengt lächelte angestrengt, nickte aber zu den Worten seines Schwiegervaters.

Nachmittags machte Sofia sich auf den Weg zu Inger. In der Tasche hatte sie ein Entwurmungsmittel, das die Künstlerin für Mausi benötigte.

Langsam spazierte Sofia am Ufer entlang. Hin und wieder blieb sie stehen und genoss den weiten Blick über den See. Niemals würde sie sich daran sattsehen können! Eine Libelle schwirrte über die glitzernde Wasserfläche und verharrte dann mit schnellem Flügelschlag auf der Stelle.

Ich würde gerne den Wechsel der Jahreszeiten hier erleben.

Tiefe Sehnsucht begleitete diesen Gedanken.

Ich möchte sehen, wie sich im Herbst das Laub der Bäume verfärbt, im Winter vorbei an dem zugefrorenen See durch den Schnee wandern und im Frühling erleben, wie die Natur erwacht.

Sie sah sich zu allen Jahreszeiten diesen Weg entlangspazieren, Hand in Hand …

An dieser Stelle ging sie hastig weiter, um diese Gedanken zu verdrängen. Immer wieder kollidierte ihre Sehnsucht nach Liebe mit der Angst, erneut verletzt zu werden.

Minuten später erreichte sie Ingers Haus. Die Statue auf den Stufen schien sie anzusehen. Das schöne Gesicht und das herzliche Lächeln faszinierten Sofia auch jetzt wieder. Ein Sonnenstrahl traf die Figur so, dass ihre Augen aufleuchteten, ganz so, als säße da ein lebendiger Mensch, der sie willkommen heißen wollte. Unwillkürlich lächelte Sofia auch.

Sie wollte gerade weitergehen, als Inger aus dem Haus kam. Doch sie war nicht allein, ein großer Mann trat an ihre Seite. Sein Kopf war kahl rasiert, dafür bedeckte ein dichter Bart sein Gesicht.

»Sie ist ja immer noch da«, stellte er fest, als sein Blick auf die Statue fiel.

»Sie wird auch immer bleiben«, erwiderte Inger.

»Ich könnte sie in der Galerie …«

»Niemals!« Trotz der Schärfe ihrer Ablehnung lächelte Inger. »Ich habe dir schon so oft gesagt, dass ich sie dir nicht geben kann, Dag. Sie gehört einfach hierher.«

Dag nickte zwar, doch ihm war anzusehen, dass ihm die Entscheidung seiner Frau nicht gefiel. Als Inger die Arme um seinen Hals schlang, zog er sie an sich.

»So wie du«, hörte Sofia ihn antworten, dann versanken die beiden in einem zärtlichen Kuss.

Leise zog sie sich zurück. Das war ein Moment, in dem sie nicht stören wollte.

»Wo ist das Brot?« Streng blickte Gösta die Kinder der Reihe nach an.

Lasse und Emil senkten betreten den Blick, nur Greta schaute ihm direkt in die Augen.

»Der Smågris will nicht nur olles Schweinefutter essen.«

Sofia hatte Mühe, nicht laut aufzulachen. Das Futter, das Bengt gekauft hatte, war keineswegs »olles Schweinefutter«, sondern extrem teures Aufzuchtfutter. Sie hatte in der Praxis die Rechnung gesehen.

»Wenn ihr demnächst Brot verfüttert, sagt ihr mir gefälligst Bescheid«, schimpfte Gösta weiter. »Was bekommen wir denn jetzt zum Abendbrot?«

»Blaubeerpfannkuchen«, schlug Emil hoffnungsvoll vor.

»Lieber Schokoeis«, widersprach Lasse. »Das mag jeder.«

Greta hatte die beste Idee. »Oder Blaubeerpfannkuchen und Schokoeis.«

»Es gibt Brot mit Aufschnitt und Salat«, erwiderte ihr Opa grollend. »Und da ich euch nicht allein lassen kann, müsst ihr mich eben alle zum Bäcker begleiten.«

»Sofia ist doch da, die kann auf uns aufpassen«, sagte Emil.

»Wenn Bengt zu einem Notfall gerufen wird, muss Sofia ihn fahren«, sagte Gösta. »Also müsst ihr mit mir mitkommen.«

»Ich kann nicht, meine Füße tun so weh.« Greta ließ sich einfach auf den Boden fallen.

»Und ich muss dringend etwas für Papa erledigen«, behauptete Lasse.

»Was denn?« Göstas Blick richtete sich auf den Jungen.

»Äh …« Er suchte sichtlich nach einem Grund.

»Und ich muss Lasse helfen«, fiel Emil dazwischen.

»Dann gibt es heute eben kein Abendbrot.«

»Wir können auch Pizza essen.« Lasse grinste seinen Großvater schelmisch an. »Die können wir doch aus Mariannelund liefern lassen.«

»Genau!« Emil sprang begeistert in die Höhe. »Dann musst du heute Abend überhaupt kein Essen für uns machen und kannst dich mal richtig ausruhen«, versuchte er, Gösta das Angebot schmackhaft zu machen.

»Hm«, machte Gösta daraufhin. »Und was ist mit dem Frühstück? Da brauchen wir auch Brot. Oder soll ich morgen früh noch mal Pizza bestellen?«

Lasse rieb sich über den Bauch. »Also, ich kann immer Pizza essen.«

»Ich auch.« Emil teilte auch diesmal uneingeschränkt die Meinung seines Freundes.

»Mir reicht ein Blaubeerpfannkuchen«, warb Greta für ihr Lieblingsgericht. »Am besten wäre Pizza und Blaubeerpfannkuchen.«

»Blaubeerpizza!« Lasse lachte laut auf. »Opa, ruf mal in der Pizzeria an und frag, ob die für Greta Pizza mit Blaubeeren machen.«

In diesem Moment kam Milla hinzu. Sie hatte die letzten Worte gehört und schüttelte sich.

»Pizza mit Blaubeeren? Am Ende sogar mit Käse überbacken?«

»Nein.« Greta lachte. »Nur mit Pfannkuchen.«

»Dann ist es ja gut.« Milla strich der Kleinen übers Haar.

»Meine Mama kann uns Brot backen«, rief Emil. »Sie ist eine ganz tolle Bäckerin.«

»Ja, das kann ich«, stimmte Milla sofort zu.

»Dazu brauchst du Mehl, aber das habe ich auch nicht da.« Gösta dachte kurz nach. »Passt ihr auf die beiden auf, Sofia und Milla, dann laufe ich schnell zu Fynn.«

»Ich habe eine bessere Idee.« Sofia schaute erst ihn, dann ihre Freundin an. »Wie wäre es, wenn ich mit Milla zur Bäckerei fahre? Ich habe ihr schon von dem schönen Laden vorgeschwärmt, dann kann sie ihn sich gleich einmal ansehen.«

»Warum?«, fragte Emil prompt. »Sie kann doch nicht da arbeiten.«

»Aber ansehen will ich mir die Bäckerei trotzdem«, sagte Milla. »Kommst du auch mit?«

Emil hatte keine Lust und schüttelte den Kopf. Auch Greta und Lasse lehnten es ab mitzukommen.

»Irgendwann, wenn du wieder ungehindert laufen kannst, nehmen wir den Fußweg«, sagte Sofia, als sie beide in Olof einstiegen. »Der Weg am See vorbei ist traumhaft. Und sobald du in die Straße einbiegst, empfängt dich dieser ganz besondere Duft nach Frischgebackenem, einfach unvergleichlich.«

Milla schaute sie mit einem sonderbaren Blick an. »Wie lange willst du denn bleiben?«

Sofia wusste nicht, was sie darauf erwidern sollte. *Am liebsten für immer*, wäre die richtige Antwort gewesen, also zuckte sie bloß mit den Schultern.

»Und du?«, stellte sie dann eine Gegenfrage. »Wie sehen deine Zukunftspläne aus?«

»Ich muss eine Arbeit und ein Zuhause für Emil und mich finden. Wenn es hier einen Job für mich gäbe, würde ich bleiben, schon wegen Emil. Ich habe ihn noch nie so glücklich gesehen.«

»Du bedauerst den Verkauf des Hauses also nicht?«

Milla ließ sich Zeit mit der Antwort.

»Ich beende damit ein wichtiges Kapitel meines Lebens«, sagte sie schließlich. »Ich war sehr glücklich dort, aber das Haus hat mir nach Lennarts Tod kein Glück gebracht. Wenn es verkauft ist, bleibt mir noch ein bisschen Geld, sodass ich mir in aller Ruhe eine neue Arbeitsstelle suchen kann. Vielleicht finde ich ja etwas hier in der Nähe.« Milla schaute sie fragend an. »Und was ist mit dir? Was hast du vor? Wo willst du leben?«

»Ich habe keine Ahnung.« Sofia zuckte lächelnd mit den Schultern. »Ich mache mir darüber gerade keine Gedanken. Nachdem ich so viele Jahre in einer Behörde gearbeitet habe, in der alles durchgeplant und genau nach Vorschrift erledigt wurde, genieße ich es sehr, mich im Moment einfach nur treiben zu lassen.«

»Dann lassen wir uns jetzt einmal zur Bäckerei treiben«, sagte Milla schmunzelnd. »Ich bin sehr gespannt darauf.«

Sofia startete den Wagen und fuhr los. Nach wenigen Minuten hatten sie ihr Ziel erreicht. Wie bei Sofias erstem Besuch war auch jetzt niemand im Laden, und so hatte Milla Gelegenheit, sich in aller Ruhe umzusehen.

»Ist das zauberhaft«, sagte sie leise und drehte sich langsam um sich selbst. »Genau so einen Laden habe ich mir immer gewünscht.«

»Pass mal auf.« Wie bei ihrem ersten Besuch drückte Sofia auf die Klingel, und der melodische Ton war zu hören.

Milla lächelte verzückt.

»Ich komme sofort«, war Fynns Stimme auch heute aus dem Hintergrund zu hören.

»Er klingt, als wäre er ziemlich jung«, flüsterte Milla.

»Er ist ungefähr in unserem Alter«, gab Sofia ebenso leise zurück.

»Hier hätte ich eher einen älteren …« Milla brach ab, als Fynn in den Laden trat.

»Hej«, grüßte er und stutzte, als sein Blick auf Milla fiel. Sekundenlang herrschte absolute Stille in der kleinen Bäckerei.

»Ich habe dich noch nie hier gesehen«, sagte Fynn irgendwann.

»Das liegt wahrscheinlich daran, dass ich noch nie hier war«, erwiderte Milla.

»Ja, das habe ich mir schon gedacht …«

Merken die beiden eigentlich, welchen Unsinn sie da gerade reden?

Sofia musste an sich halten, um nicht laut zu lachen. Aber wahrscheinlich hätten Fynn und Milla nicht einmal das bemerkt. Vermutlich wussten die beiden nicht einmal mehr, dass noch jemand im Laden war. Selbst als sie sich räusperte, lenkte das die beiden nicht voneinander ab.

»Ich bin Milla, Emils Mutter«, stellte ihre beste Freundin sich vor. »Vielleicht kennst du ihn. Er wohnt bei Bengt und seiner Familie.«

»Natürlich kenne ich ihn«, sagte Fynn. »Er gehört zu der Gruppe von Kindern, die Mattias das Schwein geklaut haben.«

»Emil hat geklaut?« Plötzlich schien sich Milla wieder daran zu erinnern, dass Sofia noch da war. Entsetzt wandte sie sich ihr zu.

»Ja ... Nein ...« Sofia ärgerte sich, weil sie Milla noch nicht erzählt hatte, wie Smågris ins Haus gekommen war. »Also, nicht so wirklich. Eigentlich ist das eine ganz lustige Geschichte.«

»Wenn mein Sohn gestohlen hat, kann ich darüber nicht lachen.« Milla schüttelte den Kopf.

»Mattias hat das verdient. Außerdem hat Bengt das Ferkel ja bezahlt«, kam Fynn Sofia zu Hilfe, doch Milla sah nicht zufrieden aus.

»Ich will die ganze Geschichte hören!«, verlangte sie.

»Wenn die Kinder das Ferkel nicht gerettet hätten, wäre es am Spieß gelandet.« Sofia grinste, als Milla sie entsetzt anstarrte. »Bengt hat Smågris wirklich bezahlt, und damit ist die ganze Sache erledigt.«

»Nicht ganz.« Milla wirkte besorgt. »Ich muss trotzdem noch ein Gespräch mit meinem Sohn führen.«

»Sei nicht zu streng mit ihm«, bat Fynn. »Immerhin haben die Kinder ein Leben gerettet.«

Milla schaute ihn an und lächelte plötzlich wieder.

»Ich werde daran denken«, versprach sie.

»Kommst du morgen zur Midsommarfeier ins Dorf?«, fragte er. Es war Fynn deutlich anzusehen, welche Antwort er sich erhoffte.

»Ja, ich freue mich schon sehr darauf.«

»Ich freue mich auch. Jetzt noch ein bisschen mehr«, versicherte er.

»Wenn du mir zwei Brote verkaufst, würde ich mich auch freuen.« Sofia schmunzelte, doch dann betrat Mats den Laden, und ihre Miene veränderte sich augenblicklich. Sie wollte nur noch raus hier!

»Du kommst genau zum richtigen Zeitpunkt«, rief Fynn fröhlich aus. Offensichtlich war ihm Sofias Reaktion völlig entgangen. »Jetzt kann ich euch gleich meinen Bruder Mats vorstellen.«

»Er ist dein Bruder?« Sofia schaute die beiden Männer abwechselnd an, und auf einmal wusste sie, wieso Fynn ihr so bekannt vorgekommen war. Es war der Ausdruck seiner Augen, die Art, wie er sich bewegte und sprach.

»Es ist kein Zufall, dass wir uns hier begegnet sind«, sagte Mats verhalten. »Byn ist mein Heimatdorf, ich bin hier aufgewachsen.«

»Wir müssen nach Hause. Gösta wartet mit dem Abendessen«, stieß Sofia hervor und stürmte – ohne Brot – aus dem Laden.

Es dauerte eine Weile, bis Milla hinterherkam. Dabei brachte sie das Kunststück fertig, die Tüte mit den Broten zu tragen und sich gleichzeitig auf ihren Gehhilfen abzustützen.

»Tut mir leid«, entschuldigte sich Sofia leise, als sie in den Wagen stieg.

Milla nickte. »Noch eine Geschichte, die du mir erzählen musst«, stellte sie fest.

Kapitel 19

Die Midsommarstång auf dem Marktplatz war mit Blumen und Blättern geschmückt. Die ganze Dorfgemeinschaft hatte für das Essen gesorgt und stellte alles auf die langen Tische, die eine Art Büfett bildeten.

Die Jungen waren bereits mit Gösta zum Marktplatz gegangen. Hand in Hand erschienen nun auch Sofia, Milla, Ronja und Greta. Sie alle trugen Sommerkleider und, ebenso wie die meisten anderen Frauen, bunte Blumenkränze auf dem Kopf.

Fynn kam auf sie zu und blieb vor Milla stehen.

»Du siehst toll aus.« Er lächelte verlegen, als ihm bewusst wurde, dass sie nicht allein waren. »Ihr seht alle sehr schön aus.«

»Danke.« Milla war ebenfalls verlegen – umso mehr, da Sofia ihr gestern erzählt hatte, woher sie Mats kannte. Die ganze Geschichte!

»Trinken wir etwas zusammen«, schlug Fynn vor und hielt ihr den Arm hin, um sie zu stützen.

Unsicher schaute Milla zu Sofia. Offenbar wollte sie gerne zusagen, aber gleichzeitig auch ihrer Freundin gegenüber loyal bleiben.

Sofia nickte ihr zu und lächelte. Auf keinen Fall würde sie Milla den Abend verderben. Außerdem richtete sich ihre Abneigung ja auch nicht gegen Fynn. Ganz im Gegenteil, sie mochte ihn nach wie vor.

Milla nahm Fynns Arm und humpelte neben ihm her zu einer improvisierten Theke.

Gösta stand hinter einem der Tische, auf denen die ganzen Speisen aufgebaut wurden. Er kümmerte sich um die Dekoration, flirtete mit zwei älteren Damen und schien völlig in seinem Element zu sein. Offensichtlich fühlte er sich wohl, obwohl er heute Morgen noch befürchtet hatte, dass ihn die Erinnerung an seine letzte Midsommarfeier überkommen würde.

Bengt hatte zwar nichts gesagt, dennoch war sich Sofia sicher, dass auch ihn diese Angst quälte. Ob er deshalb seine Ankunft hinauszögerte?

Kurz bevor sie mit den anderen losgegangen war, hatte er angerufen und gesagt, er müsse erst noch etwas in seinem Labor erledigen und werde später nachkommen.

Die Musiker packten bereits ihre Instrumente aus, einer von ihnen stimmte seine Geige. Hampus war auch dabei, er würde auf seinem Akkordeon spielen. Doch zunächst eilte er zur Theke und stellte zwei Flaschen seines Selbstgebrannten darauf ab.

Als die Musiker ihr erstes Stück spielten, wollte Greta wissen, wo Emil war.

»Ich habe ihn eben bei Gösta gesehen«, sagte Sofia. »Was willst du denn von ihm?«

»Er muss mit mir tanzen«, erwiderte das Mädchen in einem Tonfall, als wäre das eine absolute Selbstverständlichkeit.

»Ich verstehe.« Sofia lachte. »Dann wünsche ich dir viel Spaß. Hoffentlich kannst du ihn dazu bringen.«

»Natürlich schaffe ich das.« Die Kleine trippelte in ihrem weit schwingenden Trachtenrock davon. Eine Hand hatte sie in die Hüfte gestemmt.

»Und was machen wir jetzt?«, wandte sich Sofia an Ronja.

Bengts Älteste schaute zu einer Gruppe Mädchen hinüber, sagte aber nichts.

Sofia verstand auch so. »Geh nur zu ihnen«, sagte sie lächelnd.

»Ich will dich aber nicht allein lassen.«

»Sie ist nicht allein.« Astrid kam dazu. Sie schob einen Kinderwagen vor sich her. Hendrik folgte ihr, an jeder Hand eines der Zwillingsmädchen. Die beiden trugen auch Blumenkränze auf dem Haar, Astrid hatte allerdings darauf verzichtet.

»Ich musste meinen Kranz leider zu Hause lassen«, berichtete sie. »Das Baby schreit sofort los, wenn ich ihn aufsetze. Bei seinen Schwestern macht Patrik dieses Theater nicht.«

Sofia beugte sich über den Kinderwagen. Auch bei ihrem Anblick verzog das Baby keine Miene, sondern schaute sie bloß aus großen Augen an.

»Ist der süß.« Ronja bewunderte den Kleinen ebenfalls,

doch dann wollte sie nur noch zu ihren Freundinnen. »Ist es wirklich okay?«

»Geh schon«, sagte Sofia.

»Danke«, flüsterte Ronja und umarmte sie. »Für alles.« Sie ließ Sofia wieder los. »Und viel Spaß.«

»Wer ist denn die Frau da bei Fynn?«, wollte Astrid wissen.

Sofia folgte ihrem Blick. Fynn hatte Milla zu einer der langen Bänke gebracht, damit sie sich setzen konnte. Die beiden unterhielten sich angeregt.

»Das ist meine Freundin Milla aus Stockholm«, antwortete Sofia.

»Die beiden scheinen sich ja gut zu verstehen«, stellte Astrid schmunzelnd fest.

»Kein Wunder: Milla ist Bäckerin«, erwiderte Sofia trocken.

»Oh, prima«, rief Astrid erfreut. »Vielleicht bekommen wir ja so gleich zwei Junggesellen unter die Haube.«

»Wie bitte?« Sofia glaubte, sich verhört zu haben.

»Na ja …« Astrid wand sich mit unbehaglicher Miene. »Wir dachten, dass du und Bengt …« Sie brach ab, schien nicht zu wissen, was sie noch sagen sollte.

»Typisch Astrid«, kommentierte Hendrik die Bemerkungen seiner Frau. »Sie lässt kein Fettnäpfchen aus. Während der Schwangerschaft hatte ich die Hoffnung, dass sich das ändert, weil sie da ein wenig zurückhaltender war. Aber seit das Baby da ist, kommt auch die alte Astrid wieder zum Vorschein.«

»Das Wort ›alte‹ will ich überhört haben«, murmelte seine Frau. Dabei schaute sie Sofia an, die immer noch mit ihrer Fassungslosigkeit kämpfte.

»Was meinst du damit, ich und Bengt? Und überhaupt, wer denkt das?«

Alleine die Frage schien Astrid zu verwundern.

»Das ganze Dorf«, erwiderte sie, als wäre es die selbstverständlichste Sache der Welt. »Wir wollen alle, dass Bengt wieder glücklich wird. Und wir finden alle ...«

»Stopp!« Sofia hob beide Hände. »Ich bin nur hier, weil Bengt den Unfall hatte, an dem ich ... nun ja ... nicht so ganz unbeteiligt war. Sobald er seine Schulter wieder voll belasten kann, fahre ich nach Hause.«

Du hast kein Zuhause!

Sofia überhörte die Stimme in ihrem Innern.

»Ich sitze sozusagen auf gepacktem Koffer«, behauptete sie.

Lügnerin!

»Ich bin eigentlich nur auf der Durchreise. So bald wie möglich reise ich wieder ab.«

Du willst hier überhaupt nicht weg!

Zum Glück konnte Astrid ihren inneren Kampf nicht hören. Sie schaute Sofia nur an, mit einem Lächeln, das deutlich zum Ausdruck brachte, wie wenig sie ihr glaubte.

»Abgesehen davon können Bengt und ich uns nicht ausstehen«, behauptete Sofia nicht ganz wahrheitsgemäß. Niemand sollte wissen, was sie wirklich fühlte. »Wir streiten uns doch ständig.« Auch das entsprach nicht mehr der Wahrheit.

Astrids Lächeln wurde zu einem breiten Grinsen. »Das ist die beste Voraussetzung für eine glückliche Beziehung!«

Astrids Worte brachten Sofia erst recht in Verlegenheit. Sie spürte, wie sich ihre Wangen verfärbten.

Hendrik schaute seine Frau mit gespielter Verzweiflung an, dann wandte er sich Sofia zu.

»Eigentlich sind wir Schweden ja ein zurückhaltendes, sehr diskretes Volk«, behauptete er. »Leider hält Astrid sich so gar nicht daran.«

»Nach allem, was ich jetzt gehört habe, trifft das auf die ganze Dorfgemeinschaft zu«, erwiderte Sofia ironisch. »Ich finde es bemerkenswert, wie viel Anteil hier alle am Leben anderer nehmen.«

»Und jetzt ist Sommer«, gab Astrid im gleichen Tonfall zurück. »Du musst uns erst einmal im Winter erleben, wenn draußen Schnee liegt und wir nicht mit der Feldarbeit beschäftigt sind.«

Sofia musste lachen. Sie dachte daran, dass sie sich selbst schon gewünscht hatte, den Wechsel der Jahreszeiten hier zu erleben. Wie spannend musste es erst sein, Teil dieser Dorfgemeinschaft zu sein. All diese herzlichen und liebenswerten Menschen …

»Ist Bengt nicht da?« Eine junge Frau mit langem, wallendem Haar unter dem obligatorischen Blumenkranz trat zu ihrer Runde. Mit ihrer eng anliegenden Lederhose und dem tief ausgeschnittenen Shirt stach sie aus allen anderen Besucherinnen hervor.

»Hallo Frida«, grüßte Sofia und musterte sie von Kopf

bis Fuß. »Ohne dein Huhn hätte ich dich fast nicht erkannt.«

Inger und Dag kamen zum Fest, als Astrid und Hendrik sich gerade verabschiedeten, weil sie wegen der Kinder nicht so lange bleiben konnten.

»Im nächsten Jahr werde ich mit dir Hampus' Selbstgebrannten trinken«, prophezeite Astrid.

»Im nächsten Jahr bin ich nicht mehr da«, erwiderte Sofia grinsend.

»Wir werden sehen …« Astrid schaute an ihr vorbei. »Hej, Inger. Schön, dich mal wieder hier zu sehen, Dag.«

Auch Hendrik begrüßte die beiden, bevor er und seine Frau sich endgültig verabschiedeten.

Inger stellte Sofia und Dag einander vor. Aus der Nähe konnte sie erkennen, dass Dag unglaublich blaue Augen hatte, die sie freundlich musterten. Doch jedes Mal, wenn er Inger anschaute, war sein Blick voller Liebe.

»Ist Bengt nicht da?« Suchend schaute Inger sich um.

»Noch nicht«, erwiderte Sofia betont beiläufig. »Er hatte noch im Labor zu tun.«

Inger nickte mit unergründlichem Blick. »Ich verstehe.«

Und sie verstand wirklich, das erkannte Sofia in diesem Moment.

»Alle anderen sind da«, stellte die Künstlerin fest.

Sie hatte Gösta gesehen, der gerade mit einer der beiden älteren Damen dafür sorgte, dass die Kinder etwas aßen.

Ronja stand mit ihren Freundinnen in der Nähe der

Musiker. Nicht weit von ihnen entfernt hielten sich gleichaltrige Jungen auf. Es war ein gegenseitiges Beobachten, Necken, erstes Entdecken und die Erkenntnis, dass das jeweils andere Geschlecht nicht mehr ganz so uninteressant war.

»Schöne Jugendzeit«, sagte Inger verträumt. Plötzlich lachte sie auf. »Gut, dass es vorbei ist und wir uns gefunden haben.« Sie hängte sich bei Dag ein und schaute zärtlich zu ihm auf.

Er lächelte liebevoll und nickte.

Und dann war plötzlich Bengt da. Sofia hatte ihn nicht kommen sehen, deshalb zuckte sie ein wenig zusammen, als er neben ihr auftauchte und in die Runde grüßte. Obwohl er lächelte, spürte Sofia seine Anspannung. Am liebsten hätte sie tröstend nach seiner Hand gegriffen, doch das wagte sie nicht. Sie kannte ihn zu wenig, um zu wissen, wie eine solche Geste bei ihm ankam, und eine Zurückweisung wollte sie nicht riskieren.

Im Laufe des Abends entspannte sich Bengt allmählich, und plötzlich war auch Frida wieder da.

»Ich habe so gehofft, dass du kommst«, gurrte sie, hängte sich bei Bengt ein und sagte in die Runde: »Ihr habt hoffentlich nichts dagegen, dass ich ihn einen Augenblick entführe?«

»Und wenn doch?«, fragte Inger herausfordernd. »Lässt du ihn und uns dann in Ruhe?«

Frida reckte angriffslustig das hübsche Kinn in die Höhe.

»Ich glaube, das kann Bengt ganz allein entscheiden.

Nicht wahr?« Verführerisch zwinkerte sie dem Tierarzt zu. »Nur einen ganz kurzen Moment«, lockte sie. »Ich muss dich etwas Dringendes fragen.«

»Und das kannst du nicht hier im Beisein der anderen?«, fragte Bengt ungeduldig.

»Nein.« Ihr Gesicht nahm einen gereizten Ausdruck an. »Hast du nicht einmal ein paar Minuten Zeit für mich?«

Seufzend gab Bengt Fridas Drängen nach.

»Entschuldigt mich einen Augenblick«, bat er, dann entfernten sich die beiden ein paar Schritte von der Gruppe.

Sofia konnte beobachten, wie Frida nun wieder kokett lächelte. Sie schaute zu Bengt auf, wickelte dabei eine Strähne ihres langen Haares um einen Finger und lächelte. Bengts Gesicht konnte Sofia nicht sehen, weil er ihr den Rücken zuwandte.

»Dieses Biest lässt keine Gelegenheit aus, sich an Bengt heranzumachen«, sagte Inger zähneknirschend. »Damit hat sie bereits auf der Beerdigung seiner Frau angefangen.«

Sofia schaute sie fassungslos an.

Inger nickte. »Sie hat es sich in den Kopf gesetzt, Bengts zweite Frau zu werden. Daraus macht sie auch keinen Hehl.«

»Du solltest vorsichtig sein, Sofia«, zog Dag sie auf. »Sie weiß, dass du die einzige Person bist, die ihre Pläne gefährden kann. Seit du bei Bengt wohnst ...«

Sofia ließ ihn nicht ausreden. Sie hatte keine Lust auf die Fortsetzung des Gesprächs, das sie bereits mit Astrid geführt hatte.

»Ich gefährde ihre Pläne ganz bestimmt nicht«, versicherte

sie. »Zwischen Bengt und mir ist nichts. Egal, was alle anderen glauben.« Es war ihr überhaupt nicht egal, was die anderen glaubten. Es gehörte zu ihrem Selbstschutz, ihre Gefühle tief in sich einzuschließen.

Sie sah, dass Inger und Dag sich einen schnellen Blick zuwarfen, aber beide sagten nichts mehr.

Kurz darauf kam Bengt zurück. Er wirkte ärgerlich, doch sobald er bei ihnen stand, lächelte er wieder.

»Was wollte sie denn?«, fragte Inger indiskret.

»Nichts Wichtiges.« Bengt begann plötzlich zu lachen.

»Dann kannst du es ja auch erzählen«, bohrte Inger weiter nach.

»Hast du schon einmal etwas von ärztlicher Schweigepflicht gehört?«

Inger lachte nun ebenfalls. »Gilt das auch für Hühner?«

Bengt schüttelte den Kopf. »Bei dem Gespräch ging es nicht um Emma.«

»Das Huhn habe ich auch nicht gemeint«, erwiderte Inger boshaft und warf einen bezeichnenden Blick in Fridas Richtung.

Die junge Frau hielt sich immer noch in der Nähe der Gruppe auf und ließ Bengt nicht aus den Augen.

»Ich habe Hunger«, wechselte Bengt das Thema und griff nach Sofias Arm. »Begleitest du mich zum Büfett?«

Noch vor ein paar Stunden hätte sie sich darüber keine Gedanken gemacht, aber jetzt war sich Sofia bewusst, dass diese Geste von allen registriert wurde. Kein Wunder, dass Frida ihr giftige Blicke zuwarf.

»Ja«, sagte sie dennoch.

Dag und Inger kamen ebenfalls mit.

Sofia staunte über die Vielzahl an Köstlichkeiten, die aufgetragen worden waren.

»Früher hat Gösta das koordiniert, damit es nicht nur eingelegten Hering oder Erdbeeren mit Sahne gab«, berichtete Inger. »Doch in den letzten Jahren hat Fynn das übernommen. Das ganze Brot stammt aus seiner Bäckerei.«

Sofia fragte sich, wo Fynn überhaupt war. Und vor allem: Wo war Milla?

Sie ließ ihren Blick über die Tischreihen wandern, konnte die beiden aber nicht entdecken. Sie waren auch nicht am Büfett oder am Getränkestand. Bis auf Ronja, die sich immer noch bei ihren Freundinnen aufhielt, war auch keines der Kinder zu sehen.

Beunruhigt erkundigte sie sich bei Gösta.

»Fynn und Milla sind mit den Kleinen nach Hause gegangen«, wusste er zu berichten. »Für die Kinder wurde es allmählich zu spät und für Milla zu anstrengend.«

Sofia war besorgt. »Vielleicht hätte ich mit ihnen gehen sollen.«

»Ich glaube nicht.« Gösta schüttelte bedächtig den Kopf. »Genieß du den Abend.« Er lächelte sie an. »Ich bin sicher, die beiden genießen ihn auch.«

Während des Essens wurde fleißig dem Alkohol zugesprochen, und danach begann der lustige Teil des Abends. Jemand stimmte »Små grodorna« an, das Froschlied, das traditionell an Midsommar gesungen wurde. Dann begannen die ersten ihren Tanz um die Midsommårstang. Auch Sofia und Bengt wurden mitgezogen. Sie ließen sich treiben, lachten, tanzten und sangen mit.

Genau so musste Midsommar sein. Genau so hatten sie das Fest früher auch in Sofias Heimatdorf gefeiert.

Als sie daran dachte, fiel ihr ein, dass sie Mats und Maja nirgendwo gesehen hatte. Nun, das war auch gut so, denn sonst hätte sie den Abend nicht genießen können.

In den frühen Morgenstunden machten sich Sofia und Bengt auf den Heimweg. Noch nie zuvor war ihr der Weg am Ufer entlang so beschwerlich vorgekommen. Ständig stolperte sie, und einmal wäre sie sogar gestürzt, wenn Bengt sie nicht festgehalten hätte. Dabei stand er selbst nicht mehr sehr fest auf den Beinen.

»Du hascht z'viel getrunken«, sagte er.

»Hab'sch nich«, behauptete Sofia. »Nur dr See dreht sch so schnell.«

»Hab da noch was.« Bengt zog eine halbvolle Schnapsflasche aus seiner Jackentasche. »Hat Hampus mir zugesteckt.«

»Hab'sch genug«, meinte Sofia, als er die Flasche öffnete, doch gleichzeitig griff sie danach, um einen Schluck zu trinken.

»Isch'ach«, sagte Bengt, als sie ihm die Flasche zurückgab, und nahm ebenfalls noch einen kräftigen Zug.

Sofia schaute ihm zu und begann plötzlich zu lachen. Dabei deutete sie mit dem Finger neben seinen Kopf.

»Du hascht 'nen Swilling.«

»Echt?« Bengt schaute neben sich. »Seh'sch nisch.« Er trank noch einen Schluck und gab die Flasche dann wieder zurück. »Das Zeuch muss wech. Is nich gut.«

»Widerliches Zeuch«, stimmte Sofia ihm zu. Nach dem nächsten Schluck konnte sie sich nicht mehr auf den Beinen halten. Sie setzte sich einfach ins Gras und schaute über den See. »Is schön hier.«

»Ja.« Er schaute auch über den See. Dann streckte er ihr die Hand entgegen. »Steh auf, will'ns Bett.«

»Kann'nich«, murmelte Sofia. »Bin müde.«

Bengt und sein Zwilling ließen sich neben ihr ins Gras fallen. Die beiden Köpfe schauten sie an, und dann sagten sie etwas ganz und gar Unglaubliches ...

»Ich liebe dich.«

Sofia lächelte. »Ich liebe euch auch.«

Kapitel 20

Die Sonne schien hell vom Himmel, als Sofia erwachte. Vor ihr lag der See, still und blau. Nachdenklich runzelte sie die Stirn. Wie war sie hierhergekommen?

Nach ein paar Sekunden kam sie zu der Erkenntnis, dass sie zum gründlichen Nachdenken noch nicht fähig war. Ihr Kopf schmerzte, ihre Lider brannten, und Bengt liebte sie.

»Oh mein Gott«, flüsterte sie.

Es war nur der Hauch einer Erinnerung. Sie probierte es erneut mit dem Nachdenken. Ja, er hatte ihr gesagt, dass er sie liebte. Oder doch nicht?

Wo war er überhaupt? Sofia wandte den schmerzenden Kopf nach rechts und nach links. Bengt war nirgendwo zu sehen.

Habe ich mir das alles nur eingebildet, den gemeinsamen Heimweg, seine Liebeserklärung? War er jemals mit mir am See? Oder ist das reines Wunschdenken?

Sie beschloss, noch eine Weile sitzen zu bleiben und in aller Ruhe darüber nachzugrübeln. Im Moment war sie ohnehin noch nicht dazu in der Lage, aufzustehen und nach Hause zu gehen.

Allmählich schlief sie wieder ein. Als sie das nächste Mal

aufwachte, lag sie auf einem harten Untergrund, der sie durchschüttelte.

»Was ist denn?«, murmelte sie.

Sie öffnete die Augen und schaute hinauf in Baumkronen, die sich rasch zu bewegen schienen. Dann blieben sie stehen, und Göstas Gesicht tauchte über ihr auf.

»Die wichtigste Regel, wenn du hier in Byn bleiben willst: Halte dich von Hampus' Schnaps fern«, sagte er grinsend.

»Nie wieder!«, schwor sie nicht nur Gösta, sondern vor allem sich selbst.

Als sie sich umschaute, wurde ihr bewusst, dass sie in einer Schubkarre lag.

»Gösta!«, rief sie empört aus.

»Irgendwie muss ich dich doch nach Hause schaffen«, rechtfertigte er sich.

Obwohl Sofia noch nicht ganz nüchtern war, bemerkte sie das amüsierte Zucken seiner Mundwinkel. Sie versuchte aufzustehen, schaffte es aber erst, als Gösta ihr dabei half.

»Wo ist Bengt?«, fragte sie.

»Im Bett. Glaube ich jedenfalls.«

Er hatte sie einfach um Ufer liegen lassen? Aber war er überhaupt da gewesen? Hatte er ihr wirklich gesagt, dass er sie liebte? Und hatte sie ihm nicht auch eine Liebeserklärung gemacht?

Sofia verzweifelte fast an der Ungewissheit!

»Woher hast du gewusst, wo du mich findest?« Fragend schaute sie Gösta an.

Er zögerte einen Augenblick.

»Mats hat mich angerufen«, sagte er dann. »Er hat dich vom Boot aus gesehen.«

Mats also. Sofia wusste nicht, ob sie enttäuscht oder erleichtert sein sollte, weil es nicht Bengt gewesen war. Sie wünschte sich so sehr, dass er ihre Gefühle erwiderte. Und hieß es nicht immer, dass Betrunkene und Kinder die Wahrheit sagten?

Aber wenn er wirklich bei ihr gewesen war und ihr seine Liebe gestanden hatte, wie konnte er sie dann allein am See zurücklassen?

»Ist alles in Ordnung mit dir?«, vergewisserte sich Gösta. Sorge schwang in seiner Frage mit.

»Ja.« Sie brachte ein bemühtes Lächeln zustande. »Es ist nur ...« Nichts von dem, was ihr durch den Kopf ging, sollte über ihre Lippen kommen.

»Hampus' Schnaps?«, half Gösta nach.

»Ja.« Sofia nickte. »Das Zeug ist wirklich gefährlich.«

Gösta wies auf die Schubkarre. »Soll ich dich nicht doch lieber nach Hause fahren? Du siehst nicht gut aus.«

Sofia lehnte entschieden ab. Sie wollte sich wenigstens einen Rest ihrer Würde bewahren.

»Oje, du siehst aber schlimm aus«, sagte Milla mitfühlend.

»Und du geradezu unverschämt gut.« Sofia ließ sich schwer auf einen Stuhl fallen. Glücklicherweise waren die Kinder gerade nicht da, sie sollten sie in diesem Zustand nicht sehen.

»Kaffee?« Gösta stellte eine gefüllte Tasse vor sie auf den Tisch, und Sofia lächelte ihn dankbar an.

»Möchtest du auch etwas essen?«, fragte Milla. »Soll ich dir ein Brot machen?«

»Nur nichts essen«, lehnte Sofia entsetzt ab. Am liebsten hätte sie noch einmal nach Bengt gefragt ...

In diesem Moment kam Lasse mit unzufriedener Miene in die Küche.

»Wo ist Papa? Er wollte Emil und mich doch heute zu Hampus mitnehmen.«

»Ich glaube kaum, dass Hampus heute Besuch empfängt.« Gösta lächelte. »Und dein Vater liegt wahrscheinlich noch im Bett.«

Lasse schüttelte den Kopf. »Er ist nicht in seinem Zimmer. Da habe ich zuerst nachgesehen.«

Jetzt wirkte auch Gösta beunruhigt. Fragend schaute er Sofia an. »Habt ihr zusammen das Fest verlassen?«

»Ich bin mir nicht sicher. Ich meine mich daran zu erinnern ...« Sie brach ab und zuckte hilflos mit den Schultern. Mühsam erhob sie sich. »Wir müssen ihn suchen.«

»Du nicht«, sagte Gösta sehr bestimmt. »Du gehst ins Bett. Milla passt auf die Kinder auf, und ich mache mich auf die Suche.«

Sofia ließ sich nicht umstimmen, obwohl ihre Kopfschmerzen immer stärker wurden. Sie machte sich große Sorgen. Hoffentlich war Bengt nicht betrunken in den See gefallen.

»Lass uns aufbrechen!« Sie wollte gerade durchs Haus

zum Vordereingang gehen, als Ronja durch die Terrassentür in die Küche trat.

»Kommst du auch jetzt erst nach Hause?«, fragte Sofia erschrocken.

»Natürlich nicht. Ich war pünktlich zu Hause. Ich habe mich heute Morgen mit meinen Freundinnen zum Aufräumen auf dem Marktplatz getroffen.«

»Hast du zufällig irgendwo deinen Vater gesehen?«, fragte Gösta vorsichtig.

Wahrscheinlich wollte er Ronja nicht beunruhigen, doch Lasse war da weniger feinfühlig.

»Papa ist nämlich verschwunden«, verkündete er.

»Nein, ist er nicht.« Ronja zog ärgerlich die Augenbrauen zusammen. »Ich habe ihn heute Morgen gesehen. Ausgerechnet mit Frida, der blöden Kuh. Die beiden sind zusammen in ihr Haus gegangen.« Sie schaute Sofia an. »Dabei dachte ich …«

Das Mädchen brach ab und senkte mit unglücklicher Miene den Blick.

Sofia versuchte, den Schmerz in ihrem Innern zu ignorieren, doch so ganz wollte ihr das nicht gelingen.

Ich habe es gewusst, dachte sie. *Die Liebe ist nicht für mich bestimmt, und wenn ich es versuche, tut es nur weh.*

Betont munter, so als wäre es ihr völlig egal, sagte sie: »Dann wissen wir ja jetzt alle, dass es ihm gut geht, und ich kann mich endlich hinlegen. Bis später.«

Sie schaffte es tatsächlich, in die Runde zu lächeln, gemächlichen Schrittes die Küche zu verlassen und ebenso die

Treppe hinaufzusteigen. Erst als sie die Tür ihres Zimmers hinter sich geschlossen hatte, kamen die Tränen. Sie presste fest die Lippen aufeinander, um nicht laut aufzuschluchzen.

Jetzt weine ich, aber sobald ich dieses Zimmer verlasse, schließe ich den Schmerz ganz tief in mir ein, nahm sie sich fest vor. *Nie wieder werde ich es zulassen, dass ich so verletzt werde. Nie wieder!*

Sofia verbrachte den Tag in ihrem Zimmer. Als Milla einmal kurz nach ihr schaute, gab sie vor, dass sie immer noch unter den Folgen des vergangenen Abends litt.

»Bist du sicher, dass es nur an zu viel Alkohol liegt?« Milla schaute sie prüfend an.

»Was soll denn sonst sein?« Sofia lachte und verzog gleich darauf schmerzhaft das Gesicht. »Selbst das Lachen tut weh.«

»Und was ist mit Bengt?«, fragte ihre Freundin leise. »Tut das auch weh?«

Sofia wappnete sich innerlich und brachte das Kunststück fertig, erstaunt auszusehen.

»Ich weiß nicht, was du meinst«, behauptete sie und hielt sogar Millas Blicken stand.

»Gut!« Endlich hörte Milla auf, sie anzustarren. »Sehr gut. Du bist meine Freundin, und ich will nicht, dass dir noch einmal jemand das Herz bricht. Nach Mats und Rune hast du es verdient, endlich glücklich zu werden.«

»Rune hat mir nicht das Herz gebrochen«, versicherte Sofia. »Zumindest das muss ich ihm zugutehalten.«

»Aber er hat dich auch nicht glücklich gemacht«, wandte Milla ein.

»Es ist nicht seine Schuld, dass ich ihn nicht geliebt habe.« Sofia lächelte. »Sei mir nicht böse, aber ich möchte gerne noch ein wenig schlafen.«

»Natürlich.« Milla ging zur Tür. »Melde dich einfach, wenn du etwas brauchst.«

Grinsend wies Sofia auf ihr Handy, das neben ihr auf dem Nachttisch lag. »Ich schreibe dir dann eine Nachricht.«

»Schlaf gut.« Endlich verließ Milla das Zimmer, und Sofia ließ sich erschöpft zurück in die Kissen fallen. Es hatte sie unglaublich angestrengt, so zu tun, als wäre außer ihrem Brummschädel alles in Ordnung.

Morgen ist alles wieder okay, machte sie sich selbst Mut. Dabei wusste sie ganz genau, dass das nicht stimmte.

Auch am Sonntag hielt Sofia sich überwiegend in ihrem Zimmer auf. Die Wirkung des Alkohols war verflogen, und die Realität ernüchterte sie zusätzlich. Heute fiel ihr aber auf, was ihr noch gestern entgangen war.

»Du sollst doch keine Treppen steigen«, sagte sie, als Milla das Zimmer betrat.

»Ich weiß.« Milla setzte sich zu ihr auf die Bettkante. »Aber ich konnte dich doch hier nicht ganz allein lassen. Und die Kinder wollte ich dir in deinem Zustand nicht zumuten. Gösta bringt dir gleich einen Kaffee. Er ist der Meinung, dass du jetzt aber auch eine gute Freundin brauchst.«

»Ich bin euch beiden ja auch sehr dankbar«, erwiderte

Sofia mit hörbarer Ironie. »Aber ich befinde mich nicht in einem ›Zustand‹, wie du es nennst, ich habe einfach nur zu viel getrunken. Wenn das mit dir und Fynn etwas werden sollte und du hierbleiben möchtest, warne ich dich jetzt schon mal eindringlich vor Hampus und seinem Schnaps.«

»Ich merke es mir«, versprach Milla.

Sofia war froh über den Themenwechsel.

»Also, wird das was mit Fynn und dir?«, wollte sie wissen.

»Keine Ahnung.« Milla lächelte. »Ich habe ihn doch gerade erst kennengelernt.«

»Vielleicht bietet er dir jetzt doch einen Job an. Dann kannst du bleiben und ihn besser kennenlernen. Emil würde sich bestimmt freuen.«

»Ein solches Angebot würde ich niemals annehmen. Wenn einer von uns beiden dann feststellt, dass es mit uns doch nicht passt ...« Milla schüttelte den Kopf. »Nein, das will ich nicht.«

»Das ist schon eine komplizierte Sache mit der Liebe«, sagte Sofia leise.

»Ja«, stimmte ihre Freundin ihr zu. Dann lächelte sie wieder. »Aber du bist ja nicht verliebt, also musst du dir darüber auch keine Gedanken machen.«

Kapitel 21

Sofia wusste, dass sie Bengt nicht für immer aus dem Weg gehen konnte. Aber nach den beiden Tagen in ihrem Zimmer fühlte sie sich stark genug, um ihm scheinbar unbefangen gegenüberzutreten.

Sie saß mit den anderen am Frühstückstisch, als er in die Küche kam.

»Guten Morgen.« Er wirkte unsicher.

Sofia grüßte ebenso wie alle anderen und lächelte ihn dabei an. Dann wandte sie sich wieder ihrem Frühstück zu, als gäbe es nichts Wichtigeres.

»Kommst du nachher in die Praxis?«, fragte Bengt.

Sofia tat so, als wäre sie überrascht. »Ja, warum nicht?«

»Ich wollte nur wissen, ob es dir gut genug geht.«

»Es geht mir wieder ausgezeichnet.« Sie schaute ihm direkt ins Gesicht. »Und so etwas wird mir ganz bestimmt nicht noch einmal passieren.«

»Bis zum nächsten Midsommarfest.« Lasse grinste sie an. »Ich wette, dann bringt Hampus wieder seinen Schnaps mit. Das tut er immer.«

»Das kann er auch ruhig.« Sofia lächelte in die Runde. »Denn dann bin ich ja längst nicht mehr da.«

»Wo gehst du denn hin?«, fragte Greta mit weinerlichem Stimmchen. »Ich will nicht, dass du weggehst.«

»Aber Greta, du hast doch gewusst, dass ich nur bleibe, bis dein Vater wieder gesund ist.« Es tat Sofia unendlich leid, dass sie mit ihrer Bemerkung, die in erster Linie für Bengt bestimmt gewesen war, ausgerechnet die Kleine getroffen hatte.

Greta sprang von ihrem Stuhl, kam um den Tisch herumgelaufen, setzte sich auf Sofias Schoß und schmiegte sich fest an sie.

»Ich hab dich ganz doll lieb«, wisperte sie.

»Ich hab dich auch lieb.« Sofia kämpfte mit den Tränen. »Und auch wenn ich wieder zu Hause bin, können wir zumindest immer miteinander telefonieren.«

»Ich finde es aber schöner, wenn du hier bist.«

»Noch bin ich ja da.«

»Vielleicht fährt Sofia deinen Papa ja noch einmal kaputt, dann muss sie länger bleiben«, versuchte nun sogar Emil, das kleine Mädchen aufzumuntern.

»Keine Chance«, erwiderte Bengt. »Sobald ich euren Olof auch nur von weitem sehe, gehe ich in Deckung.«

Trotz dieser flapsigen Bemerkung war auch ihm die Rührung anzusehen, die Gretas Geste der Zuneigung zu Sofia bei allen auslöste.

»Müssen wir dann auch weg?« Bang sah Emil seine Mutter an.

»Das geht nicht«, sagte Lasse feixend. »Wer soll dann unsere Greta heiraten?«

»Ich heirate die nicht«, stellte Emil auch diesmal wieder klar, und darüber geriet das Abreisethema in den Hintergrund.

Greta hob das Köpfchen.

»Doch, das machst du«, sagte sie freundlich.

Emil schaute Milla fragend an. »Ich muss die doch nicht heiraten, wenn ich nicht will?«

Greta kam Milla zuvor.

»Doch, das musst du«, behauptete sie, blieb dabei aber unvermindert freundlich.

»Wenn du Greta heiratest, kannst du für immer bei uns wohnen«, argumentierte Lasse.

»Echt?« Plötzlich schien Emil die Dinge mit anderen Augen zu sehen. »Gut«, stimmte er zu. »Dann heirate ich dich eben doch.«

»Dann seid ihr beide jetzt verlobt«, stellte Lasse fest.

Frida stand bereits vor der Praxis, als Sofia dort eintraf. Bengt hatte angeblich zu Hause noch ein wichtiges Telefonat führen wollen, aber Sofia war davon überzeugt, dass er schlichtweg vermeiden wollte, mit ihr allein zu sein.

»Wo ist Bengt?«, fragte Frida ohne jede Begrüßung. Ihre Stimme klang fordernd.

»Hej, Frida«, grüßte Sofia höflich. »Bengt kommt gleich.« Sie schloss die Praxis auf und ließ Frida eintreten.

Während sie selbst hinter den Tresen trat, um den Computer einzuschalten, setzte sich Frida, die knappe Shorts und ein enges Shirt trug, in Positur.

Sofia beobachtete verstohlen, wie sie einen Spiegel aus ihrer Handtasche nahm und ihre Lippen nachzog. Wie würde Bengt wohl auf den frühen Besuch reagieren?

»Wie geht es Emma?«, fragte sie, nur um überhaupt etwas zu sagen.

»Gut«, antwortete Frida knapp. Dann stand sie auf und trat an das Fenster neben der Tür. »Dauert es noch lange?«

Sofia zuckte mit den Schultern. »Keine Ahnung.«

Frida seufzte.

»Kann ich dir irgendwie helfen?«, bot Sofia an.

Frida lächelte. »Wohl kaum.«

Dann eben nicht! Sofia spielte mit dem Gedanken, sie ins Haus zu schicken, aber dann würde sie nicht mitbekommen, was Frida von Bengt wollte.

Es dauerte weitere zehn Minuten, bis er schließlich eintraf. Inzwischen warteten drei weitere Tierbesitzer mit ihren Lieblingen auf ihn.

Frida sprang auf. »Ich war zuerst da.«

Ohne eine Miene zu verziehen, ging Bengt zum Behandlungszimmer und öffnete ihr die Tür. Sofia bedauerte es, dass inzwischen so viele warteten, sonst hätte sie sich davorgestellt, um zu lauschen.

Es dauerte keine fünf Minuten, bis Frida herausgestürmt kam, die Tür hinter sich zuschlug und aus der Praxis rannte.

»Da war wohl jemand sehr unzufrieden«, sagte die Besitzerin eines Zwergkaninchens.

»Bengt ist der beste Tierarzt in der Gegend«, sagte ein Mann neben ihr, den Sofia noch nie gesehen hatte. Anhand der Angaben, die er an der Anmeldung gemacht hatte, wusste sie, dass er aus einem benachbarten Dorf kam.

»Kein Wunder«, sagte die Kaninchenbesitzerin. »Er ist schließlich der einzige Tierarzt in der Gegend.«

Alle lachten.

»Aber er ist natürlich wirklich ein guter Arzt«, fügte die Frau hinzu. Kurz darauf durfte sie ins Behandlungszimmer.

Sofia begleitete sie bis zur Tür und ging dann zurück zu ihrem Platz am Empfang.

Das Kaninchen hatte eine Darminfektion. Im PC konnte Sofia sehen, dass Bengt ihm eine Injektion verabreicht hatte. Als er sich von der Besitzerin verabschiedete, bat er sie, am nächsten Tag wiederzukommen, falls sich der Zustand des Kaninchens nicht besserte.

Sie arbeiteten zügig durch an diesem Morgen, für ein persönliches Gespräch blieb keine Zeit. Der letzte Patient war ein hyperaktiver Zwergpudel. Der Hund sprang und tänzelte herum, kläffte ununterbrochen und zeigte seine Zähne, sobald Bengt ihm zu nahe kam.

»Er meint es nicht so«, behauptete sein Besitzer Johan, aber darauf wollte Bengt sich nicht verlassen.

Der Kleine bekam einen Maulkorb verpasst und wurde von den beiden Zecken befreit, die sich in seine Haut gebohrt hatten.

»Lass dir von Sofia eine Zeckenzange geben«, sagte Bengt, als er Johan verabschiedete. »Dann kannst du die Viecher demnächst selbst entfernen. Das ist jedenfalls preiswerter, als wenn du jedes Mal zu mir kommst.«

Johan schüttelte den Kopf. »Ich komme lieber zu dir.«

»Wie du willst.« Bengt lachte, dann wandte er sich an Sofia. »Johan bekommt heute keine Rechnung. Ein Zeckenmengenrabatt.«

»Danke, Doktor«, rief Johan erfreut und verließ mit seinem Hund die Praxis.

»Das war sehr nett von dir«, sagte Sofia. »Er sah nicht so aus, als hätte er viel Geld.«

»Er ist einer der reichsten Bauern hier in der Gegend«, erwiderte Bengt und schaute sie ernst an, als er hinzufügte: »Es ist nicht immer so, wie es scheint, Sofia.«

Gerne hätte sie ihn gefragt, was genau er ihr damit sagen wollte, doch dann kam noch ein später Patient. Ausgerechnet Mats mit seinem Kater Freddy.

»Gut, dass du noch da bist«, sagte er zu Bengt. »Freddy geht es sehr schlecht.«

Bengt bat ihn ins Behandlungszimmer.

»Soll ich bleiben?«, fragte Sofia lustlos und schaute dabei an Mats vorbei.

»Nicht nötig.« Bengt lächelte flüchtig, dann wandte er sich Mats zu und fragte nach den Krankheitssymptomen des Katers.

Langsam schritt Sofia über den Weg, der von der Praxis zum Haus führte. Sie war so tief in Gedanken versunken, dass sie Astrid nicht sofort bemerkte.

»Hej.«

Sofia blieb stehen.

»Hej«, grüßte sie zurück und warf einen Blick in den Kinderwagen. Das Baby schlief tief und fest. »Wo sind die Zwillinge?«

»Auf die passt ihr Vater auf. Ich brauchte mal eine kurze Auszeit.«

Sofia lachte. »Und deshalb gehst du mit diesem kleinen Engel spazieren?«

»Der kleine Engel hat mich mit seinem Geschrei die ganze Nacht wachgehalten. Und Hendrik hat einfach so getan, als würde er nichts hören«, sagte Astrid erbost. »Ich hoffe, die Zwillinge halten ihn gehörig auf Trab.«

»Und wenn er später so richtig verzweifelt ist, schlägst du ihm einen Tausch vor: nächtliches Babygeschrei gegen Zwillingsterror.«

»Gute Idee.« Astrid lachte. »Gibt es etwas Neues?«, erkundigte sie sich dann, nachdem sie einen Moment schweigend nebeneinanderher gegangen waren.

Sofia hatte geahnt, dass Astrid nicht so ganz zufällig vorbeigekommen war. Sie blieb stehen und schaute die dreifache Mutter schmunzelnd an.

»Was hast du denn gehört?«

Astrid druckste nicht lange herum. »Stimmt das, was über Bengt und Frida erzählt wird?«

»Was erzählt man sich denn?«, wollte Sofia daraufhin wissen.

»Bengt soll die Midsommarnacht bei Frida verbracht haben.«

Hatte er nun die Nacht bei Frida verbracht oder mit ihr

am See? Sofia war sich immer noch nicht sicher. Es gab da den einen oder anderen Moment, an den sie sich sicher zu erinnern glaubte, ganz besonders an die Worte »Ich liebe dich«. Aber hatte Bengt das wirklich gesagt?

»Es wird aber auch erzählt, dass er das Fest zusammen mit dir verlassen hat«, fuhr Astrid fort.

»Ja, das kann sein.« Sofia nickte. »Aber ganz sicher bin ich mir da nicht mehr. Hampus' Schnaps hat einen Großteil meiner Erinnerungen ausgelöscht.«

»Das kenne ich.« Astrid lachte laut auf. »So gut wie alle hier in Byn haben damit bereits ihre Erfahrungen gemacht.«

Sie hatten das Haus fast erreicht.

»Willst du bei uns zu Mittag essen?«, wechselte Sofia das Thema.

Astrid dachte eine Weile über die Einladung nach, doch schließlich schüttelte sie den Kopf. »Lieber nicht.«

»Schade, aber du machst dir wahrscheinlich Sorgen um die Zwillinge.«

»Die Zwillinge stehen das problemlos durch.« Astrid machte eine wegwerfende Handbewegung. »Ich mache mir eher Sorgen um Hendrik. Der kommt zwar wunderbar mit unserem Bullen Oscar zurecht, aber die Zwillinge überfordern ihn manchmal.«

»Schade«, sagte Sofia noch einmal.

Astrid betrachtete sie nachdenklich.

»Komm doch einfach mal wieder zu uns«, schlug sie dann vor.

»Das mache ich!«

Sie verabschiedeten sich, und Astrid bog mit dem Kinderwagen in die andere Richtung ab.

Ein verführerischer Duft wehte Sofia aus dem Haus entgegen. Diesmal war es aber nicht Gösta, der am Herd stand, sondern Milla.

»Wird dir das nicht zu anstrengend?«, fragte Gösta gerade besorgt, als Sofia die Küche betrat. »Du sollst doch mit deinem verletzten Bein nicht so lange stehen.« Er rückte ihr einen Stuhl zurecht, doch Milla blieb stehen.

»Mir geht es gut«, beteuerte sie. »Und ich bin so glücklich, dass ich unbedingt für uns alle kochen will. Schließlich gibt es etwas zu feiern.« Sie drehte sich zu Sofia um. »Du ahnst nicht, was passiert ist!«

»Dein Haus ist verkauft?«

»Noch nicht.« Milla lächelte. »Aber es gibt viele Interessenten, das hat Ludvig mir erst gestern per SMS mitgeteilt.« Sie breitete die Arme aus. »Dafür ist etwas ebenso Wundervolles passiert: Ich habe einen Job.«

»Das gibt es doch nicht!«, rief Sofia begeistert aus. »Wann ist das denn passiert? Ich wusste nicht einmal, dass du ein Vorstellungsgespräch hast.«

»Ich auch nicht. Fynn ist heute Morgen mit einem Bäckermeister aus Mariannelund aufgetaucht, der dringend eine Kraft für seinen Laden sucht: eine Bäckerin, die bereit ist, auch hinterm Verkaufstresen zu stehen. Er hat mich sofort eingestellt.«

»Das ist wirklich wundervoll.« Sofia umarmte ihre Freundin.

»Emil weiß es noch nicht. Ich will ihn heute Mittag damit überraschen, dass wir nicht wegziehen.«

»Jetzt brauchst du also nur noch eine Wohnung.«

»Die habe ich auch schon, besser gesagt: ein kleines Haus am See. Es gehört Fynn. Bisher hat er es an Urlauber vermietet, aber jetzt kann ich es haben.«

»Es macht dir nichts aus, ein Haus von Fynn anzunehmen?« Sofia spielte darauf an, dass Milla auf keinen Fall in seiner Backstube arbeiten wollte.

»Das ist etwas anderes. Für das Haus zahle ich Miete. Fynn wollte zuerst nichts davon wissen, aber dann wäre ich nicht dort eingezogen.«

»Und bis Mariannelund ist es nicht weit. Wenn du willst, fahre ich dich einmal hin, dann kannst du dir die Bäckerei gleich ansehen.«

Milla druckste ein wenig herum. »Also eigentlich … weißt du …«

»Ich verstehe«, unterbrach Sofia sie lachend. »Fynn fährt dich, habe ich recht?«

Milla nickte. »Ist das okay für dich?«

»Natürlich!« Sofia umarmte ihre Freundin gleich noch einmal. »Ich freue mich, dass sich dein Leben endlich zum Positiven verändert.«

»Dasselbe wünsche ich dir auch«, flüsterte Milla ihr ins Ohr.

»Danke.«

Sofia wurde bewusst, dass sie sich allmählich Gedanken über ihre Zukunft machen musste, schließlich brauchte sie ebenfalls ein neues Zuhause und einen Job. Oder sollte sie doch nach Stockholm zurückkehren und um ihre Stelle im Skatteverket kämpfen?

Sie bekam eine Gänsehaut bei dem bloßen Gedanken daran. Und was sollte sie in Stockholm, wenn Milla und Emil nicht mehr da waren?

Aber hier in Byn konnte sie auch nicht bleiben. Wegen Mats, wegen Maja und auch wegen Bengt ...

Ich liebe dich.

Was bedeuteten schon diese drei Worte, die im Alkoholrausch ausgesprochen worden waren – und die sie möglicherweise auch nur geträumt hatte. Nie wieder Schnaps von Hampus, nahm sie sich auch jetzt wieder vor. Sofia hatte keine Ahnung, wie oft sie das in der Zwischenzeit gedacht oder sogar ausgesprochen hatte.

»Heute Morgen war übrigens Hampus da«, sagte Gösta in genau diesem Moment zu Sofia. »Er findet dich sehr nett und hat mich gebeten, dir das hier von ihm zu geben.«

Grinsend stellte Gösta eine Flasche von Hampus' Selbstgebranntem auf den Tisch.

»Nie wieder!« Sofia schüttelte heftig den Kopf und wiederholte es gleich noch einmal: »Nie wieder!«

Milla wollte Emil die erfreulichen Nachrichten zuerst unter vier Augen mitteilen. Sofia und Gösta, die bereits über alles im Bilde waren, hatten dafür Verständnis.

»Aber warum darf ich nicht hören, was Milla sagt?«, quengelte Greta.

»Du wirst es schon noch erfahren«, sagte Gösta besänftigend.

»Ich will es aber jetzt wissen!« Greta zog einen Schmollmund.

»Was willst du jetzt wissen?« Bengt kam in die Küche. Fragend schaute er seine kleine Tochter an.

»Milla hat ein Geheimnis, und das sagt sie nur Emil«, berichtete Lasse.

»Sie sagt es uns allen«, mischte Sofia sich ein. »Aber Emil soll es zuerst erfahren. Also, fast als Erster«, berichtigte sie sich gleich darauf selbst.

»Du weißt es also schon?« Bengt schenkte ihr dieses ganz besondere Lächeln, das ihr Herz schneller schlagen ließ.

»Es hat sich so ergeben.« Sie lächelte zurück, und für den Bruchteil einer Sekunde versanken ihre Blicke ineinander ...

»Hurra!« Emil kam in die Küche gestürmt. »Hurra! Hurra! Hurra!«, wiederholte er gleich mehrmals.

»Jetzt erfahren wir es wohl alle«, sagte Lasse. »Mach es nicht so spannend.«

»Meine Mama und ich, wir bleiben hier«, rief Emil. »Für immer!«

»Das ist die beste Nachricht des Tages.« Lasse sprang auf und lief auf seinen Freund zu, schien dann aber nicht zu wissen, was er machen sollte. Linkisch klopfte er Emil auf die Schulter. »Dann können wir uns sehen, wann immer wir wollen.«

Emil nickte begeistert.

»Den ganzen Sommer. Und im Winter, wenn Schnee

liegt. Wir können sogar zusammen Weihnachten feiern. Cool!«

»Ja, sehr cool«, bestätigte Emil, der an diese ganzen Möglichkeiten wahrscheinlich noch nicht gedacht hatte. »Wenn Sofia deinen Papa nicht umgefahren hätte, wäre das alles nicht passiert.«

Bengt lachte. »Dafür habe ich wirklich gerne mein Schlüsselbein geopfert.«

Kapitel 22

»Das war die letzte Untersuchung.« Bengt freute sich offensichtlich. »Nächste Woche kann ich den Rucksackverband abnehmen und wieder selbst fahren.«

Sofia, die im Auto vor der Vårdcentral auf ihn gewartet hatte, versuchte, ebenfalls erfreut auszusehen.

»Das sind gute Nachrichten«, stellte sie fest.

»Dann kann ich wieder selbst fahren.« Er lachte. »Eigentlich könnte ich das jetzt schon. Ich habe überhaupt keine Beschwerden mehr.«

»Das sind gute Nachrichten«, wiederholte Sofia und starrte dabei geradeaus durch die Windschutzscheibe.

Auch wenn sie ihn nicht anschaute, spürte sie, dass er bei der nächsten Bemerkung grinste.

»Ja, das ist der Tag der guten Nachrichten«, bestätigte er. »Nicht nur bei mir, sondern auch bei Milla.«

»Stimmt.« Sofia riss sich zusammen. »Ich freue mich«, versicherte sie. »Für Milla und für dich.«

»Es wäre schön, wenn es für dich auch ein paar gute Nachrichten gäbe«, sagte er leise.

Sofia lachte, doch das klang selbst in ihren Ohren nicht überzeugend.

»Bei mir ist alles in Ordnung. Ich habe da den einen oder anderen Plan«, log sie. »Mal sehen, was ich davon umsetze.«

Er schaute sie an. Auch das spürte sie lediglich, weil sie den Kopf nicht zur Seite wandte.

»Ich habe heute übrigens von Mats erfahren, dass Maja deine Schwester ist.«

Vor Schreck trat Sofia auf die Bremse. Zum Glück waren sie und Bengt angeschnallt, sodass sie lediglich in ihren Sicherheitsgurten nach vorne gepresst wurden.

Der Fahrer in dem Wagen hinter ihnen hupte wütend. Während er überholte, tippte er sich in bezeichnender Weise an die Stirn.

Sofia fuhr wieder an. Langsam, mit aller Vorsicht, während sich ihre Gedanken permanent im Kreis drehten und schließlich in der einzigen Antwort gipfelten, die ihr einfiel: »Das geht dich nichts an.«

»Nein, natürlich nicht.«

Sie verfielen beide in Schweigen, jedenfalls für ein paar Minuten.

»Vielleicht würdest du dich besser fühlen, wenn du dich mit deiner Schwester aussprichst«, meinte Bengt dann.

»Das geht dich nichts an«, wiederholte sie.

»Sehr kreativ bist du in deiner Wortwahl heute nicht.«

Diesmal warf sie ihm einen kurzen, sehr grimmigen Blick zu, bevor sie sich wieder auf die Straße konzentrierte.

»Magst du mir erzählen, was zwischen dir und Maja vorgefallen ist?«

»Nein!«

»Mats wollte auch nicht darüber reden, also muss es etwas Schlimmes gewesen sein«, schlussfolgerte Bengt.

Sofia zog es vor, darauf nicht zu antworten.

»Maja ist eigentlich sehr nett. Sie unterrichtet Ronja und Lasse, und …«

»Ich will das nicht hören.«

Das Schweigen hielt exakt eine Minute an.

»Worüber wollen wir dann reden?«, fragte er schließlich.

»Ich will überhaupt nicht reden«, erwiderte sie kurz und bündig.

»Na gut, dann schweigen wir eben.«

Diesmal hielt er tatsächlich den Mund, bis sie ihr Ziel erreicht hatten und sie den Wagen vor dem Haus parkte.

Wie immer verließ Sofia auch jetzt zuerst den Wagen, um Bengt die Tür zu öffnen. Er stieg aus, blieb ganz dicht vor ihr stehen und schaute ihr in die Augen.

»Um die Vergangenheit gehen zu lassen, musst du dich mit ihr auseinandersetzen«, riet er ihr. »Niemand weiß das besser als ich.«

Du hast doch keine Ahnung!, rief sie ihm in Gedanken nach, als er hineinging. *Du weißt nicht, was Maja mir angetan hat!*

Mit der Vergangenheit konnte sie sich nur auseinandersetzen, wenn sie ihre Schwester mit einbezog. aber das war ein Ding der Unmöglichkeit. Sie wollte nicht mit Maja reden, sie konnte es einfach nicht.

»Ich brauche dringend deine Hilfe!« Astrids Anruf erreichte Sofia am nächsten Tag kurz nach der Sprechstunde.

»Was ist denn passiert?«, fragte Sofia erschrocken.

»Kannst du kommen?«, drängte Astrid, ohne direkt zu antworten.

»Ja, ich bin in einer halben Stunde bei dir.«

»Danke«, stieß Astrid hervor und legte auf, bevor Sofia sich noch einmal erkundigen konnte, was eigentlich los war.

»Sagst du den anderen bitte, dass ich zum Mittagessen nicht da bin?«, bat sie Bengt. »Ich muss zu Astrid.«

»Mache ich«, sagte er, ohne sie anzusehen oder überrascht zu wirken. »Bis später.«

»Bis später«, verabschiedete auch sie sich.

Zu Fuß machte sie sich auf den Weg zu Hendriks und Astrids Hof. Gösta, Milla und die Kinder waren mit Olof zu einem Ausflug aufgebrochen, und Bengts Geländewagen stand seit heute Morgen in einer Werkstatt im Nachbarort. Bengt hatte gleich gestern, als sie aus der Vårdcentral zurückgekommen waren, einen Termin für eine Inspektion vereinbart.

Der Werkstattbesitzer, der gleichzeitig Besitzer eines ziemlich verfressenen Neufundländers war, hatte den Wagen höchstpersönlich am frühen Morgen abgeholt. Sein Geselle hatte ihn und den Neufundländer bis zur Praxis gebracht, damit auch der Hund einer kurzen Inspektion unterzogen werden konnte.

Ausgerechnet heute stand ihr kein Auto zur Verfügung!

Der Fußweg machte Sofia nichts aus, wenn nur Astrids Stimme nicht so drängend geklungen hätte. Auf dem Weg zu ihr überlegte sie sich, was wohl passiert sein könnte. Je näher sie ihrem Ziel kam, desto erschreckender wurden die Bilder in ihrem Kopfkino.

Endlich war sie da. An der Hauswand lehnte ein Fahrrad. Noch bevor sie anklopfen konnte, wurde die Tür aufgerissen.

»Da bist du ja endlich«, stieß Astrid hervor.

»Ich musste zu Fuß kommen.« Sofia hatte das Gefühl, sich entschuldigen zu müssen. »Es tut mir leid, aber ich hatte dir ja bereits am Telefon gesagt, dass es eine halbe Stunde dauert. Aber verrat mir doch bitte, was los ist.«

Astrid trat zur Seite und ließ sie ins Haus. Sie sagte kein Wort mehr, wirkte ungewöhnlich nervös.

Als sie an der Küche vorbeikamen, sah Sofia die Zwillinge auf dem Boden sitzen und miteinander spielen. Das Baby lag im Kinderwagen und brabbelte vor sich hin. Den Kindern war also nichts passiert, Astrid wirkte auch unversehrt …

»Wo ist Hendrik?« Sofia war stehen geblieben.

Astrid ging weiter und öffnete wortlos die Wohnzimmertür. »Kommst du bitte?«

Sofia trat ein – und stoppte augenblicklich, als sie sah, wer sich da vom Sofa erhob.

»Was soll das?«, fragte sie heiser vor Wut.

»Es war nicht meine Idee!« Auch Maja wirkte verärgert. »Wie unverschämt, mich unter dem Vorwand herzulocken, dass du dich über das richtige Schulkonzept für deine Kinder informieren willst.«

»Das interessiert mich wirklich«, versicherte Astrid. »Also, wenn es in ein paar Jahren so weit ist.«

Maja sagte nichts mehr, sondern stürmte an Astrid und Sofia vorbei aus dem Raum. Kurz darauf war zu hören, wie die Haustür ins Schloss fiel.

»Bist du jetzt auch sauer auf mich?«, wandte sich Astrid zerknirscht an Sofia. »Ich habe Bengt gleich ...«

Sie brach ab, als hätte sie bereits zu viel gesagt.

Sofia starrte sie mit großen Augen an. »Natürlich, Bengt steckt dahinter. Du hast ja nicht einmal gewusst, dass Maja meine Schwester ist.«

»Ich weiß ja nicht, was zwischen dir und deiner Schwester vorgefallen ist, aber ich glaube auch, dass ein Gespräch alles klären kann«, sagte Astrid. »Bengt wollte, dass ihr euch auf neutralem Boden trefft, deshalb hat er mich um Hilfe gebeten. Sei mir bitte nicht böse.«

»Ich bin nicht böse, ich bin stinksauer!«, erwiderte Sofia. »Vor allem auf Bengt. Und ich bin froh, dass dir und deiner Familie nichts passiert ist. Ich gehe jetzt, und versuche bitte nicht, mich aufzuhalten.«

»Mache ich nicht«, versprach Astrid leise.

Sofia machte auf dem Absatz kehrt und verließ ebenfalls das Haus. Das Fahrrad, das eben noch an der Wand gelehnt hatte, war verschwunden.

Sofia machte sich zu Fuß auf den Weg. Sie hatte bereits ein Stück des Weges hinter sich gelassen, als sie ihre Schwester auf sich zukommen sah. Wie eine Wilde trat Maja in die Pedale.

»Lauf!«, rief sie Sofia zu. »Lauf so schnell, wie du kannst.«

»Aber ...«

Weiter kam sie nicht, denn in diesem Moment tauchte ein Bulle auf. Den Kopf gesenkt und zweifellos angriffsbereit stürmte er auf sie zu.

Sofia drehte sich um und lief hinter Maja her. Sie drehte sich nicht um, wollte nicht sehen, wie nah ihr die Bestie bereits war. Und dann kippte Maja mit ihrem Fahrrad um, einfach so.

Als Sofia den entsetzten Aufschrei ihrer Schwester vernahm, blieb sie automatisch stehen. Maja lag auf dem Boden, und der Bulle näherte sich in unverminderter Geschwindigkeit.

»Steh auf«, schrie Sofia und griff gleichzeitig nach der Hand ihrer Schwester. »Dahinten, der Baum ...«

Es stand nur ein Baum auf der Wiese, über die sie jetzt rannten. Hand in Hand, aber das fiel ihnen beiden nicht auf.

Hinter ihnen war bereits das Trommeln der Hufe zu hören, als sie den Baum erreichten. Die Äste wuchsen tief auf dem Stamm, sodass sie mühelos hochklettern konnten. Endlich waren sie in Sicherheit.

Maja stand auf einem Ast und umklammerte den Stamm; Sofia hingegen saß auf einem Ast, hielt sich aber ebenfalls am Stamm fest. Der Bulle wiederum stand nun unter ihnen, umrundete den Baum und schaute immer wieder nach oben.

»Warum verschwindet das Vieh nicht einfach?«, rief Maja und versuchte dann, ihn mit Scheuchtönen zu verjagen. »Sch-sch-sch ...«

»Mach dich doch nicht lächerlich«, sagte Sofia verächtlich.

»Hast du eine bessere Idee?«, gab Maja unfreundlich zurück.

»Hilfe rufen.« Sofia zog ihr Handy aus der Tasche ihrer Jeans. »Mist, der Akku ist leer.« Fragend schaute sie zu Maja. »Was ist mit deinem Handy?«

»Das liegt zu Hause.«

»Na toll, da liegt es gut.«

»Den vorwurfsvollen Ton kannst du dir sparen«, erwiderte Maja giftig.

Sofia runzelte verärgert die Stirn. »Vielleicht solltest du dir erst einmal über deinen eigenen Tonfall Gedanken machen.«

Danach sagten sie beide erst einmal nichts mehr. Sofia beobachtete den Bullen, weil sie ihre Schwester nicht ansehen wollte.

»Wem gehört das Biest eigentlich?«, fragte Maja nach einer Weile.

»Woher soll ich das wissen?«, erwiderte Sofia gereizt.

»Du arbeitest doch bei einem Tierarzt.«

»Trotzdem kenne ich hier nicht alle Tiere oder deren Besitzer.«

»Musst du eigentlich immer so pampig sein?«, beschwerte sich Maja. »So warst du doch früher nicht.«

»Früher hatte ich dazu auch keinen Grund.«

»Den hast du jetzt auch nicht. Ich habe dir nichts getan.«

Sofia lachte böse auf. »Du hast mein Vertrauen schänd-
lich missbraucht und besitzt jetzt die Frechheit zu behaupten, du hättest mir nichts getan?«

»Ich kann nichts dafür, dass Mats sich in mich verliebt
hat«, rief Maja aufgebracht.

»Und deshalb musstest du ihm gleich sagen, dass ich ihn
liebe?« Sofia schrie sie so laut an, dass der Bulle unter ihnen
einen Schritt zurücktrat und zu ihnen heraufstarrte.

»Mach ihn nicht wütend«, flüsterte Maja.

»Bullen klettern nicht auf Bäume«, fuhr Sofia sie an.
»Und das weiß ich nicht erst, seit ich bei einem Tierarzt
arbeite.«

»Aber er könnte versuchen, den Baum umzustoßen.«
Maja war sichtlich in Panik.

»Das schafft er nicht«, behauptete Sofia, obwohl sie sich
da keineswegs sicher war. Der Stamm des Baumes war nicht
besonders dick.

Langsam ließ Maja sich auf den Ast nieder, auf dem sie
bisher gestanden hatte. Nun saßen sie fast nebeneinander,
nur durch den Stamm getrennt.

»Ich musste es Mats doch erzählen«, kam es leise über
Majas Lippen. »Ich habe ihn gebeten, niemandem etwas von
uns zu sagen, bevor ich mit dir darüber gesprochen habe.«

»Aber das hast du nie gemacht!«

»Ich habe immer auf den richtigen Zeitpunkt gewartet«,
gestand Maja.

»Es gibt für so etwas keinen richtigen Zeitpunkt.«

»Ja, das ist mir auch irgendwann klar geworden. Aber dann wurde Tante Babro krank, und ich konnte es dir erst recht nicht mehr sagen. Ich wollte bis nach der Beerdigung warten ...« Maja verstummte.

»Ich habe das Haus nach der Beerdigung verlassen. Damals hatte ich ein Gespräch zwischen dir und Mats mitgehört und wusste deshalb, dass du alles weitererzählt hast, was ich dir anvertraut hatte.«

»Ich wollte dich nie verletzen.« Tränen liefen über Majas Wangen. »Ganz im Gegenteil. Du warst für mich immer der wichtigste Mensch.«

»Bis Mats gekommen ist ...«

»Er war mir nie wichtiger als du.«

Sofia spürte, wie sich der jahrelange Druck in ihrem Innern löste. Diese Mischung aus Wut und Hass, die ihr Herz gefangen gehalten hatte, schien sich aufzulösen.

»Ich wollte ihn dir nicht wegnehmen«, flüsterte Maja. »Ich habe versucht, mich gegen meine Gefühle zu wehren, doch ich konnte es einfach nicht, die Liebe war stärker. Zehn Jahre lang habe ich nicht aufgehört, mir deshalb Vorwürfe zu machen. Deshalb habe ich Mats auch nie geheiratet.«

Langsam nickte Sofia. »Ich verstehe.« Sie sagte es nicht nur so, mit einem Mal verstand sie es wirklich.

»Ich wünsche mir nichts mehr, als dass du mir verzeihst. Ich habe in den ganzen Jahren gehofft, dass du irgendwann nach Hause kommst, um mir zu sagen, dass du dein eigenes Glück gefunden hast und mir nichts mehr nachträgst.«

»Aber du bist nicht mehr zu Hause, wie hätte ich dich da finden sollen?«

»Du hättest mich gefunden, wenn du es versucht hättest.« Maja lächelte. Es war das erste Mal seit ihrem Wiedersehen. »Die Mieterin unseres Hauses hätte dir meine Adresse mitgeteilt, wenn du dort aufgetaucht wärst. Ich habe so darauf gehofft.«

Sofia wurde plötzlich klar, wie viel sie Maja, aber auch sich selbst hätte ersparen können, wenn sie früher mit ihrer Schwester gesprochen hätte. Es war, als hätte die ganzen Jahre ein Reifen um ihre Brust gelegen, der nun zerriss. Sie wurde von ihren Gefühlen regelrecht überwältigt.

»Maja, es tut mir so leid.« Nun liefen auch Tränen über ihre Wangen.

»Was macht ihr beide denn da oben?«

»Bengt!«, stieß Maja hervor.

Sofia wischte sich hastig die Tränen aus dem Gesicht. Es war unglaublich, aber er stand tatsächlich unter dem Baum – gleich neben dem Bullen.

»Habt ihr etwa Angst vor Oscar?« Bengt lachte laut auf und legte einen Arm um den Hals des Tieres. »Der ist ganz friedlich.«

»Er hat uns quer über die Wiese gejagt«, rief Maja empört.

»Quatsch!« Bengt lachte erneut. »Der wollte sich nur mit euch anfreunden. Wahrscheinlich wundert er sich immer noch, weil ihr weggelaufen und auf diesen Baum geklettert seid. Kommt runter.«

Sofia riskierte es zuerst. Sie kletterte nach unten und stellte sich vor Bengt und Oscar. Der Bulle stupste sie vorsichtig mit seiner weichen Schnauze an und senkte den Kopf, als sie ihn streichelte.

Nun wagte auch Maja den Abstieg, allerdings hielt sie lieber Abstand von der Gruppe.

Zuletzt kam auch noch Hendrik dazu. Händeringend lief er über die Wiese.

»Oscar!«, brüllte er dabei laut.

Den Bullen schien das wenig zu beeindrucken. Er fand Sofia und ihre Streicheleinheiten spannender.

»Das war das letzte Mal, dass das passiert ist«, schimpfte Hendrik, als er die Gruppe erreicht hatte. »Ich bringe ihn jetzt auf die Weide am See, da bricht er nicht mehr aus.«

Er band einen Strick um Oscars Hals und zog daran. Der Bulle folgte seinem Besitzer sofort.

»Und jetzt?« Fragend schaute Sofia ihre Schwester an.

Maja lächelte. »Der Anfang ist gemacht, aber wir müssen viel miteinander reden. Bist du dazu bereit?«

Sofia nickte. Als Maja die Arme nach ihr ausstreckte, flog sie hinein. Sie schloss die Augen und genoss dieses vertraute Gefühl, auf das sie zehn lange Jahre verzichtet hatte.

Auf dem Heimweg spürte sie, dass Bengt sie immer wieder anschaute, doch sie gab keinen Mucks von sich. Heimlich genoss sie es, ihn ein wenig auf die Folter zu spannen.

»Jetzt sag endlich was«, forderte er sie schließlich heraus.

Sofia blieb stehen. »Was willst du denn hören?«

Auch Bengt hielt inne und schaute sie an.

»Ein ›Gut gemacht, Bengt‹ wäre passend«, schlug er vor. »Ich habe schließlich Astrid dazu gebracht, euch in ihr Haus zu locken, damit ihr euch auf neutralem Boden aussprechen könnt.«

Sofia sagte kein Wort, schaute ihn nur an.

»Okay«, gab er zu, »das hat nicht so gut funktioniert, aber trotzdem ist doch jetzt wieder alles gut zwischen dir und Maja?«

»Ja.« Sofia spürte ein starkes Glücksgefühl in sich aufsteigen und lächelte ihn an. »Gut gemacht, Bengt«, sagte sie leise.

Kapitel 23

In den nächsten Tagen schwebte Sofia auf einer Wolke des Glücks, doch dann wieder quälte sie die Ungewissheit, wie es weitergehen sollte. Gleichzeitig wurden ihre Gefühle für Bengt zunehmend stärker, während er auf eine freundschaftliche Weise zurückhaltend blieb.

Immer wieder grub Sofia in ihrer Erinnerung. Was war am See geschehen? Wie viel davon war Einbildung, wie viel Realität? Und wenn er bei ihr gewesen und ihr seine Liebe gestanden hatte, wieso war Bengt dann später zusammen mit Frida gesehen worden? Vielleicht – auch das war eine Möglichkeit, die sie in Betracht zog – ging er sehr verschwenderisch mit seinen Liebesgeständnissen um, wenn er betrunken war.

Maja und sie sahen sich täglich. Meist kam Maja in Bengts Haus. Sofia hatte das Gefühl, dass ihre Schwester das trubelige Familienleben mit den Kindern genoss.

Heute hatten sie sich allerdings zu einem Spaziergang am See verabredet. Sie waren immer noch dabei, sich gegenseitig neu zu entdecken.

»Hättest du gerne eigene Kinder?«, fragte Sofia.

»Ja.« Ein Strahlen erhellte Majas Gesicht. »Ich liebe

Kinder, deshalb bin ich Lehrerin geworden. Und Mats auch ...«

Sie brach ab. Immer noch war da eine gewisse Verlegenheit, wenn das Gespräch auf ihn kam.

Einmal war Sofia in dem Haus gewesen, in dem Maja und Mats lebten, doch da war er nicht zu Hause gewesen. Sofia hatte keine Ahnung, ob es Zufall gewesen war oder ob er ihr bewusst aus dem Weg ging. Möglicherweise musste auch er sich erst einmal an die veränderte Situation gewöhnen.

»Weißt du, was ich gerne machen möchte?«, fragte Maja in ihre Gedanken hinein. Sie war stehen geblieben und schaute Sofia gespannt an. »Was hältst du davon, wenn wir beide zusammen nach Hause fahren? Wie könnten unser Haus ansehen, all die Wege gehen, die wir so geliebt haben, und Tante Babros Grab besuchen.«

Da neu beginnen, wo alles aufgehört hatte?

»Das ist eine großartige Idee«, sagte Sofia überwältigt.

»Genau heute in einer Woche ist Tante Babros Todestag.« Majas Stimme klang belegt. »Ich finde, das wäre ein guter Zeitpunkt, um sie zu besuchen.«

Sofia umarmte ihre Schwester. »Das machen wir«, sagte sie leise. »Nur du und ich?«

Jetzt musste Maja lachen, als sie genau die Worte bestätigend wiederholte: »Nur du und ich!«

Auf dem Heimweg war da plötzlich ein Gedanke. Nicht mehr als eine vage Idee, die Sofia allerdings nicht mehr losließ.

Als sie auf den Weg einbog, der zum Haus führte, sah sie Milla und Fynn. Die beiden standen voreinander, schauten sich tief in die Augen ... und dann küssten sie sich.

Sofia lächelte und wandte sich ab. Auf keinen Fall wollte sie die beiden jetzt stören.

Über einen Umweg erreichte sie die Rückseite des Hauses. Wie immer stand die Terrassentür zur Küche weit offen. Von drinnen vernahm sie aufgeregte Stimmen.

»Wenn ich es dir doch sage«, rief Ronja gerade. »Frida erzählt überall im Dorf, dass Papa sie heiraten wird.«

»Zum Glück hat dein Vater da auch noch ein Wörtchen mitzureden.« Gösta klang amüsiert.

»Ein Wörtchen reicht, nämlich ein Ja, und wir haben die dämlichste Stiefmutter der Welt.«

Sofia schämte sich ein wenig dafür, dass sie lauschend stehen blieb. Trotzdem hörte sie weiterhin gespannt zu.

»Warum fragst du nicht einfach deinen Vater, was er von Fridas Behauptungen hält?«

»Bist du verrückt? Womöglich bringe ich ihn damit erst auf komische Ideen.«

Gösta lachte laut auf. »Ich bin mir sicher, dass dein Vater nicht das geringste Interesse an Frida hat.«

»Sie ist sehr hübsch«, wandte Ronja ein. »Und sie trägt immer so knappe Sachen. Wir Frauen wissen ja, dass sie trotzdem eine blöde Ziege ist. Aber bei euch Männern setzt bei so einem Anblick ja der Verstand aus.«

Ihr Großvater lachte nun schallend. »Woher hast du das denn?«

»Das fängt schon bei den Typen in meiner Klasse an.«
Ronja kicherte. »Und ich glaube, das wird mit zunehmendem Alter immer schlimmer.«

»So einfältig sind wir nicht. Und ich hoffe sehr, dass du diese Erfahrung auch noch machen wirst.« Gösta schwieg sekundenlang, bevor er fragte: »Wie siehst du das, Sofia?«

Sofia schreckte regelrecht zusammen, als er ihren Namen nannte. Mit schuldbewusster Miene trat sie ins Haus.

»Ich wollte nicht lauschen«, schwindelte sie. »Andererseits wollte ich euch auch nicht stören. Woher hast du gewusst, dass ich da stehe?«

Gösta wies auf die Terrassentür, und Sofia wurde klar, dass sie sich in dem Glas gespiegelt hatte. Er musste sie die ganze Zeit gesehen haben. Wie unangenehm!

»Was sagst du nun dazu?«, fragte Gösta noch einmal.

»Dein Großvater hat recht.« Sofia legte einen Arm um Ronjas Schultern. »Es gibt übrigens auch Frauen, die dem Bild entsprechen, das du eben gezeichnet hast.«

»Stimmt.« Ronja nickte. »Frauen wie Frida. Sie ist ein ziemlich blödes Huhn.«

»Emma hingegen ist ein sehr nettes Huhn. Deshalb gefällt mir dein Vergleich nicht wirklich.« Sofia schmunzelte.

»Ich werde mich bemühen, daran zu denken.« Ronja lächelte, aber wirklich zufrieden wirkte sie noch nicht. Die Gerüchte um Frida und ihren Vater schienen sie nach wie vor zu beschäftigen, und Sofia erging es nicht anders.

Um das Mädchen – und sich selbst – auf andere Gedanken zu bringen, erzählte sie Ronja und Gösta von ihrer Idee.

»Um das durchzuführen, brauche ich allerdings eure Hilfe«, endete sie schließlich.

Beide waren begeistert, Ronja klatschte sogar in die Hände.

»Das müssen wir ganz romantisch aufziehen«, rief sie. »Aber wir dürfen den Kleinen nichts erzählen, die verplappern sich sonst.«

»Wann soll das Ganze denn stattfinden?«, wollte Gösta wissen.

»Am Samstag«, sagte Sofia. »Am See. Und ich möchte alle unsere Freunde dazu einladen.«

»Samstag schon?« Gösta wirkte erschrocken. »Da haben wir aber eine Menge zu erledigen.«

Umso besser, dachte Sofia. Es war gut, wenn sie beschäftigt war und nicht ins Grübeln geriet. Sobald Maja und sie von ihrem Kurztrip zurückkehrten, wollte Sofia sich mit ihrer eigenen Zukunft beschäftigen – und Abschied nehmen. Von Byn und von den Menschen hier, die ihr inzwischen so viel bedeuteten.

Das Herz wurde ihr schwer bei dem Gedanken, aber gleichzeitig wusste sie, dass ein kompletter Neuanfang für sie das Beste sein würde.

Die Tage flogen dahin, während heimlich alle Vorbereitungen getroffen wurden.

Alle waren von Sofias Plan begeistert gewesen. Nur Mats, den sie vor allen anderen hatte einweihen müssen, hatte zunächst Bedenken geäußert.

»Ich glaube nicht, dass das klappt. Ich bin mir nicht einmal sicher, dass Maja sich darüber freuen wird.«

»Es wird klappen, und sie wird überglücklich sein«, hatte ihm Sofia versichert.

Als Mats schließlich zugestimmt hatte, war der Hoffnungsschimmer in seinen Augen nicht zu übersehen gewesen.

»Ich bin so aufgeregt«, flüsterte Ronja.

»Ich auch.« Sofia flüsterte ebenfalls, dabei gab es keinen Grund, leise zu sein. Maja würde erst in einer Stunde hier sein.

Alles war vorbereitet. Den Platz unten am See, dessen Mittelpunkt nun ein Bogen aus roten Rosen bildete, hatten sie mit wundervollen Blumengirlanden geschmückt. Tische und Stühle waren aufgestellt und ebenfalls mit Blumen dekoriert worden.

Vor dem Haus hatten die Kinder Schilder mit bunten Luftballons aufgestellt, die den ankommenden Gästen gleich den Weg zum Festgeschehen wiesen.

Gösta, Milla und Fynn hatten für das Büfett gekocht und gebacken. Sofia, die nicht besonders gern und auch nicht gut kochen konnte, war aus der Küche verbannt worden und hatte die Kinderbetreuung übernommen – eine Aufgabe, die ihr sehr viel mehr lag.

Die Gäste trafen eine halbe Stunde vor Maja ein. Da waren Astrid und Hendrik mit ihren Kindern, Hampus, der trotz ausdrücklichen Verbots ein paar Flaschen seines

Selbstgebrannten mitgebracht hatte, und Krister mit seiner neuen Freundin aus Mariannelund. Sogar Dag war extra aus Malmö angereist. Eigentlich hatte er wegen einer Ausstellung erst nächste Woche wieder nach Byn kommen wollen, doch jetzt stand er neben Inger, hatte den Arm um ihre Schultern gelegt und wirkte ebenso gespannt wie alle anderen Gäste.

Wenn Maja gleich käme, würde sie sich nicht über die anderen Gäste wundern. Offiziell wurde Göstas Geburtstag gefeiert.

»Hoffentlich weiß sie nicht, wann du wirklich Geburtstag hast«, sagte Sofia nicht zum ersten Mal, worauf Gösta auch jetzt wieder entgegnete: »Wir haben noch nie miteinander meinen Geburtstag gefeiert. Sie wird also nicht wissen, dass der erst in zwei Monaten ist.«

»Es darf nichts schiefgehen!« Sofia war nervös.

»Das wird es nicht.« Er lächelte ihr aufmunternd zu. »Du hast alles perfekt vorbereitet.«

»Sie kommt!« Ronja, die den Weg vor dem Haus im Auge behalten hatte, eilte auf Sofia zu. »Gleich ist sie da.«

Mats versteckte sich. Er hatte Maja schon vor Tagen erzählt, dass Fynn heute seine Hilfe benötige. Vor einer halben Stunde hatte er sie dann angerufen, um ihr zu sagen, dass er sich verspäten würde, und sie zu bitten, schon mal allein vorzugehen.

Maja hatte sich ein bisschen darüber geärgert, aber es war Mats gelungen, sie zu besänftigen.

»Hej. Schön, dass du da bist.« Sofia umarmte ihre

Schwester und war bemüht, sich ihre Nervosität nicht anmerken zu lassen.

Maja hielt ein Geschenk in der Hand, das mit buntem Geschenkpapier umwickelt war.

»Mats kommt später.« Maja seufzte. »Ich habe keine Ahnung, warum er Fynn ausgerechnet heute helfen musste.« Ihre Augen wurden plötzlich groß. »Aber da ist Fynn ja. Wo ist dann Mats?«

Fynn kam lachend näher.

»Mats kommt gleich«, behauptete er ohne nähere Erklärung.

»Wie schön ihr das alles geschmückt habt.« Maja schaute sich um und bewunderte die Blumen.

Bevor sich ihre Schwester Gedanken um den Rosenbogen machen konnte, ergriff Sofia ihren Arm.

»Du musst dir unbedingt das Büfett ansehen«, sagte sie und zog sie mit sich.

Der Tisch bog sich beinahe vor Speisen und Getränken. Dort stand auch Gösta und betrachtete stolz all das, was er, Milla und Fynn aufgetischt hatten.

»Gösta!« Maja trat auf ihn zu und hielt ihm das Päckchen hin. »Alles Gute zum Geburtstag. Aber bitte erst auspacken, wenn Mats auch da ist.«

Verlegen nahm Gösta das Geschenk entgegen.

»Danke«, murmelte er. »Aber das war doch nicht nötig.«

Greta, die ebenso wie Emil nicht in die wahre Bedeutung des Festes eingeweiht war, rief laut: »Hat Opa Geburtstag? Kriegt der dann von uns ...«

»Komm mal schnell, Greta.« Ronja griff nach der Hand ihrer Schwester. »Ich muss dir etwas zeigen.« Die Kleine ließ sich bereitwillig mitziehen.

Sofia beschloss, dass es Zeit für den großen Moment war, bevor die Überraschung doch noch verdorben wurde.

»Ich muss dir auch etwas zeigen«, sagte sie zu Maja.

Maja schien allmählich zu begreifen, dass das hier keine normale Geburtstagsfeier war. Sie wirkte verwirrt, ließ sich jedoch von Sofia zum Rosenbogen führen. Dahinter schimmerte das Blau des Sees. Es war ganz still geworden, nur die Vögel zwitscherten in den Bäumen.

Sofia führte Maja bis zur Mitte des Platzes, während die Gäste hinter ihnen ein Spalier bildeten.

»Das ist alles sehr schön ...« Maja verstummte kurz. »Aber was hat es nur zu bedeuten?«

Sie hatten den Rosenbogen erreicht, und Sofia führte Maja genau darunter.

»Bleib hier stehen«, ordnete sie an. »Sag nichts und frag nichts. Gleich wirst du alles verstehen.«

Und dann kam auch schon Mats. Mit einer roten Rose in der Hand schritt er durch das Spalier der Gäste.

In diesem Moment begriff Maja. Sie presste eine Hand auf ihren Mund, Tränen liefen über ihre Wangen.

Als Mats sie erreicht hatte, beugte er ein Knie.

»Maja«, sagte er mit einer Stimme, die vor Rührung bebte. »Du bist die Liebe meines Lebens. Ich könnte niemals ohne dich sein. Willst du mich heiraten?«

Maja schluchzte leise auf. Ihr Blick flog zu Sofia.

Sofia lächelte unter Tränen und nickte. Ihre Lippen formten ein lautloses Ja.

»Ja«, jubelte Maja. »Ja! Ja! Ja!«

Und dann stürzte sie sich in Mats' Arme.

Die Gäste applaudierten und lachten, alle erfreuten sich an dem Glück des Paares. Ganz besonders Sofia. Sie hatte bereits ihren Frieden gemacht mit Mats und Maja, aber dieser wundervolle Heiratsantrag und Majas Ja ließen sie den alten Groll endgültig vergessen.

Plötzlich spürte sie, dass alle Blicke auf sie gerichtet waren. Sie wandte den Kopf – und schaute direkt in Bengts Augen. Er stand ihr gegenüber auf der anderen Seite des Spaliers, das die Gäste bildeten, und lächelte sie an.

»Sofia!«

Das war nicht Bengts Stimme. Sie erstarrte, als plötzlich Rune vor ihr stand. Ausgerechnet Rune! Wie konnte er sich einen Weg durch die Gäste bahnen, ohne dass sie es bemerkt hatte? Wieso war er überhaupt hier?

Sofia war zu verblüfft, um etwas zu sagen.

»Was machst du hier?«, fragte sie dann fassungslos.

»Ich habe nach dir gesucht.« Sein Lächeln wirkte unsicher. »Es war gar nicht so einfach herauszufinden, wo du bist. Aber dann habe ich mir gedacht, dass ich möglicherweise dort suchen muss, wo sie sich aufhält.«

Er deutete auf Milla, die neben Sofia stand.

Milla runzelte die Stirn. »Dann kannst du die Adresse nur von meinem Makler haben.«

Rune nickte, und es war ihm deutlich anzusehen, dass er stolz auf sich war.

»Na, der kann was erleben«, murmelte Milla.

Rune beachtete sie nicht weiter, sondern konzentrierte sich wieder ausschließlich auf Sofia. Dass das Interesse der anderen Anwesenden sich nun auch auf ihn und Sofia richtete, schien er nicht zu bemerken.

»Es tut mir leid, was passiert ist«, sagte er mit weicher Stimme. »Sofia, ich habe erst jetzt bemerkt, was du mir bedeutest. Ich verspreche dir, alles wird sich ändern, wenn du nur zurückkommst. Bitte, Sofia, du fehlst mir so sehr.« Nun fiel auch Rune auf die Knie. Flehend schaute er zu ihr auf. »Willst du meine Frau werden?«

»Das gibt's nicht«, war Hampus' Stimme zu hören. »Zwei Heiratsanträge an einem Tag. Jetzt brauche ich erst mal einen Schnaps.«

Niemand beachtete ihn. Offensichtlich warteten alle gespannt auf Sofias Antwort, doch sie war so fassungslos, dass es ihr die Sprache verschlug. Ausgerechnet Rune kniete vor ihr! Die zehn gemeinsamen Jahre rasten im Schnelldurchlauf in ihren Gedanken an ihr vorbei. Es waren nicht nur schlechte Zeiten gewesen ...

Als sie zu Bengt schaute, stand plötzlich Frida neben ihm. Wieso Frida? Niemand hatte sie eingeladen!

Die hübsche Blondine umfasste Bengts Arm und schmiegte sich an ihn. Und er ließ es geschehen, als wäre es selbstverständlich.

In Sofia tobte ein Wust an Gefühlen, während ihr Verstand in den Ruhemodus schaltete. Und so formten ihre Lippen das einzige Wort, das dieser Situation angemessen zu sein schien. Sie sprach es aus, laut und deutlich, sodass jeder es hören konnte:

»Ja!«

Es blieb mucksmäuschenstill, und dummerweise setzte Sofias Verstand erst in dem Moment wieder ein, als sie ihr Jawort gegeben hatte.

»Du machst mich zum glücklichsten Mann der Welt«, rief Rune theatralisch, stand auf und zog sie in seine Arme. »Und ich werde dafür sorgen, dass du die glücklichste Frau der Welt wirst«, verkündete er und küsste sie auf den Mund.

Sofia schloss die Augen. Als sie sie wieder öffnete und über Runes Schulter hinwegschaute, war Frida verschwunden – und Bengt mit ihr.

Kapitel 24

»Bist du dir sicher, dass wir diese Fahrt machen wollen?«, fragte Sofia, als Maja zu ihr ins Auto stieg. »Vielleicht möchtest du deine Zeit ja lieber mit Mats verbringen.«

»Ich bin mir ganz sicher.« Maja schnallte sich an. »Ich glaube vielmehr, dass du Bedenken hast.«

»Ich freue mich sehr auf unsere Reise in die Vergangenheit«, widersprach Sofia.

»Es hat auch weniger mit unserem Ziel zu tun als mit Rune. Du gehst mir doch seinetwegen aus dem Weg.«

»Du willst mir also auch seinetwegen Vorhaltungen machen!«

»Bisher habe ich noch nichts gesagt.« Maja lachte. »Wer macht dir denn Vorhaltungen?«

»Milla! Sie ist davon überzeugt, dass ich einen großen Fehler begehe, wenn ich Rune heirate.«

Maja schwieg.

»Sie kennt ihn nicht so gut wie ich«, fuhr Sofia fort. »Vielmehr kennt sie ihn eigentlich nur als Finanzbeamten, und da hat sie eben keine guten Erfahrungen mit ihm gemacht. Rune ist eben korrekt. Sehr, sehr korrekt...«

Sie brach ab, als ihr bewusst wurde, dass ihn die Betonung seiner Korrektheit nicht sympathischer machte. Vielleicht empfand sie das aber auch nur so, weil sie erlebt hatte, wie hart und unzugänglich er in seinem Beruf sein konnte.

»Rune war für mich da, als ich jemanden brauchte«, ergänzte sie und war froh darüber, dass sie durchaus etwas Positives über ihn sagen konnte.

»Du musst dich doch vor mir nicht rechtfertigen«, sagte Maja leise.

»Das mache ich auch nicht«, erwiderte Sofia heftig und wider besseres Wissen.

Maja legte ihre Hand auf Sofias. »Es ist deine Sache, wen du heiratest. Hauptsache, du liebst Rune und wirst glücklich mit ihm.«

»Ja, das werde ich.« Sofia war sich nicht sicher, ob sie mit dieser Antwort Maja oder eher sich selbst überzeugen wollte. Sie startete den Wagen und fuhr los.

»Ein interessantes Auto.« Ein Grinsen lag in Majas Stimme. »Und so groß. Nicht gerade praktisch in Stockholm.«

»Olof gehört Milla. Ich kann ihn fahren, bis sie selbst wieder dazu in der Lage ist.« Sofia tätschelte das Lenkrad. »Ich werde ihn vermissen.«

»Wann fährst du zurück nach Stockholm?«, erkundigte sich Maja vorsichtig.

»Rune und ich haben noch nicht darüber gesprochen. Wir hatten ja nicht viel Zeit nach seinem überraschenden Besuch.«

Rune war bereits am Morgen nach der Feier zurückgefahren. Die Nacht hatte er in Fynns und Mats' Ferienhaus verbracht.

Milla war darüber sehr empört gewesen und hatte jeden, vor allem Rune, wissen lassen, dass sie sich nicht sicher sei, ob sie künftig in einem Haus leben könne, das durch Rune entweiht worden war. Überhaupt hatte sie keine Gelegenheit ausgelassen, ihn ihre ganze Verachtung spüren zu lassen.

Rune hatte sich eigentlich nur daran gestört, dass Sofia diese eine Nacht nicht bei und mit ihm verbringen wollte. Es war ihm schwergefallen zu verstehen, dass ihr das noch zu früh war.

»Er kommt nächstes Wochenende wieder nach Byn«, sagte sie zu Maja. »Dann wollen wir alles besprechen.«

»Wohnt er dann wieder in dem Ferienhaus?«

Sofia warf ihr einen amüsierten Blick zu. »Stört es dich etwa, wenn er in deiner unmittelbaren Nachbarschaft wohnt?«

»Nein«, versicherte Maja schnell. »Aber noch schöner fände ich es, wenn er sich dazu durchringen könnte, ebenfalls nach Byn zu ziehen. Dann würdet ihr beide neben uns wohnen.«

Sofia versuchte, sich dieses Leben vorzustellen – sie und Rune in dem Haus am See … Doch alles, was sie sah, war Bengt, der ihr überall und jederzeit begegnen konnte.

»Rune wird nicht nach Byn ziehen«, sagte sie. »Er liebt Stockholm und ganz besonders seine Arbeit im Skatteverket. Außerdem haben wir da eine gemeinsame Wohnung.« Bevor Maja etwas einwenden konnte, fuhr sie hastig fort:

»Aber du und Mats, ihr seid uns jederzeit willkommen. Ich freue mich darauf, dir irgendwann mein Stockholm zu zeigen.«

»Ja, das machen wir ganz bestimmt«, versprach Maja. »Aber zur Hochzeit musst du unbedingt nach Byn kommen.« Sie lachte leise. »Eigentlich wollte ich dich das später fragen, in einer stimmungsvolleren Umgebung, aber jetzt ist die Gelegenheit gerade so günstig: Würdest du meine Trauzeugin werden?«

Olof machte einen kleinen Schlenker, weil Sofia vor Überraschung und Freude das Lenkrad verriss. Zum Glück war kein anderer Wagen auf der Straße.

»Natürlich will ich«, rief sie aus. »Ich freue mich gerade so sehr.« Wieder zog Olof ein bisschen nach links.

»Kannst du dich ein bisschen später freuen?«, bat Maja ängstlich. »Ich möchte meine eigene Hochzeit nämlich gerne noch erleben.«

Sofia lachte und konzentrierte sich wieder ausschließlich auf die Fahrt. Nachdem sie den dichten Nadelwald hinter sich gelassen hatten, führte die Straße an kleinen glitzernden Seen vorbei, und kurz darauf fuhren sie durch sonnengelbe Rapsfelder. Mit aller Kraft ihres Herzens spürte Sofia, dass dieser Teil Schwedens ihr Zuhause war. Ein Teil von ihr würde immer hier bleiben …

Ich will nicht zurück nach Stockholm!

Ebenso schnell, wie dieser Gedanke auftauchte, verdrängte Sofia ihn auch wieder. Die Weichen waren gestellt, und sie wusste nun, wie ihre Zukunft aussehen würde. All die

Fragen, die sie sich in den letzten Wochen gestellt hatte, hatten ihre Antwort in dem einen kleinen Wort gefunden, mit dem sie Runes Heiratsantrag beantwortet hatte: »Ja.«

Die Rückkehr in ihre Kindheit und Jugendzeit war überwältigend.

»Tante Babros Haus«, flüsterte Sofia.

»Jetzt ist es unser Haus«, sagte Maja. »Übrigens habe ich deinen Teil der Miete auf ein Sparkonto überwiesen, da ich nicht wusste, wie ich dich erreichen kann. Inzwischen ist eine hübsche Summe zusammengekommen.«

»Das Geld interessiert mich überhaupt nicht.« Sofia hängte sich bei ihrer Schwester ein. »Ich bin überglücklich darüber, dass zwischen uns wieder alles gut ist. Es tut mir nur leid, dass ich so lange gebraucht habe.«

»Sofia, es ist vorbei«, sagte Maja ernst. »Es bringt nichts, sich zu fragen, was man hätte besser machen müssen. All das, was passiert ist, hat uns zu den Menschen gemacht, die wir heute sind.« Sie drückte Sofias Arm ganz fest. »Und ich finde, wir sind eigentlich ganz gut gelungen.«

Schon früher hatte ihre Schwester es verstanden, sie immer wieder zum Lachen zu bringen, und so war es auch diesmal.

»Elin wartet auf uns.« Maja zog sie zu dem kleinen roten Haus mit der umlaufenden Veranda und den weiß abgesetzten Fensterrahmen. In den Blumenkästen davor blühten Geranien. »Du wirst dich wundern, wenn du es von innen siehst.«

Genau davor hatte Sofia ein wenig Angst. In ihrer Erinnerung war es immer noch das Haus ihrer Kindheit, und von außen hatte sich tatsächlich nichts geändert. Sogar das Herz in einer der Holzstufen, die zur Tür führten, war noch zu sehen, daneben stand »Per«. Tante Babro hatte einmal zugegeben, dass sie sich als junges Mädchen in einen Jungen mit diesem Namen verliebt hatte. Die Erinnerung an ihn war damals schon längst verblasst gewesen, nur das Herz war geblieben.

Wie würde es von innen aussehen?

Elin riss die Tür auf, als die Schwestern die Treppe hochstiegen.

»Da seid ihr ja.« Sie wandte sich Sofia zu. »Schön, dass wir uns auch endlich kennenlernen.« Sie ließ die beiden eintreten.

Nachdem sie sich kurz umgeschaut hatte, seufzte Sofia erleichtert auf. Es war zwar nicht mehr das Haus ihrer Kindheit, trotzdem war noch vieles da, was sie an früher erinnerte.

»Ich habe ganz behutsam renoviert, weil mir das Haus so gefallen hat, wie es war«, berichtete Elin. »Schaut euch nur in aller Ruhe um.«

Auf dem Weg nach oben strich Sofia liebevoll über das Treppengeländer. Im oberen Stockwerk wusste sie genau, an welcher Stelle der Holzboden knarzte. Unwillkürlich dachte sie an die Nacht ihres Verschwindens, als sie dieses Geräusch zum letzten Mal gehört hatte, doch dann überwogen die schönen Erinnerungen, die sie mit Maja teilte.

»Ihr seid mir jederzeit willkommen«, versicherte Elin, als die Schwestern sich verabschiedeten.

Danach spazierten sie Hand in Hand durch den kleinen Ort, vorbei an der Kapelle zum Friedhof. Und dann standen sie vor Tante Babros Grab.

»Sie würde sich so freuen, uns hier zusammen zu sehen«, sagte Maja mit Tränen in den Augen.

»Ich bin sicher, dass sie uns sieht«, flüsterte Sofia. »Und wir kommen ganz bestimmt wieder zurück hierher, um sie gemeinsam zu besuchen.«

»Ja.« Maja umarmte sie. »Ich will dich nie wieder verlieren, Sofia. Nie wieder!«

»Das wird auch nicht passieren«, versprach Sofia.

Kapitel 25

»Wenn du in das doofe Stockholm ziehst, rede ich nie wieder ein Wort mit dir.« Greta hatte die Ärmchen vor der Brust verschränkt. »Nie wieder!«

»Aber Greta, wir wollen doch, dass Sofia mit Rune glücklich wird«, redete Gösta auf die Kleine ein. Überzeugen konnte er sie damit aber nicht.

»Rune ist doof«, verkündete Emil mit finsterer Miene. »Und ich rede auch nie wieder ein Wort mit dir, wenn du nach Stockholm fährst.«

»Das könnt ihr dann sowieso nicht mehr«, machte Lasse den beiden klar. »Wenn Sofia weg ist, könnt ihr auch nicht mehr mit ihr reden.«

»Ich werde dich sehr vermissen«, sagte Ronja. Als sich ihre Augen mit Tränen füllten, senkte sie den Kopf tief über ihren Teller.

Bengt, der ebenfalls mit am Frühstückstisch saß, sagte kein Wort, sondern tat so, als wäre er ausschließlich mit seinem Frühstück beschäftigt.

Milla hingegen kämpfte sichtlich mit sich. Aber Milla wäre nicht Milla gewesen, wenn sie ihre Meinung für sich behalten hätte.

»Wenn sie Rune will, hat sie Rune verdient«, kommentierte sie biestig.

Sofia schaute sie empört an. »Inzwischen wissen alle, dass du ihn nicht magst. Du musst es also nicht bei jeder sich bietenden Gelegenheit kundtun.«

»Doch, das muss ich«, widersprach ihre Freundin energisch. »Ich gebe eben die Hoffnung nicht auf, dass du noch zur Vernunft kommst.«

Sofia legte in aller Ruhe ihr Besteck beiseite, bevor sie sich erhob.

»Ihr entschuldigt mich sicher«, sagte sie. »Aber ich will mich noch von Inger verabschieden.«

Bengt schaute auf, ihre Blicke trafen sich. Dann klingelte sein Handy.

»Hej, Frida«, meldete er sich.

Sofia verließ die Küche durch die Terrassentür.

Bo und Smågris sonnten sich auf der Wiese. Der See lag ruhig da, unbewegt.

Sie sog diese Bilder förmlich in sich auf. Übermorgen wäre alles vorbei, dann wollte Rune sie abholen. Wer hätte gedacht, dass die Reise mit einem kleinen Jungen sie beide ins Paradies führen würde?

Und du darfst bleiben, kleiner Emil. Ich freue mich für dich.

Langsam ging sie weiter, zum letzten Mal den Weg zu Ingers Haus. Jeder Stein, jeder Strauch war ihr inzwischen vertraut.

Inger saß auf der Treppe, direkt neben der Statue. Mausi lief schnüffelnd durch den Garten.

»Hier war heute Morgen ein Feldhase«, erklärte Inger lachend. »Hoffen wir, dass er nicht mehr auftaucht.«

»Jagt Mausi etwa?«

»Er würde eher die Flucht ergreifen. Mein Hund hat Angst vor Hasen.«

»Mausi ist in jeder Hinsicht außergewöhnlich«, stellte Sofia fest.

»Ja, das ist er.«

Sofia wies auf die Statue. »Verrätst du mir zum Abschied ihren Namen?«

»Es ist Anita.«

Sofia nickte. Das vermutete sie schon seit einiger Zeit.

»Wieso sitzt sie hier?«, wollte sie wissen.

»Bengt wollte sie nicht haben.« Inger streichelte liebevoll über den nackten Arm der Statue. »Anita hat diese Figur für ihn als Geburtstagsgeschenk anfertigen lassen. Sie war so oft hier ... Ich weiß noch, wie sie sich auf sein Gesicht gefreut hat, während sie mir Modell saß. Und dann ist sie gestorben, bevor sie ihm das Geschenk überreichen konnte.«

»Bengt konnte es nicht ertragen, durch diese Statue ständig an seinen schweren Verlust erinnert zu werden«, mutmaßte Sofia mit leiser Stimme.

Inger nickte. »Er war einmal hier, weil er mich für meine Arbeit bezahlen wollte«, berichtete sie traurig, »dabei hatte ich mein Geld längst von Anita erhalten. Als er die Statue gesehen hat, ist er zusammengebrochen.«

»Und danach war er nie wieder hier?«

Jetzt lächelte Inger. »Vor zwei Tagen ist er plötzlich hier

aufgetaucht. Er hat lange neben Anita gesessen, und ich bin überzeugt, dass er stumme Zwiesprache mit ihr gehalten hat.«

»Vielleicht wird er sie jetzt doch nach Hause holen.«

»Nein, das denke ich nicht.« Die Künstlerin schüttelte den Kopf. »Wir haben miteinander vereinbart, dass sie hier bei mir bleibt. Sie sitzt schon so lange auf meiner Treppe, dass ich es mir nicht mehr anders vorstellen kann. Und für Bengt ist es wichtig, endlich mit der Vergangenheit abzuschließen.«

»Das wünsche ich ihm von ganzem Herzen«, sagte Sofia.

Von Maja und Milla würde sie auch in Zukunft erfahren, was in Byn passierte. Außerdem hatte sie ganz fest vor, Kontakt zu Gösta und Inger zu halten. Aber sie würde nicht mehr Teil dessen sein, was hier passierte.

»Willst du wirklich nach Stockholm zurück?«, fragte Inger in diesem Moment.

»Ja.« Sie nickte. »Ich gehöre dorthin.« Es klang richtig, auch wenn es sich nicht so anfühlte.

»Du wirst mir sehr fehlen.« Inger erhob sich.

»Wir sehen uns auf Majas Hochzeit«, sagte Sofia.

»Ich freue mich jetzt schon darauf«, meinte Inger und umarmte sie zum Abschied.

Als Sofia sich umdrehen und gehen wollte, hielt sie etwas zurück.

»Anita will auch nicht, dass du gehst«, sagte Inger mit erstickter Stimme.

Sofias Sommerkleid hatte sich in der Statue verfangen.

Es sah tatsächlich so aus, als hätte Anita die Hand ausgestreckt, um sie festzuhalten.

Hastig befreite sie sich, dann strich sie sanft über die Hand der Statue.

Wo immer du auch bist, pass gut auf deine Kinder auf, bat sie in Gedanken. *Und auf Bengt.*

Auch von Hendrik und seiner Frau verabschiedete sie sich an diesem Nachmittag.

»Ich habe immer noch gehofft, dass du es dir anders überlegst«, bekannte Astrid. »Du hast diesem Dorf gutgetan. Hier ist so viel Leben eingekehrt.«

»Ich bin nicht für immer weg«, versicherte Sofia und erinnerte sich auch jetzt wieder an Majas Hochzeit. »Außerdem werde ich meine Schwester oft besuchen. Und ihr alle könnt zu mir nach Stockholm kommen.«

Rune wäre nicht begeistert gewesen, wenn er gewusst hätte, dass sie so leichtfertig Einladungen aussprach …

Dann verabschiedete sie sich von den Kindern. Die Zwillinge drückte sie an sich, dem schlafenden Baby strich sie sanft über die Händchen. So viele Menschen, die ihr wichtig waren und von denen sie nun Abschied nehmen musste, um ihr neues Leben mit Rune beginnen zu können.

Es ist gut und richtig so, sagte sie sich selbst. *Ein Abschied ist immer schmerzhaft.*

Hendrik kam verlegen auf sie zu. »Ich wollte mich unbedingt auch von dir verabschieden. Hoffentlich nimmst du mir die Sache mit Oscar nicht mehr übel.«

»Das habe ich nie.« Sofia schüttelte den Kopf. »Ohne Oscar hätten Maja und ich schließlich nicht zusammengefunden.«

»Sofia hat uns nach Stockholm eingeladen«, berichtete Astrid, und Hendriks Augen leuchteten auf.

»Wir kommen ganz bestimmt«, versprach er, um dann traurig hinzuzufügen: »Obwohl es uns allen lieber wäre, wenn du bleiben würdest.«

Es war bereits später Abend, und Sofia hatte angefangen, ihren Koffer zu packen, als jemand leise anklopfte. Wer konnte das noch sein?

Sie öffnete. Auf dem Flur stand Emil, barfuß und in seinem niedlichen Schlafanzug, der mit kleinen Hunden bedruckt war.

»Emil, ist etwas passiert?«

Der Junge schüttelte den Kopf und kam ins Zimmer. Mit einem Satz sprang er aufs Bett und zog die Beine hoch.

»Meine Füße sind kalt«, sagte er.

Sofia trat zu ihm und zog die Bettdecke darüber.

»Besser?«, erkundigte sie sich.

Er nickte und schüttelte gleich darauf erneut den Kopf. »Wir sind doch zusammen hergekommen, da kannst du doch nicht ohne mich wegfahren.«

»Du willst mit mir zurückfahren?«, fragte Sofia überrascht.

Wieder schüttelte der Kleine den Kopf. »Ich will, dass du bleibst.«

»Aber du weißt doch, dass ich Rune heiraten werde.«

»Warum heiratest du nicht Bengt? Der ist viel netter als Rune.«

»Ach, Emil, wenn das alles so einfach wäre.«

»Das ist ganz einfach«, behauptete der Junge. »Du musst nur wollen.«

Sofia nahm ihn in die Arme. »Vergiss nie, dass ich dich sehr, sehr lieb habe.«

»Ich hab dich auch lieb. Kannst du nicht doch bleiben?«, flüsterte Emil ihr ins Ohr. »Wenn du den Bengt nicht willst, kannst du den Hampus heiraten. Der hat auch keine Frau.«

Sofia lachte laut auf. »Nein, ich will auch Hampus nicht heiraten.« Sie konnte sich nur zu gut vorstellen, in welchem Zustand die Gäste die Hochzeitsfeier verlassen würden – sofern sie dazu überhaupt noch in der Lage wären. »Wenn du erwachsen wärst, würde ich dich heiraten.«

Emil zog eine Grimasse. »Das geht nicht, ich muss ja Greta heiraten.« Plötzlich fiel ihm etwas ein. »Nein, das muss ich ja gar nicht mehr. Ich bleibe ja auch so mit Mama hier. Das gehe ich gleich Greta sagen.«

Er sprang vom Bett und wollte schon losstürmen, doch Sofia konnte ihn gerade noch aufhalten.

»Greta schläft schon«, sagte sie. »Und dich bringe ich jetzt auch zurück ins Bett.«

Sie blieb bei Emil, bis er wieder eingeschlafen war. Danach hatte sie keine Lust, in ihr Zimmer zurückzukehren, also entschloss sie sich zu einem späten Spaziergang am See.

Langsam ging sie über die Wiese hinunter zum Ufer und dachte dabei wieder an Stockholm. In nicht einmal achtundvierzig Stunden wäre sie in ihrer alten Wohnung und würde da erneut das Leben führen, mit dem sie schon Jahre vor ihrer Abreise nicht mehr glücklich gewesen war – zusammen mit einem Mann, den sie nicht liebte.

Abrupt blieb sie stehen.

Warum mache ich das?

Ihr wurde klar, dass sie den gleichen Fehler beging wie vor zehn Jahren und noch einen zweiten hinzufügte. Sie lief weg, weil sie sich dem Schmerz einer unerfüllten Liebe nicht stellen wollte. Und sie fühlte sich an ein Jawort gebunden, das sie nur deshalb gegeben hatte, weil Rune sie völlig überrumpelt hatte.

»Kannst du auch nicht schlafen?« Plötzlich stand Bengt neben ihr.

Lächelnd schüttelte sie den Kopf. »Du auch nicht?«

»Ich stand am Fenster meines Zimmers, als du das Haus verlassen hast. Ich habe gehofft, dich heute Abend noch einmal zu sehen.«

Sofia war überrascht. »Warum?«

»Mich quält seit Tagen eine Frage, die ich dir eigentlich nicht stellen sollte, weil mich die Antwort nichts angeht und weil es mir nicht zusteht, deine Entscheidung infrage zu stellen.«

»Kannst du einfach auf den Punkt kommen?«, forderte Sofia ihn auf. »Du bist doch sonst nicht besonders zimperlich, sondern sprichst das aus, was du denkst.«

Er nickte bedächtig und schien nachzudenken.

»Willst du diesen Rune wirklich heiraten?«, fragte er dann ganz direkt.

Komisch, dass er diese Frage ausgerechnet jetzt stellte, unmittelbar nachdem sie festgestellt hatte, dass sie dabei war, sich kopfüber ins Unglück zu stürzen.

»Er passt so gar nicht zu dir«, fuhr Bengt fort.

Sie lächelte ironisch. »Das dachte ich von dir und Frida auch.«

Einen Moment schien es ihm die Sprache verschlagen zu haben.

»Du glaubst doch nicht wirklich, dass ich und Frida ...« Er brach ab, schüttelte den Kopf. »Das ist nicht dein Ernst.«

»Du wurdest mit ihr gesehen. An dem Morgen nach Midsommar hat sie dich mit zu sich nach Hause genommen. Dann kommt sie neuerdings ständig ohne Emma in die Praxis und scheint sehr vertraut mit dir zu sein. Es sieht schon so aus, als würde sich da gerade etwas zwischen euch entwickeln.«

»Sie ist uns an dem Morgen nach Midsommar bis zum See gefolgt und hat dann behauptet, Emma wäre schwer erkrankt. Deshalb bin ich mit ihr gegangen.« Er schüttelte verständnislos den Kopf. »Ich habe dich doch gefragt, ob du mitkommen willst. Aber du warst einfach zu müde.«

»Ich kann mich nicht erinnern«, murmelte Sofia.

»Das wundert mich nicht.« Er grinste. »Du warst ziemlich betrunken.«

»Du doch auch«, gab sie zurück.

»Ja, das stimmt. Emma hat übrigens überhaupt nichts gefehlt, bloß bin ich dummerweise auf Fridas Sofa eingeschlafen.«

»Aber du hast sie doch auch mitgebracht, als Mats meiner Schwester den Heiratsantrag gemacht hat.«

»Ich habe sie nicht mitgebracht«, stellte Bengt klar. »Ich dachte, du hättest sie eingeladen.«

»Niemals«, wehrte Sofia empört ab. »Ich wollte sie nicht dabeihaben.«

Bengt betrachtete sie nachdenklich. »Wenn du nicht mit Rune verlobt wärst, könnte ich auf den Gedanken kommen, dass du eifersüchtig bist.«

»Das bin ich auch«, gab sie unumwunden zu.

»Aber ich habe dir doch gesagt, dass ich dich liebe. An dem Morgen am See. Und du hast behauptet, du würdest mich ebenfalls lieben. Und dann nimmst du den Heiratsantrag von Rune an. Was soll ich denn da noch glauben? Und …«

Sofia ließ ihn nicht weiterreden. Sie trat auf ihn zu, schlang ihre Arme um seinen Hals und küsste ihn einfach.

Bengt zog sie fest an sich und erwiderte ihren Kuss voller Leidenschaft. Dann hob er sie auf die Arme und trug sie ins Haus.

Als Sofia früh am nächsten Morgen erwachte, lag sie in seinen Armen. Bengt war schon wach und schaute ihr zärtlich ins Gesicht.

»Was machst du jetzt mit Rune?«

»Das sind genau die Worte, die ich nach einer Nacht mit dir zuerst hören wollte«, gab sie zurück.

Er lachte. »Okay, schließ deine Augen noch mal.«

Sie kam seiner Aufforderung nach.

»Und jetzt wachst du einfach noch mal auf.«

Sofia öffnete die Augen wieder.

»Ich liebe dich«, sagte er. »Und ich werde dich ganz bestimmt nicht zurück nach Stockholm gehen lassen.«

»Ich habe auch nicht mehr vor, in mein altes Leben zurückzukehren.« Sie fuhr mit einer Hand durch sein dichtes Haar.

»Was machst du jetzt mit Rune?«, wiederholte er seine erste Frage.

»Ich rufe ihn nachher an und sage es ihm.«

»Und wann teilen wir es den anderen mit?«, wollte er wissen.

»Beim Frühstück.« Sie lächelte. »Ich freue mich jetzt schon darauf.«

Bis auf Bengt hatten sich alle um den Frühstückstisch versammelt, den Gösta gedeckt hatte. Eigentlich war es wie immer, nur dass Milla an diesem Morgen frische Brötchen gebacken hatte, deren Duft durch das ganze Haus zog. Aber es lag auch eine leichte Wehmut in der Luft.

»Ich glaube, ich halte es nicht aus, wenn dein Platz demnächst leer bleibt«, sagte Ronja traurig.

»Wir stellen den Stuhl einfach weg«, schlug Lasse vor.

»Das ändert doch nichts.« Ronja schaute ihren Bruder ärgerlich an. »Sofia ist dann trotzdem nicht mehr da.«

»Das weiß ich doch. Aber was sollen wir denn sonst machen, wenn sie unbedingt wieder nach Stockholm will?«

»Warum bittet ihr sie nicht einfach zu bleiben?«, fragte Bengt, der gerade die Küche betrat.

»Gute Idee«, sagte Milla ironisch. »Als ob sie deshalb darauf verzichten würde, den größten Fehler ihres Lebens zu begehen.« Sie schaute Sofia kopfschüttelnd an. »Ausgerechnet Rune...«

»Ja, das habe ich auch gesagt«, stimmte Bengt ihr zu. »Erst gestern habe ich sie gefragt, warum sie ausgerechnet Rune heiraten will. Und wisst ihr, was sie mir geantwortet hat?«

Alle Blicke hingen gespannt an ihm.

»Willst du es ihnen sagen?« Bengt sah Sofia lächelnd an. Sie lächelte zurück.

»Ich werde Rune nicht heiraten, und ich gehe auch nicht zurück nach Stockholm«, ließ sie dann die Bombe platzen.

In dem aufkommenden Freudentumult waren ihre weiteren Worte nicht zu verstehen. Alle stürmten auf sie zu und wollten sie umarmen.

Über die Schultern der anderen hinweg schaute Sofia zu Bengt. Er nickte ihr zu, und seine Augen sagten das, was wichtiger als alles andere für sie war: »Ich liebe dich.«

Epilog

»Und so frage ich dich, Maja Persson, willst du Mats Magnusson heiraten? Willst du ihn lieben und ihm die Treue halten alle Tage eures Lebens?«

»Ja, ich will«, hauchte Maja.

»Und ich frage dich, Mats Magnusson, willst du Maja Persson heiraten? Willst du sie lieben und ihr die Treue halten alle Tage eures Lebens?«

»Ja, ich will«, erwiderte Mats. Es war ihm deutlich anzuhören, wie bewegt er war.

»Hiermit erkläre ich euch zu Mann und Frau.« Der Pfarrer lächelte das Brautpaar an, bevor er zu Mats sagte: »Sie dürfen die Braut jetzt küssen.«

Maja sah zauberhaft aus in ihrem weißen Kleid, und das Glück strahlte förmlich aus ihren Augen, als Mats sie küsste.

Verstohlen wischte Sofia sich eine Träne aus dem Augenwinkel. Sie freute sich so sehr für ihre Schwester, für Mats und auch für sich selbst. Alles war anders geworden – das Leben war schön.

Die Glocken läuteten, als das Paar Arm in Arm durch das Kirchenschiff zum Ausgang schritt. Das ganze Dorf war gekommen, um diesen Tag mit ihnen zu feiern.

Sofia ging kurz nach draußen, um frische Luft zu schnappen. Es war einer der letzten schönen Sommertage. Der Herbst klopfte bereits an, und die Nächte wurden wieder dunkel. Am Himmel stand der volle Mond, der sich im See spiegelte.

Bengt kam zu ihr.

»Geht es dir gut?«, erkundigte er sich fürsorglich.

Sie nickte und schmiegte sich in seine Arme.

»Ich bin glücklich«, sagte sie.

Er schaute ihr tief in die Augen. »Willst du mich heiraten? Genau hier, in genau einem Jahr?«

»Ja, ich will«, antwortete sie, und diesmal wusste sie, dass es die richtige Entscheidung war.

Danksagung

Mein Dank gebührt zuerst meinen Lektorinnen Lena Schäfer und Beate De Salve. Ohne euch, eure Hilfe und Unterstützung gäbe es dieses Buch nicht. Die Zusammenarbeit mit euch war konstruktiv und in jeder Phase wertschätzend.

Danke!

Danke an meine Familie. Für euer Verständnis, weil ich gerade in der Endphase eines jeden Buches so viele Familientreffen absagen muss.

Ganz besonderen Dank an die kleine Elsa. Du bringst mich immer wieder zum Lachen.

Und ganz besonders danke ich dir, liebe*r Leser*in. Danke, dass du Sofia und Bengt auf einem Teil ihres Weges begleitet hast. Und vielleicht, wenn du Lust dazu hast, sehen wir uns irgendwann und irgendwo in Schweden wieder.

DANKE!